U0108084

꼬꼬영

# 英語單字 串串串

## 用聯想力背單字、串出新單字

〔鴨子先生〕韓虎林◎著

李玄、唐文穎◎譯

晨星出版

# 前言

即使牢固掌握了烹製糯米的要領，以及釀造美酒的技術，如果沒有米，一切都將是空談。反之，只要有米，可以煮粥，可以煮荼，填飽肚子可謂輕而易舉。強壯的身體才是革命的資本，一旦失去生命，多麼美好的未來都是遙不可及的海市蜃樓。同樣，那些只知道學習繪製設計圖，而不懂得收集建築材料的人，怎麼可能蓋出參天大廈來？這裡所說的「米和建築材料」就像是我們英語學習中至關重要的「詞彙」。

不論是閱讀理解、寫作、會話，還是參加多益、托福等考試，沒有豐富的詞彙，怎麼可能游刃有餘？相反，掌握豐富的詞彙，不僅可以幫助我們輕鬆應對，而且還能增加學習的自信。

英語雖不是母語，但卻幾乎所有人必學的科目。面對繁多的英語詞彙，又怎麼可能完全靠背來記憶呢？但是，如果能夠了解詞彙的引申含義，以及如何派生出各種形態，也就是了解詞彙的出處，那麼就不會像釣魚那樣，既花時間，效果又甚微；而是像撒網捕魚那樣，一次性網羅成群的魚兒。它又像是一台語群探測器。根據魚的大小以及探測器的級別，捕獲種類繁多的魚兒。

"All right！My boat is full of fish ( vocabulary ) !"

英語學習不能切忌形式主義，必須從詞彙開始打好扎實的基礎。那麼，是否光學習單字就足夠了呢？當然不行，這是一種偏食的壞習慣。同時還必須學習英語圈的文化。在本書中，筆者將透過一些現場拍攝的照片和手繪的插圖，帶你一起輕鬆地領略英語世界中多樣的文化。

此書的撰寫過程是輕鬆愉快的，所以希望大家也同樣保持快樂的心情，加入我們的學習行列。書中的單字講解及配套介紹的異國文化，將給你的英語學習帶來耳目一新的感覺。

加拿大多倫多北部郊外Richmond Hill

# Contents

# 為什麼撰寫此書

筆者曾經是一位圖像設計老師，一次偶然的機會，毅然離開韓國轉戰加拿大，一晃就是17年。"How time flies！"（時間飛逝如箭！）

海外生活並不只是簡單的居住，而是會不斷地與周遭陌生的文化發生衝突，並努力慢慢適應。初到加拿大，周遭充斥著不知所云的英語以及陌生的文化，一個完全不同的世界。然而，這些新鮮的事物，並沒有讓我感到不知所措，反而激發出無窮的好奇心。而且，透過與周遭朋友的親切交談，不僅能夠學習很多新的詞彙，還能了解更多異國的文化。當然，只要你願意積極地放眼四周，將會有很多值得你學習的地方。

身為設計師的我，在韓國也學過英語，對英語單字也算是略知一二，但到了加拿大，我才真正體會到英語單字的重要性。一些看似微不足道的單字，卻可以在關鍵時刻幫助你解決難題。

## 與你分享英語學習的點點滴滴

移居加拿大6個月後，我便有了寫書的打算。白天，帶著照相機到處收集單字和文化訊息，晚上回家執筆寫作。為了採集更多的訊息，除了加拿大，我還走訪了美國，與中南美等許多國家，4年半一晃而過（別看我好像很輕鬆，其實也有很多無法言喻的苦惱）。1993年1月，定居加拿大的第6年，我的心血之作《英語單字串串串》終於問世了。說實話，在正式出版之前，筆者也曾擔心這些精心收集的訊息是否真的能夠成書出版。

不管怎樣，此書的內容的確是筆者的親身體驗，再配以現場拍攝的照片，以及親手繪製的趣味插圖，甚至於每一頁的排版設計筆者都親蒞親為，可謂用心倍至。

12年前，此書甫出版便迅速登上百萬銷售冠軍的寶座，給眾多讀者留

下了深刻的印象，希望12年后的今天它還能再創銷售佳績。此外，日文版及中文版也先後於1998年、2002年與讀者見面。筆者並不善於言辭，但一個韓國設計師的英語單字學習法能夠這樣受到亞洲民眾的喜愛和認可，在深感欣慰的同時，我要向廣大讀者致以最誠摯的謝意。

## 12年後的今天

爲了適應瞬息萬變的時代潮流，初版之後筆者又不斷進行單字的補充和更新。然而，單字的補充和修改並不足以表達我對讀者的誠意，就像是建築物無論怎樣修補，也都只是原有的那棟建築物。現下，已經到了重建一座摩天大廈的時候了。

此書的撰寫也將是全新的，訊息更豐富，加上簡單易懂的視覺輔助，輕鬆有趣的插圖，全新的內容，簡便的使用方法，全彩的頁面，以及全新的設計。爲了這次浩大的重建工程，我犧牲了整整一個暑假。

此書是以對話形式書寫而成的，讀者可以保持對話狀態進行閱讀。你驚奇地會發現：「原單字是這樣構成的啊！」或是突發奇想：「我也試著發明一個新單字吧！」然後，查字典看自己發明的單詞是否實際存在。如此一來，你將感受到學以致用的無比喜悅。

這樣學會的單字，就不用擔心會遺忘了。從此以後，不論是閱讀理解、寫作、會話，還是參加多益，托福考試，都不再是難題，你將擁有挑戰英語的絕對自信。

此致

# 只加一個a也能使單字量暴增

從現在開始我們要用最科學又易懂的方法來學習英語單字，瞭解英語圈文化，展開一次把英語歸為己用的旅行。你準備好了嗎？

a-、an-有「相反、無、非」的意思。

可以把它想成與un-或in-相似。

-archy有「支配，政治」的意思。在前面加上譯為「單一」的mon(o)就成了monarchy，意思是君主制國家、君主政治。若在-archy前面加上an-呢？

anarchy：混亂（尤指政治），無政府狀態

The Military threatens to crush reformist anarchy.

（Toronto Sun）

軍隊威脅要進行改革，推翻政權。（多倫多太陽報）

amoral：無道德標準的，非道德的

If you say 'he is amoral', you mean he is not caring about right and wrong.

如果你說他amoral，意思就是「他完全不在乎對與錯」。

atom：原子（一個原子？） *-tom有「切開、切斷」的意思。因此不能再切分的（a-）物體就是「原子」。

我們順便學習一下由 -tomy 引出的高級詞彙。

anatomy：解剖學 *「解剖」有切得碎碎的意思。

appendectomy：闌尾切除手術（盲腸炎手術）。（參見p.204）

如你所見，很神奇吧。僅僅只是加上了a-、an-，就增加了這麼多有用的單字……。下面就用這種方法，更具體地來擴展單字量吧！

Haiti, anarchy
（無政府狀態的Haiti）
上面是針對2004年3月1日，因全國性搶劫和縱火而陷入chaos狀態的加勒比海國家——Haiti進行的報導。
chaos：極度混亂，無秩序。希臘語則是gas，意思是「無形態的」。

# 哎呀，惡性犯罪——誘拐

ab- · 離開，分離，相反

在某單字前加上ab-，就相當於添加了from、away、off等意思，可以試著推測新單字的意思。

在不知道abnormal意思的情況下，先將ab-從abnormal中去掉，則成為normal（正常）。那麼，abnormal不就是「從正常中脫離(away)」，即「非正常」嗎？

"Correct！"（答對了！）

abnormal：不正常的　*ab-(away from)+normal

abnormal appetite：不正常的食欲

| "Let me go!"（放開我！）

惡性犯罪、誘拐 abduct

abduct=ab-（離開）+duct（被帶出）

這樣分析的話，就是「（好好的）一個人，被人從家中強行帶出」，因此abduct 不是「誘拐」還會是什麼呢？

abductor：誘拐犯

abduction：誘拐，綁架

其近義詞是kidnap, 由kid+nap（偷、拐）構成，譯為「誘拐小孩」。

He (abductor) abducted the little girl in her house at dawn.

他（誘拐犯）在黎明時分把這個小女孩從家中拐走了。

ab-有away的意思，譯為「離開、分離、相反」

abort：流產，中止，使（計劃等）夭折　*ab-(相反)＋bort(born)

abortion：流產，墮胎，（計劃等）失敗

NOW SCANNING. CLICK 'ABORT' TO STOP.

掃描中。中止掃描請按ABORT鍵。（電腦）

西方國家投票時，投的都是×票，為什麼呢？

| 投票通知書(Voting notice)

投票日

Polling day（投票日）
呼籲給候選人投×票的宣傳畫。×票是錯的意思嗎？不是的，是十字的意思，即「向十字架宣誓投票」，這跟簽名時，在要簽名處畫上×是一樣的。

absence：缺席

absent：缺席的

　absent oneself：缺席(不在、沒上班)

absent-minded：發呆的，心不在焉的，失魂落魄的

The absent-minded boy forgot all about his date that night.

　這個失魂落魄的男孩，完全忘了那天晚上約會的事。

　absent voting：不在者投票

absolve：（罪責，責任等）免除，免責(免受罰)，饒恕

　solve：（問題，謎題等）解開，解決

　由solve派生的形容詞──solvent

　solvent：溶劑，可溶解的，有償還能力的

absorb：（海綿、樹根把水份等）吸收，吸進，合併，（學習等）全神貫注於

Plants absorb oxygen.（植物吸入氧氣。）

absorption：吸收，熱衷，專心

The children's absorption in their computer games was so great that they forgotten their homework.

孩子們過於熱衷於玩電腦遊戲，以至於忘了寫作業。

abstract：抽象的，總結性的，抽出，摘錄，摘要

　* ab-（離開，分離）＋-tract（引出，抽出）

abstract art：抽象藝術

把它想成「忽略形態，保留本質」的畫，是不是更簡單呢？

# 「冒險」時代，adventure!

## ad- · 強調、接近、方向、補充、增加

Nothing ventured, nothing gained.

不冒險嗎？那麼你將一無所獲。

事業冒險？從艱辛乏味的上班族中脫離出來，大幹一場！很好，但問題是，冒險不正是因其成功率微乎其微才被稱為冒險嗎？冒險的確是真正的venture（冒險，投機）。即使如此，甘願冒險的人還是趨之若鶩，但只有極少的人獲得成功，讓人羨慕不已。

在venture前面加上ad-就變成了adventure。

adventure有「冒險、奇遇，投機／冒險嘗試」等意思。

現正是廣告經濟時代，廣告這個單字的縮寫是'ad',原型是advertisement。

ad-(to) +
vert(turn)
+-ment，即
advertisement，
意指一種「以把商品賣給顧客為目的」的營銷手段。

以勇猛聞名於世的馬賽族女子

| The trip to Africa was quite an adventuer for me.

正如前面曾討論的，在某單字前面加上ad-，就多了「強調、接近、方向、補充、增加」的意思。

雖然ad-不像mono-（單一）這樣的字首那樣地表意明確，但在某單字前加上ad-，即使是不認識的字，由於詞根受ad-影響，也能推測出大概意思。如judge的意思是「分出」，如果在前面加上ad-變成adjudge，意思就成了「對照某事實作出判斷」。所以，要掌握英語單字的整體意思，就要學會如何作出「推測」。

意思是「一起」的字首con-，會因搭配而變成易於發音的col-、com-、co。 ad-也是如此，會變成ac-、af-、ar。我們將在下一章詳細介紹。

首先，我們就從ad-開始逐一學起吧！

adapt：運用(適應)，使應用(適合)，（小說等）改
　　編，改寫。

adaptation：適用，應用，運用。
　　ad+option（選擇）

adduction：引用。
　　因duct有「引出，引」的意思。（參見p.121）

現在我們要學的這個單字，大多被用作貶義詞。

addict：使沈溺 ， 使中毒／吸毒者

addiction：沈溺，入迷，上癮
　　這裡的dic沒有「說，言」（參見p116）的意思。
　　A drug addict finds it almost impossible to
　　stop using marijuana.
　　吸毒者幾乎是不可能戒掉毒癮的。
　　marijuana：大麻

adjective：形容詞

admit：（入學）許可，同意，准許
　　mit-(miss)有「送」的意思（參見p.179）

admission：允許進入，入學

adoption：領養，採用
　　They adopted a girl from the Holt Children's Service Inc..
　　他們從Holt兒童福利院收養了一名女孩。

「種植可愛的罌粟或大麻吧！」在美國或加拿大的 convenience store（便利商店）裡，很容易買到這種提供給植物種植者的觀賞用書.
\*convenience：便利，方便

雖然drug是illegal，在北美，在花盆或庭院種植hemp卻是legal。

是違法，又合法！

美國南部路易斯安那州的Adopt-a-road廣告牌
看到沒，下面寫有養護團體的名字！畫有「塘鵝」的廣告牌，這種鳥是路易斯安那州的象徵，同時也有收集處理垃圾的意思。

minister：部長，牧師／執行，伺候，照顧。

如果在這裡加上ad-呢？

administer：管理，執行

administration：管理，行政，機關，政府

　　the Prime Minister：國務總理
　　the Home Minister：內務長官

如果全部都講以ad-開頭的單字，這書不就淪為一本字典而失去意義了嗎？不妨用下面方法來學習以ad-開頭的單字：遇到不認識的單字時，暫時別管前面的ad-；先弄清楚去掉ad-後那個單字的意思，之後再加上ad-的意思，做適當的類推。

學習韓語不也是這樣嗎？

# 單單一天中就有無數次的access

ac-和ad-一樣，有「強調，接近，方向，補充，增加」的意思。

先讓我們來看看現今已成為電腦用語的access。

access=ac-+cess(前進)

因此access有「接近，靠近、進入」的意思

Internet access is not included with MSN Premium

網路連接不包括在

MSN Premium(寬頻服務的一種)內。

*To get access to this website you need a password.*

*又是這人的 access*

穿插幾個帶有-cess的單字

process：程序，過程 / 對～起訴，進行加工

excess：過剩，超過 / 過度的。

因為ex-有「向外」的意思（參見p.128）

現在我們再回到ac-上。

駕駛時，踩油門就是加速，即step on accelerator。

accelerator＝ac-＋celer（快速的・swift）＋actor（使～的東西），

即，accelerator有「使加速的裝置」的意思。

acceleration：加速度

accompany：陪伴，伴隨～

Thunder usually accompanies lightning.

閃電總是伴隨著雷聲出現。

accomplishment：成功，業績，完成

accent：口音，加強語氣，重音，口氣，方言

He speaks with a Tennessee accent.

他說話帶有田納西口音。

（為什麼非得是田納西呢？我們將在下一頁介紹！）

### 為什麼在提到英語口音時，要以田納西州為例呢？

一般認為，聽不懂英文是因為程度不夠，這樣純粹是自身問題；但是，很多時候，口音也是造成聽不懂的一個重要原因。

美國中部田納西州的dialect（口音），就連美國人自己聽了，也不禁搖頭嘆息。

筆者曾與在田納西州出生的Luke老先生結伴到南美旅行一個月。Luke老先生是位穩重的老紳士，二次世界大戰時擔任bomber／bombing plane（轟炸機）的bomber（投彈兵）和日軍戰鬥過，現在是一個傳輸帶製造公司的經理，和韓國也有一定的業務往來。我們在秘魯旅行時，老先生從岩石上滑倒，傷了elbow（胳膊肘）。我曾在軍艦上當過sick bay man（醫護兵），就替老先生進行了medic（治療），還覺得小有成就感。

### 雙方明明都在開懷大笑，但是語言竟然不通？

看起來我們明明很要好，愉快地交談著，一邊笑一邊說著"Oh,yeah?Oh,yeah!"，還不時地點頭什麼的，但實際上，我們根本就不明白對方到底在說什麼。「真是少見的英語口音！」

和這位老先生相識後，我家人也到田納西州旅行過。可是，就連我那三歲就到加拿大，從幼稚園開始就在加拿大讀書的兒子，到了田納西州以後，也完全聽不懂當地人所說的話。

我還曾和一位在英國倫敦搞電腦程式的青年相處一段時間，這個名叫David的青年是在澳洲鄉下某個島上出生的。天哪！他說的英語也是非常少見的。（我並不是在歧視地方口音。）

### 說帶口音的英語行嗎？

這一點我們必須清楚。就算我們是把英語當作一門外語來學，但如果學了這樣的口音也是不行的。試想，到一個非英語系國家學習英語，然後在國際舞臺用那種土味兒十足的口音說話？拼命學習結果卻變成這樣，怎麼都說不過去吧。

留學？英語進修？一定要選對國家和地方。到費用低的國家多半就只能學到「便宜」的英語。"Cheap price,cheap job"（便宜無好貨。）

"Where did you learn that kind of English?"（你在哪兒學的那種英語啊？）

**Prisoner swap in Gulf war accord**

MANAMA, Bahrain (UPI) — Iran said yesterday that it had agreed to an immediate and simultaneous exchange of prisoners with Iraq and a troop withdrawal to pre-war borders.

Iranian Foreign Minister Ali Akbar Velayati told UN envoy Jan Eliasson in country

有「調和、調節、一致」等意的
Honda Accord sendan 2004

日本本田汽車就有一款名爲Accord的轎車。

accord＝ac-＋cord（心，誠意，呼吸）

因此accord有「調和、調節、一致／調解（v.）、允准（v.）、使一致（v.）」的意思。

Prisoner swap in Gulf war accord.（波灣戰爭協定中的戰俘交換協議）

本來swap只是一個很平凡的單字,但用於這樣或那樣的地方太多,性質有所改變,在韓國更變成給人有情色感覺的單字。

　swap：換，交換，交換（n.），交換物

　swap meet：美國的廉價商品或二手貨交易，販賣市場

Never swap horse while crossing a stream.（大敵當前，不宜陣前換將。）

accordion：手風琴

account：核算，報導，算帳，帳目，銀行帳戶

accountant：會計師。

　-ant，從事某項工作的人

ac ＋ count ＝ account
　　　　數（v.）　　核算，會計

account ＋ ant ＝ accountant
　　　從事～工作的人　會計師

accuse：告發，控告／譴責（v.），告發（v.）

accustom：使養成習慣，使習慣於某事

accommodate：給～提供方便，爲某人提供住宿

accommodation：適應，順應

　accommodations：住宿的統稱，包括hotel、inn、motel、youth hotel、lodge（寄宿，民宿）等，一般指廉價的住所。

acquaintance：交際，相識、與～熟悉

　make acquaintance with～：與某人交往

acquire：佔有，獲得

　ac＋quire（找尋．seek）

# 我做的話affection，別人做的話affair

af- · ad在f前時

af-的意思還是與ad-一樣，譯為「強調、接近、方向、補充、增加」。

像affair一樣，以下單字在開頭都疊加了相同的綴字，這一點和前綴是有所區別。不過在推測單字意思時，我們還是應該運用前面講過的方法，這樣就能找出一些頭緒了。

affair：事情，事務，外遇（love affair）

　*fair是從「做、處理」的意思中引申而來的。

　The Department of Foreign Affairs：外交事務辦事處

affix：粘上，蓋章

　Affix a stamp to the envelope.

　把郵票貼在信封上。

affiliate：合併，加入成為一員

　The organization is not affiliated to any political party.

　這個組織不屬於任何政黨。

affirm：斷言，肯定地說，（法律）確認（不經宣誓）

affront：當眾侮辱，有意冒犯／當眾侮辱（v.）

　Tom affronted his teacher by making a face at her.

　湯姆當著大家的面做鬼臉侮辱老師。（很快就會受到suspension（停學處分）的……）

short story

## 「什麼？受到停學處分？」

我們似乎常在影片中看到北美課堂上那種crap的氣氛。學生們隨隨便便就和老師對衝。雖然不知道是哪所學校，但這樣做幾乎是不可能的！就教育來說，zero tolerance的地方當屬美國和加拿大的學校，那兒的規章制度是相當嚴格的。

同學之間 verbal disagreement吵架時，我們經常會這樣說：「你這個混蛋，找死啊？」如果在美國的學校說了 "I'm going to kill you." 這樣的話，則會馬上被停學；如果再犯，百分之百會被expulsion退學的。如此一來，就只能花很多錢去請律師了……。這的確是令人頭疼的事。有的韓國留學生就因為不瞭解西方文化而犯下這樣的錯誤。

*crap：（俚語）不像話，屎，蹩腳貨，廢話。

　就像我們說「不像話，屎」一樣，他們也說crap之類的。

　當然這些話是絕不能在正式場合說的。

* tolerance：寬大，寬容，容忍

*zero tolerance：決不手軟

*verbal：說的，口頭的

*disagree：意見分歧，不同

　dis-（不是）＋agree（同意）

## ad-在n前時是an-

有個很好的例子，即外來語「播音員」（譯註：韓語「播音員」的發音近似於英語）。

announce：宣布

Everyone was silent as he announced the winner of match.

當他宣布比賽的獲勝者時，大家都很安靜。

announcer：播音員

announcement：宣布，公布，宣告

# aggress裡為什麼會有兩個g？

ag- · ad-在g前面時

以aggress為例。

ad-（在這裡是ag-）有「強調、接近、方向、補充、增加」的意思吧？

-gress有「去，前進」的意思。所以加上ag-則有了「強調」的意味，因此aggressive，譯為好攻擊的，侵略的。

侵略的

> an aggressive country(=trigger-happy country)
> 好戰的國家（這裡到底指的哪個國家呢？）
> trigger：槍的扳機
> trigger-happy：好戰的，好鬥的

aggressive investment：強有力的鬥爭

aggression：侵犯，侵略行為

> Which was the aggressive one,Jessica or John?
> 誰比較好鬥呢，傑西卡還是喬？

進步，前進

現在讓我們來學一些與-gress（去，前進）有關的詞吧。

如果加上有「以後，前面」意思的pro-，會變成什麼呢？

progress：發展 / 進展

> the Progressive Party：進步黨

progression：進行，前進

如果加上有「相反」意思的re-呢？

regress：後退

如果加上有「一起，具有」意思的con-

congress：聚會，代表大會

議會，聚會

> 如果大寫c，則變成Congress，指的是美國或中南美國家國會。（參見p.31）

後退，衰退，倒退

# application 「應用」

ap-的意思和ad-一樣，譯爲「強調、接近、方向、補充、增加」。

用ad-的變形ap-開頭的單字很多，下面就以apparatus（裝備，機構）爲例進行說明。

apparatus：裝置，裝備，機構，（身體的）器官，組織

如果是espionage apparatus的話，就譯爲「間諜組織」

spy的詞源是西班牙語的espier。espionage譯爲「間諜活動」

「斯庫巴潛水」是當今社會一項又酷又時尚的運動。

在陸地生活的人類，戴上aqualung水中呼吸器（指潛水員使用的氧氣瓶及面罩），潛入海下30公尺處（當然潛水深度因個人實力而定）like-fish,with fish（像魚一樣，和魚一起）嬉戲玩耍……。

關於「斯庫巴」，後面會對scuba diving進一步講解。（參見p.45）

scuba是acronym（首字母縮合詞；和UNESCO一樣，是取幾個單字的第一個字母組成（參見p.40））。　*acro有「最高的，頂點的，起首的」意思。（參見p.214）

既然出現了acro-，就順便介紹幾個相關的詞。

Acropolis： 雅典娜帕德嫩神廟所在的古希臘城市——衛城。

漢城大學內就有一個「衛城廣場」。

acrophobia：懼高病，-phobia有恐懼的意思。（參見p.214）

hydrophobia則譯爲「恐水症」。

acronym（首字母縮合詞）scuba縮合之前是這樣的：

| self-contained | underwater | breathing | apparatus |
|:---:|:---:|:---:|:---:|
| ↑ | ↑ | ↑ | ↑ |
| 自己　攜帶 | 水中 | 呼吸 | 裝置 |

現在讓我們回到ap-繼續講解。

append：掛上，（標籤等）貼上　　*pen-「掛，吊起的」（參見p.204）

applicance：裝置，設備，機械

　kitchen appliance：廚房用具（fridge（電冰箱），dish washer（洗碗機）etc.）

　etc.是et cetra（其他等等）的縮寫

applicant：申請人

　an applicant for admission to a school：入學申請者

application：應用

appointment：任命，約會

appoint：任命（v.）

　He was appionted one of the cabinet members.

　他被任命為內閣成員。

　cabinet：內閣

　He has an appointment with the dentist.（他預約了牙科門診。）

　除doctor、lawyer（律師）外，凡是見按時間收費的人都得事先打電話給他們的secretary（秘書）做appointment。

apply：運用，申請，請求，應用，專心

　ap-＋ply（折疊）　*折疊一次變為二個，折疊兩次就變成四個。即是「運用」的意思。

　He applied himself to the job.（他專心於這份工作。）

26

apprehend：憂慮，理解，逮捕

　　prehend可以說是arrest、nap、seize等詞的起源。

apprehension：憂慮，擔憂，逮捕

apprentice：見習生，學徒（徒弟；學習經商或某種技術期間，替別人免費做工的人）

　　Franklin was a printer's apprentice.
　　富蘭克林曾經是一個印刷工學徒。

apprenticeship：學徒期，見習期

approve：對……表示認可，贊成

　　我們用credit card付款時，只有當螢幕上顯示approve sign才可以進行支付。

　　The chair approved the new building plans after 9/11.（主席同意了9 / 11後的新建大樓計劃。）

如果在approve加上譯為「相反的」意義的dis-會變成什麼呢？

disapprove：不贊成，不同意

approach：接近，向～靠近

　　那麼，「難以靠近的」怎麼說呢？在前面加上表示「相反動作的」un-就可以了。即unapproachable！

approximate：近似的，大概的，近於，使接近

　　approximate cost：大概費用

搞印刷業的
本傑明‧富蘭克林
美國的建國功臣——富蘭克林少年時代作為apprentice(學徒)跟哥哥學習印刷技術，隨後赤手空拳來到費城，從印刷商做起到報紙發行商，然後是發明家 / 科學家，最後成為政治家，是一位非常成功的人。圖中的銅像就立在他住過的費城中心。

*stand on my own two
　　feet：自力更生

appreciate：欣賞（v.），鑒賞（v.），感激（v.）

appreciation：欣賞，鑒賞，感激

Houses in this area have all appreciated (in value) since the new road was built.
自從新公路修好後，這地區的房價全面上升。

I appreciate your help.（謝謝你的幫助。）

## real estate（不動產／房地產）
## 「什麼？買賣皇帝的土地？」

「real：真實的，真正的，實際上的」
這和「房地產」這個詞有什麼關係呢？
其實是這樣的，這裡的real不是英語，而
是源於西班牙語。西班牙語的real是
royal（皇帝的，王室的）的意思。在封
建社會，土地全部歸國家，即為皇帝所
有。royal（王室的）estate（土地）是帝
王賜給領主們的封地，因此不許個人進
行買賣。所以real estate也就有了「不動產，房地產」之意。

我們已經講過了ab-、ac-、ad-、af-、ag-、al-、an-、ap-，接下來我們
要講的是ar-、as-、at-。如你所見，由這些prefix（前綴）開頭的字確實
非常多。實在令人頭疼，是嗎？事實上正好相反。仔細觀察一下，找出
其中的規律，就如同得到了一把鑰匙———一把使單字量輕而易舉暴增的
鑰匙。

# 安全arrive

ar-是ad-的變型，同樣有「強調、接近、方向、補充、增加」的意思。

下面就讓我們以「arrange」為例進行學習吧。

arrange＝ar+range（列，行，範圍，身分）

因此arrange譯為：「排列，安排，使有條理，籌備（某事物），解決（糾紛，分歧等）」

arrangement：排列，調停，（樂曲等的）改編

arrest：逮捕（n. / v.），拘留（n. / v.）

arrival：到達，到達者，到達物

　arrival＝ar＋rive（海岸·shore），

　由「抵達海岸」引出「到達」的意思。

　arrival passenger：到站遊客

Alive, Arrive.（活著，到達＝安全到達）

「不要因為一路平安無事就鬆懈，要一路安全駕駛到底」（這句話僅僅用了兩個單字來表示。）

這是在加拿大高速公路的閃光板上書寫的口號，不僅簡潔，發音還很rhyme（押韻）。與我們的「押韻」很相似吧。

rhyme：韻，押韻／韻腳，作（押韻）詩

　'Alive' rhymes with 'Arrive'.

　Alive與Arrive押同樣的韻腳。

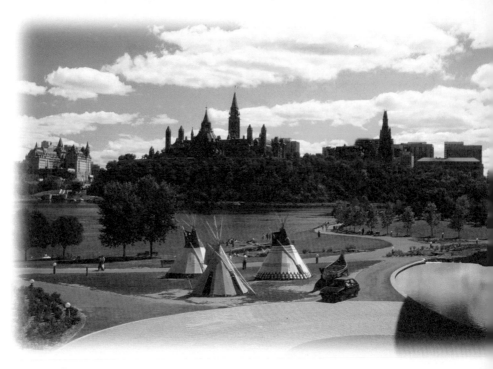

Sam arrived at Pearson International Airport (Toronto) from Seoul.
山姆從漢城出發，已抵達多倫多Pearson國際機場。

short story

## Ottawa是加拿大的首都

Toronto以加拿大第一大城市而聞名於世，因此許多人都把它當作加拿大的
capital（首都），事實上加拿大的首都是在Toronto以東400公里以外的
Ottawa。Ottawa（正如你從上面照片所看到的）的確是一個風景如畫的行政首
都。人口有多少？不到35萬人，真是非常舒適。上面的照片就是地處Ontario
（安大略）Province州的加拿大首都，河對面的那棟建築物則是Ottawa的
Parliament building（國會大廈）。有趣的是，如果以Ottawa River為界，紮有
印第安帳篷的一方是Québec（魁北克），在這裡只使用法語；因為法律不同的
關係，河另一側的安大略，只有在Beer Store（由州政府管理的啤酒銷售點）才
能買到啤酒，魁北克則是在任何小店都能買到。

# 注意double詞綴！association

韓國
the National Assembly

ad-的變型實在太多了，恐怕已經感到厭煩了吧。但我還是希望你們繼續學習以持有更多「鑰匙」，來掌握不認識的單字。

再次強調，**as-是由ad-變形而成的添意字首**，有「強調、接近、方向、補充、增加」的意思。

美國
Congress

associate：使聯合，使結合在一起，有關聯的，同事，合夥人
　associate professor：副教授
　assistant professor：助教
association：協會，聯合，交往
assemble：集合，裝配，化合
assembly：（有共同目標的）集會，議會，裝配
assembly line：裝配生產線

日本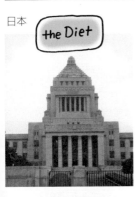
the Diet

Automobiles are produced on an assembly line where each worker repeats his special task.
汽車是工人們在裝配生產線上組裝起來的。

assembly plant：裝配工廠
the National Assembly：（韓國、法國等的）國會
　美國的國會叫做Congress，
　英國、加拿大、澳大利亞等國的國會則是Parliament，
　日本，丹麥，瑞典的國會稱爲the Diet。
　國會議員稱作a member of the National Assembly，或an assembly person。

加拿大
Parliament

assail：攻擊，襲擊　　assailant：攻擊者，兇手

assume：假定，推測

an assumed fact：假定事實

assumed name：假名字(made-up name)

If he is not here in five minutes, we will assume (that) he is not coming.（如果再過5分鐘，他還沒來的話，我們就當他不來了。）

"Sure!" 是英語圈的上班族一天之中使用頻率極高的一個詞。

assure：向⋯⋯保證，使確信

下面這句話是pharmacist（藥劑師）每天都會說。

I assure you that this medicine cannot harm you.

我向你保證，這種藥絕無副作用。

assurance：保證，保障，把握　　insurance：保險單，也作guarantee（商品質量保證）。

6years／100,000km guaranteed car（保證使用6年，行駛10萬公里的汽車）

要注意，after service（A／S，售後服務）是韓式英語。在英語圈這樣是說不通的，他們都說warranty。

你們公司的售後服務內容有什麼？

1865年，暗殺林肯總統的assassin，John Wilkes Booth

「暗殺者」、「刺客」都被稱為assassin。

這裡的as-並不是字首，但是看起來很像，對不對？這個問題我們就不深究，有所瞭解就行了。

說到assassin，為什麼我們一定要學呢？因為只要世界一有動亂發生，總會在英文報紙看到這個詞。出於政治原因而殺害別人，我們把這樣的殺人者叫做assassin。一般性質的殺人犯稱為murderer，專職殺手叫killer。

assassinate：暗殺／行刺 (v.)，assassinstion：暗殺

The dictator was assassinated by his men.

獨裁者被他的部下們暗殺。

# "Attention please" 請注意！

at- · ad-在t前面時

要像撐起的 tent一樣 緊繃繃地

這裡的at-還是ad-的變型，譯爲「強調、接近、方向、補充、增加」。

在軍隊裡常用？還是踢足球時？不是的。

No！They do this more.（不僅僅如此）

What is it?（那麼，它有什麼意思呢？）

attention：留心，注意，（在軍隊裡）立正！

You should pay attention to the teacher.

你應該專心聽老師說話！

attention是ad-與tent（伸展／伸直）結合而成的。

把 tent想像成被繃得緊緊的東西，這樣一來不就產生緊張感了嗎？

attach

如果觀察 "adtend" 的發音，你會覺得發這個音有點困難。於是就用at-代替ad-，轉而成了attend。並不是有人說「我們這樣做吧！」，才變成這樣的，而是很自然地就變成了那樣。

detach

發送電子郵件時一般是attach（添加）爲附件再發送。

attach＝at-＋tach（貼上）

因此attach有「添加，繫，使成爲一份子」等意思。

attachment：附件，附屬品

如果把at-換成有「分離、除去、減少」意義的de-會怎麼樣呢？

detach：拆開，使分離

觀察英文印刷物脊上的切割線，就會發現detach印刷的痕跡。（參見p.113）

semi-detached house

22　24

我們所說的「獨立住宅」，用英語來表達就是detached house。
但為了節省建房費用，也有兩戶人家共用一面牆進行隔離的建築
樣式。這樣的住宅則被稱為semi-detached house

attack：攻擊，抨擊／（敵人，人的身體，言行等）攻擊，（工作，任務等）著手

The senator was attacked by the newspapers.

上議院受到了輿論的抨擊。

縱然知道英語是座難以攀越的高山，但我們還是想達到一定的水準，並懷著這種美好的願望，不斷進行 attempt。為了實現這一目標，詞源也要一併學習才行。

attain：到達、達成（v.）

attainment：到達、達成（n.）

scientific attainments：科研成果

attempt：試圖，攻擊（n. / v.）

He attempted climbing an unconquered peak.

他試圖攀越一座尚無人征服的顛峰。

attend：伺候，出席，伴隨

She hadn't been attending during the lesson.

她從沒出席過這門課。

attendant：侍者，出席者

attract：吸引，引起

attractive：有吸引力的

attraction：吸引，誘惑（n.）

tourist attraction：遊覽聖地

請叫我們 'flight attendant'

圖為KLM (Royal Dutch Airliness) 剛結束工作的flight attendant，他們往返於城市之間(Cityhopper) 為乘客服務。「果然，這種表示職業名的單字還是不要進行性別區分好⋯⋯，steward和stewardess有什麼差別嗎？」

T word tips

### flight attendant（空服員）

現代英語已經不再因性別差異而使用steward,stewardess這樣的詞了。同理policeman（警察）變成了police officer,postman（郵差）則變成了mail carrier / letter carrier。另外，「為什麼主席一定是男性？」，出於這個原因，chairman也就被chair代替了。還有，在gas station / gas bar（加油站），為汽車進行加油工作的人稱為gas attendant。不過，最近由於使用全自動self-service system，他們幾乎都失業了。

Because of the high prices nobody likes the full service gas bars.

沒人喜歡到收費昂貴的自動加油站了。

# 對英語單字應有一定的瞭解

有著悠久歷史的英語，實際上是融會了世界上所有的語言。正因如此，英語的單字量才變的多而複雜。其中許多詞是來源於拉丁語和希臘語。由拉丁語衍生出的英語單字大約占了總數的50％，由希臘語衍生出的也占到25％。如果我們能掌握一些與拉丁語、希臘語詞源有關的知識，豈不就等於抄short cut（捷徑），從而迅速增加英語單字量嗎？

下面就讓我們培養一下參考拉丁語、希臘語的習慣吧。這是學習詞彙的關鍵。

"It's all Greek to me."
（哎呀，完全不認識。）
一種慣用表現，指像希臘語一樣困難的語言。上面的照片是作者在希臘拍的。

如果對詞源有一定的瞭解，就會覺得法語也變得熟悉起來。越是接觸高級詞匯，就越會有這樣的感受。因為有很多詞僅僅只在詞綴上有細微的差別而已。當你對許多非英語單字都感到熟悉時，在法國等歐洲城市旅行，就會有這樣的感受：雖然語言不通，但會不自覺地唸出各種招牌或看板上的內容，那時自己多少會感到驚奇吧。也許還會想：「啊，說不定我很有學習外語的天賦！」就拿我自己來說吧，去歐洲自然不在話下，南美各國也沒問題，我在巴西旅行時就用英語知識解讀過招牌上的葡萄牙文。我還特地把它拍下帶回來，作為出示給各位讀者的證據。你們知道，在阿根廷用英語知識解讀西班牙文，是件多有趣的事嗎？雖然本身程度很差，但如果仔細觀察是能找到感覺的。就如同我們認識一些漢字，到中國或日本旅行時一樣。你們看是不是這樣呢？

圖書館

書 放的地方

「解讀西班牙語」
這是在阿根廷布宜諾斯艾利斯看到的「圖書館」。就像這樣，用聯想的方法去讀。
西班牙語的biblioteca和英語的bibliotheca（藏書，圖書目錄）很像吧。
多倫多也是如此，在南美人們居住的小區圖書館見過這樣寫的東西，這個西班牙文就是「圖書館」的意思。
*biblioteca=bible（書，聖經）＋theca（書架，集中存放的場所）→藏書，文庫，藏書 圖書目錄

英語詞源知識的力量！

下面照片中的招牌就設在義大利威尼斯（英文為Venice）極負盛名的St.Marco
教堂入口處。先別管其他的，就那樣讀讀看。有什麼感覺嗎？

義大利的

威尼斯　　　　　　　　　　　　去 St.Marco（聖馬可）教堂

看，
那兒有塊牌子
「上面寫著什麼？」

INGRESSO GRUPPI
CON　GUIDE
AUTORIZZATE

「我們只能讀得懂
這種程度的義大利語。」

ingresso的in有「向內／裡」的意思。（「這個程度……。」）現在先把in去掉看
看呢。就成了gresso。因為義大利語大多數以母音結尾，gresso的o可以忽
略，於是就變為gress。我們已經學過英語的progress（前進），regress（後
退），其中，-gress譯為「走，前進」。因此，是不是可以把ingresso想成是in＋
go→進入的地方，即「入口」的意思呢？（不是這個意思又是什麼呢？答對
了。）

gruppi，總覺得好像在哪兒見過這個詞？啊，難怪，原來寫法和發音都很像
groups。

有名的廣場一般都是group遊客喜歡觀光的地方。（就是要會這樣聯想才行。）

con，這是個很好的例子。是義大利語with的意思吧。回想一下譯為：「一起」
的字首con-吧。（參見p.88）

guide=guide(s)啊，這個和英語是一樣的。

觀光名勝古蹟時，由導遊帶團是很正常的。

接下來要講的是authorizzate，如果只看
authori~,你有沒有想起什麼呢？

authorize，即「許可，認可」的意思。

雖然
義大利語專業的人
看了會
「哈哈」大笑

但還是會
表示諒解的

那這個sign到底是什麼意思呢？
用英語來解讀一下吧。

Entrance for groups with authorized guide

即「在授權（**authorizzate**）導遊（**guide**）的
帶隊下（**con**），團體（**grouppi**）遊客出入口（**ingresso**）」

現在我們再一次強調：

「輕鬆愉快地積累詞源知識

是我們開啓英語單字大門的master key（智慧之鑰）。」

# Antichrist：反基督教徒

anti- · 對抗，排斥，反，逆

一邊旅行一邊觀察，你會發現各式各樣的英語（詞源）。
這是在阿根廷的南部，南極附近所看到的啤酒。

名為「南極」的阿根廷啤酒
the Antarctic：南極
北極是the arctic, 南極在它的anti(反)方向，所以就是
ant(i)+arctic=antarctic
北極也稱：the North Pole
南極則稱： the South Pole
*the Arctic Circle：北極圈
*the Antarctic Circle：南極圈

anti是希臘語，譯為「對抗、排斥、反、逆」

不知道為什麼總覺得以anti-開頭的單字帶有一定的政治色彩（nuance）。反正就是那種有點難且不平常的單字。就像「拒絕」那樣的具有反對意義的單字。如果看英文報紙就會發現這類詞的出現頻率很高。

例如，因A國對我國做出不禮貌行為，促使我國國民進行反對A國的demonstration（示威遊行），這時，如果寫成「anti-A國」，就是「反對A國」的意思。在anti後加hyphen（連字元，-）也行，不加也可以。但若anti後的單字以大寫字母或i開頭就必須得加連字元。下文提到的國家名是以大寫字母開頭，所以就必須加連字元。

French people demonstrated for anti-America at the America Embassy yesterday.
法國民眾昨天在美國大使館前進行反美遊行。

HARRY CAN'T DECIDE. WHETHER TO VOTE ANTI-LIBERAL, ANTI-CONSERVATIVE, OR ANTI-NDP...

anti-政黨
「Harry現在正在猶豫，該投票給哪個政黨。到底是反對自由黨呢，還是保守黨呢，或是反對新民黨呢？」

Liberal Party（自由黨）、Conservative Party（保守黨）、New Democracy Party（新民黨），在實事漫評上，這三個政黨的醜聞都曾被報導過。
上圖中小狗口中銜著的報紙上不就寫著Ontario州事件嗎？

antinational：反國家的

antisocial：反社會的，違反社會秩序的

anticommunist：反共主義者

antiwar：反對戰爭的，反戰的

antipathy：反感，憎惡感

    *anti+pathy（感情）

sympathy：同情，慰問，同感

 *sym-（一起）+pathy（感情）（syn，參見p.275）

K大學學生的反戰遊行
（漢城，光華門，March20,2003）

The result of 14 months of investigation by an elite anti-gang squad, 65 held in raids on street gang.

經過14個月的偵察，掃蕩暴力的精銳武裝部，通過突襲在街上逮捕了65名暴徒。


antibacterial：抗菌性的

antibody：抗體，對進入身體的細菌有抵抗作用的物質

antibiotic：抗生素　　*anti-（抵抗）+bio（生）

  penicillin（盤尼西林）是最早的antibiotic。

anti-inflammatory：消炎的

antipollution：抗污染的

antismog：抗煙霧的

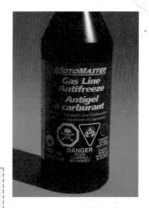

 word tips

> ### anti-作為汽車方面的用語，「ABS系統」
>
> 看一下汽車的儀錶盤，你會發現一個「ABS系統」的標示，這就是Anti-lock Brake Systerm，踩煞車時鎖住車輪的裝置，可以解決steering wheel（方向盤）失靈問題，使汽車安全停下來；即anti（防）lock（鎖）的意思。

antifreeze（防凍劑）
一種化學物質，與水混合後，能使水在低溫下不結冰。也可以把它加到汽車引擎的raditor（散熱器）中。
*freeze：結冰

short story

"Freeze!"

某種東西一旦freeze就動不了了。所以，用槍指著對方說：「別動」（再動就開槍！）時，也作 "Freeze!"。如果不把這詞當回事可是要出大亂子的。有個敲錯房門的外國籍少年，在主人出來時就慌張地往外跑。這時主人斥喝："Freeze!"。但少年卻不懂這話的意思而繼續跑，最後被主人開槍打死了。這種讓人無奈的事，在美國是確實發生過的。

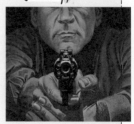

The problem is that too many American homes have guns.
最大的問題在於美國家庭擁槍自重。

anti-後跟母音或h時，anti-要變為ant。下面，來看幾個代表性的例子。

antonym：反義詞←→synonym：同義詞，近義詞

　　antonym＝ant-＋onym（名義）→反義詞

　　像light←→heavy，emptyt←→full、accupied等，就是一組反義詞。

　　Pain is the antonym of pleasure.（痛苦的反義詞是愉快。）

接著再多講兩個含-nym的單字！

acronym：首字母縮略字。

　　抽出第一個字母組成的單字，如：UNESCO、
　　NASA、scuba等。

　　acro-有「高的，最上面」的意思。（參見p.214）

the United Nations
Educational,Scientific and
Cultural Organization
國際聯合教育科學文化機構

藉此，再多教大家一點東西：

　　　　　homonym：同音異義詞，同形異義詞

　　　　同音異義詞有pail（桶）、pale（尖樁）、pale（蒼白的）等，

　　　　同形異義詞有pole（竿子）、pole（極地）等。

　　那麼anti-的antonym又是什麼呢？是pro-

　　anticommunist（反共主義者）←→procommunist（親共主義者）

　　pro-Japanese group（親日派）←→ pro-Western（親西方）

| 同義詞，相似詞，同音異義詞詞典

# 用arm一下子拿起arm？

arm · 武器，武力

arm用德語詞源解釋譯為「手臂」，用拉丁語詞源則譯為「武器」。

因此英文的arm譯為「手臂」，同時也象徵「力量和權力」。羅馬的emperor（皇帝）不就會高舉arm來展現他們的威嚴嗎？Nazi（納粹）怪獸Hitler也喜歡舉起arm，而且還是突然舉起arm對自己高喊 "Heil,Hitler!"

　　heil：（德語）viva!萬歲！（＝hail）

「武器」也作weapon講,但weapon僅指一般的武器，arm則專指「戰爭用武器」。
下面我們要著重瞭解譯為「武器」的這個arm。

世紀惡魔，
戰爭狂Hitler
因為這個瘋狂的惡魔，有二千七百萬軍人和二千五百萬民眾喪生，受傷的人更是不計其數。唉，悲痛的歷史！……

拿著arm的arm
A soldier model of the future warrior system.
用有four-barrel（四個槍管的槍）武裝起來的21世紀美軍。和在'RoboCop'裡看到的很像吧？

《Farewell to Arms》

海明威小說的《永別了，武器》，確實說的是arm（武器）。
farewell：再見，再會，告別，告辭
arm：力量，武器，權力，兵器，武力，（尤指為備戰）提供武器，武裝起來
I warn you that I am armed.
我警告你，我現在持有武器。
（警告別人我持有手槍，別鬧事。）

© 21st Century Soldier

41

armed：武裝的

　　an armed ship：軍艦

armada：武裝艦隊

　　The Spanish Armada
　　sailed to England in 1588.
　　1588年，西班牙無敵艦隊進
　　攻英格蘭。

armament：（包括軍隊，軍艦，飛機等在內的）裝
備，武器，軍事力量

armature：軍艦之類的裝甲板，動植物的防護
器官（殼，刺等），電動機的電樞轉子

armistice：休戰

armor：盔甲，鐵甲，裝甲

　　armored ship：裝甲艦

　　當我們要用英語表達「韓國的李舜臣將軍設
　　計發明出了龜甲船」時，就需要用到上面的
　　知識，即'Admiral Lee designed the armor
　　covered ship Geobuksun.'（看到右邊p.43的照
　　片了嗎？）

　　armored forces：裝甲部隊

armoy：軍械庫

disarm：放下武器，解除武裝，消除……的怒
氣

　　Religion disarms death of its terror.
　　宗教消除了對死亡的恐懼。

　　religion：宗教

I'm fine without any armor

用armature武裝自己的
thistle（大鱗薊）
為什麼要以這種花為例呢？
因為thistle在英語文化圈裡
佔有重要的地位。它是蘇格
蘭的標誌。這種花雖然外形
小巧，但全身長滿了尖利的
刺，象徵著不容任何人侵犯
的蘇格蘭精神。
在英國隨處可見設計成這種
花模樣的東西。英國大百科
全書的標誌就是thistle。

Armor for field and tilt
（戰場上防禦用的盔甲）
加拿大多倫多ROM裡所收
藏的盔甲，向我們展示了用
鐵片製成的盔甲的各個部
分。啊，竟然連手套都有。

army：軍隊，陸軍，大群，大批

  an army of workers.（一大批工人）

在此，稍微打斷一下，讓我們來學一點於軍隊有關的單字吧。

首先，海軍是the navy。

navigate：航行（v.），飛行（v.）

navigation：航海，航空

navigator：（船舶，飛機等的）駕駛員，領航員，

  （飛機的）自動操縱裝置

  空軍是the air force

force：力量，軍隊，（法律的）效力，強迫（v.）

enforce：（法令等）實施（v.），強制執行（v.）

enforcement：（法令等的）實施，強迫，強制執行

海軍部隊是the marine crops

mar-是「海」的意思；

另外，要注意crops的發音→[kor]：兵團，團體
／複數發音為 [korz]

armored ship 'geobuksun'
（turtle-shaped ship）
「這還是第一次看到這樣的龜甲船。什麼時候打撈上來的呢？」
其實，這是作者自己做的。
大小呢？想像一下吧。

United States Marine Crops（美國海軍部隊）
的 Seal。

marina：遊艇、快艇等的停泊處

marine：海洋的，海運的／船舶，艦船，海軍陸戰隊員

mariner：海員，美國的火星、金星探勘用無人太空船

ultramarine：佛青色的，在海那邊的／佛青色（海水藍）

Speed enforced by aircraft.
（如果超速將會出動飛機進行管制）
我們能在美國的高速公路上看到這樣的路標。

# 喝水？

aqua · 液體，水

有一段讓我畢生難忘的經歷，就是與水有關的。

盛夏，筆者在義大利旅行，感到非常口渴，於是向小旅館的服務員要水喝。

"Could you give me a cup of water?"

但那個年輕人卻似乎連這種程度的英文都聽不懂，說了兩三遍，他還是不明白我說什麼，於是簡化到

"Water, water please."

發音也絕對清楚無誤，發的是 [wɑtə]，而不是美式的 [wɔtə]，但他還是沒聽懂。這時候最好的方法就是使用sign language（身體語言）！於是便做出喝水的樣子。

"My aqua business is so slow⋯⋯"
在巴西的Iguassu Falls（瀑布）前，有一個賣Coke（可樂）和mineral water（礦泉水）的少女。
因為我們知道詞源aqua-的意思是「水」，所以即使她說的是葡萄牙語我們也能聽懂。
「aqua、agua、aigua、acqua都是屬於這一類的⋯⋯」

44

這樣一做他立刻明白："Oh!Aqua?"。頓時，我靈光一閃（有時候會這樣），突然想起「啊！這裡是義大利啊，義大利語的故鄉！」，「水」應該是aqua才對。於是立即回答到："Oh,aqua!"。一會兒，旅館的服務生就把水拿給了我。（雖然，真正的義大利語應該是acqua,但一般我們聽到的就是aqua。）

那時我才真正接觸到拉丁語系的東西，後來，也很積極地運用那些拉丁語知識，雖然並不怎麼好，但要比想像的容易溝通。

## 從斯庫巴潛水中學習

scuba diving是年輕人很喜歡的一項運動，對於scuba diving來說最重要的裝備是aqualung，在這個單字裡我們也能看到aqua。

aqualung：水中呼吸器（潛水員使用的氧氣瓶及面罩）

　　*lung：呼吸器官，肺

aqualung裡裝有在150～250氣壓下壓縮的空氣，潛水時把aqualung背在背上，通過regulator（調節器），使aqualung內空氣（注意：是「空氣」，而不是氧氣）與水壓平衡，便於呼吸。但是韓國的很多書（甚至是教科書）都把aqualung稱為氧氣瓶。氧氣能那樣直接吸入嗎？

aquatic：水中的，水生的
aquatic sports：水上運動
aquatic plant：水生植物
aquatic product：水產品
aquarist：魚類飼養員，水族館職員

Oxygen tank? Nonsense!

scuba diving是科學運動

年輕人都值得一試。韓國的優點是國土面積小，三面環水，可以輕而易舉地享受海洋運動。在筆者生活的加拿大多倫多，想去海邊的話，往東走1400km就是the Atlantic Ocean（大西洋），往西走4000km則可以到the Pacific Ocean（太平洋）。人們也喜歡在北美五大湖之一的Lake Huron潛水。（和海水相比，湖水更乾淨更清涼。）

aquarium：水族館，魚缸

-arium意為「於……有關的地方」。（參見p47）

aqua farm：（牡蠣之類的）養殖，養魚場。

　　韓國南海岸的清靜海域整個都是aqua farm。

aquaculture：養魚，養殖，水中栽培

　　agriculture譯為「農業」，

　　agri-則有「旱田」的意思

aquanaut：潛水研究員

　　-naut有「海員（sailor）」的意思

　　那麼，astronaut就應該是「太空人」吧？

　　astro有「星星」的意思（參見p..49）

aqua regia：王水（royal water，是濃鹽酸與濃硝

　　酸的混合溶液，能溶解金銀等物質，是腐蝕性最強

　　的溶液，因此，被稱為王水。）

regia有rex、king的意思

因此regicide是「弒君罪（殺害國王的罪）」的意

思；這裡的　-cide譯為：「殺死」。（參見p.69）

下面，讓我們來看幾個與之有關的單字。

homicide：殺人。一旦發生殺人事件，報紙上就會出現homocide

squad 警察的殺人事件偵破隊。

suicide：自殺，sui的意思是「自己（oneself）」

Busan Aquarium（水族館）
的logo
海雲台beach有一座大型的地
下水族館，在那裡能夠看到
所有的aquatic（水生）生物

Aquarium Service（賣魚和
魚缸的商店）
aquarium不一定是指像釜山水
族館一樣的大規模建築。小小
的魚缸也叫作aquarium.。

aqueduct：水道（尤指橋管，高架渠）

duct有「管道輸送」之意。（參見
p.121）

至今仍完好無損的Trajanus Aqueduct
於西元80年完工。當時的羅馬人沒有水泥也沒
有灰漿，就用2萬4千塊花崗岩建成了高達29公
尺，長823公尺（照片中所示部分長達280公尺）
的aqueduct。

享受日光的地方，
solarium，日光浴室

-arium‧做～的場所，館

首先，欣賞一下上面這張清新怡人的照片。

在北美的高級私人公寓或海邊度假村都有solarium。

sol有「太陽」的意思。solar譯為「太陽的」，這一點大家都知道吧。

Sol：the Roman god of sun.（羅馬的太陽神）

-arium譯為「做～的場所，館」

　solarium=sol+-arium

因此solarium叫做「日光浴場」。

現在，大家也應該能夠推測出aquarium（水族館）這個詞是怎樣構成的了吧。

aquarium=aqua（水）+-arium。

世界各國都有水族館，在韓國則有漢城的63大廈水族館，釜山海雲台的Busan Aquarium（參見p.46）等近20個水族館。但事實上，aquarium到底有幾萬個呢？還是幾十萬個呢？它的數量'Nobody knows.'為什麼？因為在許多場合裝飾用的「水族館」或家中的魚缸都被稱為aquarium。

歐洲人熱衷於曬太陽是有原因的。

對於在缺乏陽光的環境中生活的歐洲人來說，曬不到太陽會讓他們的身心都覺得不舒服，所以他們才會那麼熱衷於曬太陽。為了能快速地從巴黎抵達地中海型氣候城市——馬賽，享受溫暖的陽光，他們還特別建造了TGV（法國高速火車 Train a Grande Vitesse；速度很快的列車），全程只需三個小時。

上圖就是法國馬賽東部，（Nice）海邊的solarium。

「陽光？棒極了！」

47

## planetarium是做什麼的-arium呢？

在世界各國都有planetarium，只是規模有所不同而已。這是一個在任何季節，不論白天還是黑夜都能看到星星（planet，行星）的地方。當然，這些星星都是人造的，不過卻完全跟真的一樣。（參見p.52照片）

planetarium：天文館，用projector（投影機）把太陽系行星（solar system）的運行情況等投影到圓形天花板上，來進行觀賞的地方。

terrarium：飼養陸棲（terra-）小動物或栽培植物的容器（-arium）。本來是用來飼養昆蟲，蝸牛等的玻璃器皿，現在也在底部放上泥沙來栽培植物。有「特定物品的銷售商店」的意思。

emporium：商場；百貨店

herbarium：植物標本室

herb是近來很流行的一個詞，意思是「草本植物、藥草」。herbarium則是植物標本室

既然學了arium，就讓我們來瞭解一下人的一生中很少去的「地方」吧！

cinerarium：納骨塔

\*cinis是拉丁語，「ash（灰）」之意。

納骨塔是存放從crematorium（火葬場）帶出的骨灰之處。

從cin-聯想，有個異事可以說給大家了解。來看一下灰姑娘的故事。

"Ahem!"（clear throat；清了清喉嚨的聲音）看到右圖的說明了嗎？這樣就知道cine-是什麼意思了。既然也知道-arium的意思，自然地，在碰到cinerarium這樣難的單字時，也就能推測出它的意思了。

When will my prince come... the way he did for Cinderella ....

# 太空人是astronaut

astro,aster · 星星，星

小孩子們所知與「星」有關的詞匯是非常有限的。他們只會說「星星」。但是當他們成為初中生或高中生時就不一樣了，他們已經能區別使用「行星、恆星、彗星、啓明星、流星、星座、繁星」等詞。這是詞匯量增加的必然結果。

學英語也是同樣的道理。剛開始，小孩子們也只會說star，當達到稍高一點的程度時他們就開始使用atrso等詞了。

**astro是希臘語，譯爲「星星」。**

在英語圈，以astro-開頭的單字非常多，我們會發現，公司名、商標名等都廣泛運用到以astro-開頭的詞。

啊，所以如果公司名中帶有astro的話，logo中多會出現☆的設計

astrology：占星術，星占

　astro+logy（學，論）

**My sign is Leo. 我是獅子座的。**

西方人也有叫Leo的。是獅子的意思。

一部分年輕人的夢想是「不努力工作就能享受優質的生活！」這樣的人也進行astrology。

左圖是在多倫多convention centre(會議中心)舉行的「世界巫師，占星者博覽會」的廣告。所展示的內容豐富多彩，有ESP（Extra Sensory Perception，超能力）、psychic（巫師）、reincarnation（輪迴）、numerology（數學命理學），palmistry（手相術）等等。真是十分特別！

"Everything comes to those who wait." 這句格言對這些人來說是很適用的。不過，～who prepare and wait.「機會偏向於有準備和正在等待的人」，只是一味盲目地等待是不可能有任何機會的，讓我們用辛勤的勞動來換取收穫的喜悅吧。

每當新聞上有關於發射space shuttle（太空梭）的報導時，英文報紙上就會刊登類似消息："There are 6 astronauts in the shuttle～,captain某某"。astronaut究竟是什麼呢？字典上也查不著，到底是什麼意思啊？

astronaut＝astro（星星）＋naut（領航員）

「星星、領航員」？astronaut，理所當然地就應該是「太空人」吧！以這種方式反覆推演閱讀，當某天讀到這樣的報導：「俄羅斯發射的太空船上載有幾名cosmonaut」，就能很快地聯想「啊，原來俄羅斯的太空人稱爲cosmonaut」——你會突然發現自己的單字量增加了許多。

cosmo是cosmos（宇宙）的意思。

short story

'Taikonaut' Home Safely After a 21-hour Flight
（在航行21小時後安全歸來的太空人）

這是2003年10月16日加拿大《多倫多太陽報》，對中國第一艘太空船'Shenzhou 5'（Shenzhou：神州）經過21小時的航行後，安全返航一事進行報導時所用的題目。'taikonaut'是什麼意思呢？雖然不知道taiko是什麼意思，但我們知道naut是領航員的意思，所以會推測「啊，好像說的是中國太空人……」

其實和西方人相比，韓國人更容易推測出taiko是什麼意思。剛開始時筆者也感到過一陣疑惑，覺得taiko看起來不像西方文字而像中文拼音。試著聯想一下taiko應該是taikong吧，就像韓國人發'e'這個音，中國人卻發成'ai'一樣，只是讀音上稍有區別。證實後發現taiko就是太空（taikong），即「宇宙」的意思。然而中國人的自尊心既不允許他們使用美式的astronaut，也不許他們使用俄式的cosmonaut，於是就創造出了這個中式英語taikonaut。

astronomy：天文學

astronomer：天文學家

astrogate：太空飛行（v.）

astro+navigate（航行）

astronavigation：太空飛行（n.）

看到navy能聯想到「海軍」的話，理解起來就比較容易了。

astronomical：天文學的，巨大的

Astronomical sums of money will be needed for this plan.

這個計劃需要很大一筆資金。

astral：星的，多星的

asteroid：海星，小行星／星形的（=planetiod）

*-oid「像～，似～」

鋼珠筆

楊利偉把物品拋到空中体验失重

圖中出現在Taikonaut（太空人）前面的字幕是：Yang Liwei threw an object in the air to experience the principle of gravity.

楊利偉把物品（繩子繫住的鋼珠筆等）拋到空中體驗失重。

"Space craft NEAR on way to asteroid Eros."

太空船NEAR號正駛向小行星「愛神星」

這是最近登載的報導內容。布魯斯威利斯主演的電影「Armageddon（世界末日）」中就有這樣的場面。但這則報導不是談炸毀小行星，而是講登陸小行星。「小行星到底是什麼樣子的呢？」是為瞭解開這樣的疑問而去的。科學家們這樣說過：

"Asteroid no threat to Earth."（小行星沒有對地球構成威脅。）

但是何必在「13日星期五」做這樣的報導呢？

astrophysical：天體物理學的

astronomical satellite：天體觀測衛星

artificial satellite：人造衛星

satellite dish：碟形衛星電視天線

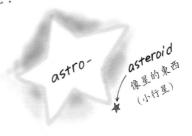

astro-

asteroid

像星的東西（小行星）

aster也有「星星」的意思

asterisk：星號（★），星形／注上星號（v.）

disaster：（意想不到的）災難，慘案
　　dis（不好的）＋aster
在占星術中，一般認為星象不好就會有災難或慘案發生。

星象（aster-）
不好（dis-）
所以……

crystal ball →

disaster

照片是加拿大多倫多的世界級規模天文館，後來因財政困難而關閉了。因為多倫多的人口數量實在太少了。「才250萬而已，怎麼行呢……」planet＋arium（與～有關的地方），即與星星有關的地方，所以就是天文館啦！

McLAUGHLIN PLANETARIUM

☆　讓我們來認識一下各種「星」吧。

planet：行星
　minor planet是小行星
　　（planetoid 或asteroid）。
fixed star：恆星，
　也被稱為permanent star
satellite：衛星
　satellite city：衛星城市
comet：彗星
　Halley's Comet：哈雷慧星
super giant star：超巨星
　超巨星是耶穌誕生時
　出現的星……
shooting star／meteor：
　小流星

## "你們公司的效益好嗎？"

### bene- ・好的，善良的，好

禮拜結束後pastor（牧師）會雙手合十為人們「祝福」。祝福當然是用好的（bene-）話語（dic）。即benediction，為人們（祝禱，祝福，祈禱）。

bene-是拉丁語，意思是「好的、善良的、好」

因此benefit的意思就是「利益、恩惠、恩典」，作動詞時，譯為：「有益於～，受益」。

在工作的朋友們都問過這樣的問題吧：

"How's your company's benefits?"

你們公司的福利如何？

"What kind of benefits does your company give you?"

公司給你們怎樣的福利待遇？

benedictory：祝福的

　　與之意義相反的「惡語，詛咒」則是

　　malediction

　　mal-的意思是「壞的，惡」（參見p159），

　　bene是好的東西

benefaction：施與恩惠，行善

benefactor：給予benefaction的人，恩

　　人，後援者，捐贈者

beneficence：恩惠，行善

beneficent：施恩的

beneficial：有益的

　　His vacation has had a beneficial effect.

　　休假對他起了很大的助益。

benefit society（association或者club）：福利會

bene 就是好的盈餘！

annual salary

benefit

Reducing spending will increase benefits.
減少支出等於創造利潤。

53

# 拿到獎金的話，「很好」吧！

## bon- ·好的，好

把bene-用法語來表示就成了bon。

法語bon、bonne的意思是「好的、好」。

下面，就一起來研究吧。

拿bonus（不是指像領規定薪水一樣拿到的bonus，而是意料之外的bonus。"Oh yes^ ^"），在韓國一般是先訂個年度計劃，上班族按月領取bonus。不過這不叫作bonus，只是以這種形式發放年薪而已。真正的bonus是指：當公司盈利多或本人對公司作出巨大貢獻時，拿到的額外incentive（獎金）。像美國、加拿大等國家就和韓國不同，沒有預先計劃好再發放的bonus，只是根據契約每小時付多少美金，加班（overtime）一次付多少美金，年薪付多少美金而已。過耶誕節時，各個公司單獨給的bonus就是真正的'bon'。

"We like our new house, and it's a real bonus that my mother lives so near."

我們很喜歡這個新家，更讓我們感到高興的是離母親住的地方也很近。

## BONANZA!

是「金礦，極大的產量，財源」的意思。

大家不妨到搜索網頁上輸入bonanza試試。你會發現許多團體的名字裡都有bonanza這個字。這字肯定是意思很好（bon-）的詞！這樣看來，以bon-開頭的單字，都帶有好的意思。

Bon Ton（美好城鎮）
Bon是「好的」意思。Ton是從'Town'中來的，所以譯為「美好城鎮」。這是美國賓夕法尼亞州蘭卡斯特一家百貨商店的名字。

bonanza
上圖是為了紀念1848年的gold rush，加拿大所發行的郵票。圖中的男子正拿著過濾gold dust（沙金）用的銅盆。

Bon Voyage（一路順風）
bon-（好的）+voyage（航行）→「一路順風……」。這樣的話，比起說Good bye!或See you again顯得有涵養。下圖是在非洲坦桑尼亞的國家公園拍攝的。這個國家使用斯瓦希里語和英語。

KWAHERINI
BON VOYAGE

## 一個有趣的強盜
→為了證明自己的年齡出示了身份證……

就算你是強盜也得證明已滿21歲，才能賣酒給你。

A guy walked into a little corner store with a shotgun and demanded all the cash from the drawer. After the cashier put the cash in a bag, the robber saw a bottle of scotch behind the counter on the shelf.

He told the cashier to put the scotch in the bag as well, but the cashier refused and said, "I don't believe you are over 21." The robber insisted he was, but the clerk still refused. The robber then tookhis driver's licence out of his wallet and gave it to the clerk. The clerk looked it over, agreed that the man was,in fact, over 21, and put the scotch in the bag. The robber then ran from the store with his loot.

The cashier promptly called the police and gave them the name and address on the robber's licence. He was arrested two hours later.

*shotgun：獵槍
*drawer：抽屜
*robber：強盜
*shelf：架子
*insist：堅持，堅決要求
*clerk：店員，職員
*licence：允許，許可，執照／許可 (v.)
*wallet：錢包
*loot：髒物／掠奪 (v.)
*promptly：立刻，迅速地

當讀到（Toronto Star,June4,1999）的這篇報導時，筆者也禁不住笑起來。於是把這篇報導留了下來，希望有一天能和讀者們一起讀這篇報導。

真是兩個糊塗（純真？）的傢伙。一個是店員，在受到持槍強盜威脅時還堅持只把酒賣給超過21歲的人；另一個則是正在進行持槍搶劫的強盜，為了證明自己已經達到酒類販賣法所規定的飲酒年齡，竟然出示了身分證（駕駛執照）……。兩人都是使我們感到有趣（？）的人。

這是在美國Colorado州發生的真實事件。

Colorado在西班牙語裡的意思是「紅色的（江）」。開車在這片只有紅色的泥土和石頭的土地上走了幾天後，連車胎也變成紅色了。火星也不過如此吧！

55

有兩個車輪的bicycle

bi- · 二，2，兩

剛看到bi-時會有一種陌生的感覺吧。但慢慢地，你會發現，其實以bi-開頭的單字是很多的⋯⋯。

我們熟知的bicycle（自行車）就是一種兩輪的代步工具。bike是指自行車，摩托車。但bike是非正式的英語形式。motorcycle才是最準確的。

bike、motorcycle都有兩個輪子。

知道電腦用語bit（位元）吧。按照電腦的二進數原理，逢二進一，二進數的一個單位就被稱為bit。

bit：是資訊度量單位，用於二進數，是binary digit的縮寫。

binary system：二進位計數法。只用0和1來表示數的方法。

作為參考，十進位計數法是decimal system。因為deci-有十的意思
（參見p.114）

為什麼老是說兩個輪子，二進數來強調「2」呢？

是為了讓大家就算沒學過bi-是什麼意思也能猜出：「啊，原來 bi-是2的意思啊⋯⋯」。

不過要注意的是，以bi-開頭的單字大多是高級詞彙，但是只要掌握要領，學起來也不是什麼難事。

「有個畫家在聖保羅兩年展覽會上獲得了grand prix。」

「舉行了光州（韓國地名）兩年展覽會」

我們常常看到各種這樣的報導吧。相信沒有韓國人會不知道「光芒之地」、「文化之都」——光州吧。

但問題是「兩年展覽會」呢？好像並不為人所知。其實它的詞源是義大利語→biennale，英語寫作biennial，意思是「每兩年舉行一次的」或「那樣的活動」。和它相近的詞是biyearly。

要注意：不要將它和形似biannual給弄混了。biannual是「一年兩次的」的意思。

| 紀念美國獨立所建的猶他州二百年景觀公路

centennial：「每百年一次的」　*cent的意思是「百」。

如果再在前面加上意思是2的bi-，

就成了bicentennial：「每兩百年一次的」。

參考單字：triennial：每三年舉行的活動。

tri的意思是「三，3」。（見p.299）

「什麼時候會用到上面的單字呢？」你們應該想這樣問吧。其實，隨著大家英語水平的提高，你們會經常遇到這些單字的。

biweekly：兩周一次，一周兩次　*biweekly paper：半月刊物

bimonthly：兩個月一次，一個月兩次

「這樣看來，英語確實有很多容易讓人混淆的地方……」

biplane，用我們的話說就是「雙翼機」，是一種老式飛機。上下各有一對機翼。「雙翼機」是西方發明的機械，漢譯如下：

雙：2 —— （bi）

翼：機翼

機：飛機—（plane）

在這supersonic（超音速）時代，老式biplane似乎已經銷聲匿跡了，其實不然。西方人對他們祖先創造的這種飛機懷有很深厚的感情，至今仍能很出色地操縱這些飛機。在加拿大每年都舉行的Toronto Air Show等活動中，甚至還可以看到雜技飛行表演。

這位出現在Toronto Air Show上的大膽女性是來自於德克薩斯的Teresa Stokes。如大家所見，她連降落傘都沒有，卻敢在機翼上走動。"Wow, what an amazing women."

老式飛機沒有canopy（駕駛艙上方的玻璃華蓋），pilot都身穿皮jacket，頭戴皮帽，再配上goggle（防風鏡）。"Looks romantic!"（太浪漫了！）

bicameral：（類似議會分為上院和下院）兩院制的

如果把bicamera中的bi-去掉就成了camera?啊，照相機？

不是的，camera在拉丁語中的意思是room。

在義大利的旅館住宿登記簿上，就可以看到他們用camera來表示房間的意思。那麼就可以把兩院制理解成2個room的意思。

bisect：二分，把～分為二

sect-有「分」的意思。（參見p.251）

bimetal：搞科學的時候大家時常聽到「雙金屬片」這個詞吧。

這是一種能使聖誕樹上裝飾用的閃光小燈泡按一定間歇亮起熄滅的裝置。同時也被大量運用於refrigerator（電冰箱）等的溫度調節裝置，是將膨脹系數不同的兩種金屬連接在一塊兒構成的。現在大家應該知道爲什麼這東西叫bimetal了吧。

bi-＋metal（金屬）→兩塊金屬

bifocal：（鏡頭的）focus（焦點）是兩個的，雙焦的

bifocus lens：雙焦鏡片

鏡片的上面和下面部分度數不一致的眼鏡。

這是一種專爲患有老花眼的人設計的眼鏡。人在看報紙之類的東西時，眼球微微向下，這時眼鏡是在被當凸面鏡使用；在看遠處的物體時眼球位置升高，眼鏡被使用的部分則轉成了凹面鏡，能根據不同的距離（distant）做出調節，使視力達到最佳狀態。


athlete：運動員。那麼參加兩個專案的選手被稱作什麼呢？

只要加上bi-就行了。

biathlete：冬季奧林匹克雙項選手

是參加越野滑雪兼射擊的運動員。


我們一般對望遠鏡和雙筒望遠鏡都不會進行區分，都稱爲望遠鏡。當然望遠鏡包括了雙筒望遠鏡：

望遠鏡是telescope。

tele-（遠）＋scope（看）

攜帶並用雙眼看的叫做binocular

bi-＋ocular（眼睛的）

binocular

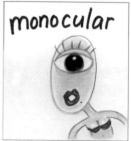

這樣的話，下面這個單字應該能夠拼出來吧，即童話書裡出現的「獨眼的」怪物。

mono-（一）＋ocular（眼睛的）→monocular（獨眼的）

monocular microscope：單眼顯微鏡

micro（非常小的）＋scope（視野的，觀察的）

bilingual：使用兩種語言的；

隨著時代的變遷，這個單字已經變得非常重要了，大概所有的韓國人都希望自己會說兩種語言。我們的母語是韓國語，怎樣做才能把英語說得跟第二母語一樣流暢，成為一個bilinguist（精通兩國語言的人）呢？

 short story

### Canadian 都是bilinguist嗎？

加拿大是一個官方語言為英語和法語的bilingual country。政府機關的文件、道路標誌、商標等無一例外，都用同樣大小的英文和法語來標記。那麼Canadian（加拿大人）都是bilinguist嗎？好像自然而然就那樣了。哪兒的話呀！根本就沒有那回事兒！在英語圈生活的加拿大人如果到了屬於法語圈的Québec（魁北克），也就馬上變啞巴了。而在國境處居住的人，也只算得上是經商方面的bilinguist。不過想要成為高級公務員或政客，bilingual是必須的。

Biligual service-Service bilingue
（雙語服務－雙語服務）
照片所示的是美國與加拿大交界處的加拿大海關。兩種國語，即，提供英語和法語兩種服務。

# 今天的bio節律很不錯！

bio- · 生

「我們人類的身體、感情、智力所處的狀態都是有一定規律的，這樣的規律叫做biorththm（生物節律）」這理論現今已變得一般化，這種難度較大的單字也被頻繁使用。地球上的生物體都是按照地球的公轉、自轉，或月亮的周期誕生的，必須符合生物節律，即是生物時鐘。

名為BIO VITAL（生的，生命的）的化妝品只要是化學物質，不管是東方的還是西方的都會讓人產生sick and tired（厭倦）反應。照片中的銀杏葉就是在強調這種感覺。

**bio-是「生命」，即life的意思，源自希臘語。**

許多人都知道醫生prescription（處方）上的抗（anti-）生（bio）素叫做antibiotic（參見p.39）。現在這個時代，只要有化學物質就會有allergy（過敏）反應，相對地bio-這個詞也變得普遍起來，所以現在已成為一個無人不知的單字了。於是就相繼出現了化妝品——「bio-cream」、「bio-泡菜壇」、「bio-apart」等商標名。這倒不是說人們比較偏向使用外語，而是用bio-的感覺確實要比「生」好。

下面讓我們來看看以bio-開頭的單字吧。為了和讀者們更加親近，我在本書的10頁，介紹了怎樣的生活促使我寫了這本奇怪的（？）書，簡要地向大家展示了「作者生平」，這就叫做biography。

biograph=bio＋graph（寫）→記錄人生

四歲時　　現在

biography

biograph：寫傳記

biographer：傳記作家

會寫出傳記文學……

下面讓我們加上有「自己」意義的auto-看看。

auto-＋bio＋graphy→記錄自己的人生

autobiography：自傳

biographical：傳記的（＝biographic）

international biographical directroy：
國際傳記名錄

The Biography
上圖是義大利畫家兼雕塑家莫迪里亞尼(Modigliani,1884-1920)的biography。以非現實主義技法的作品聞名於世。

bionics：生物工程（仿生學，對生物的組織
和機能進行科學地開發、利用的工程）

bio-+electronics（電子工學）＝bionics

 word tips

太陽底下無新事……模仿自然地bionics

人類用金屬造的鳥--飛機。飛機著陸時，輔助機翼展開的樣子與白鶴等大鳥向下扇動翅膀時的樣子驚人地相似。

現今industrial robot之類的東西，大都是以生物結構為基礎製造而成的。在我們周圍最常見的industrial robot（工業機械）要數excavator（挖土機，poclain），它就是按照我們的手臂和手腕的樣子做成的。

是照著我的翅膀設計的，是bionics。

The scientists got hints from the birds' wing and designed the plane's wing.We call it bionics.
科學家從鳥類的翅膀處得到啟發，設計出了飛機的機翼。這就叫做生物工學。

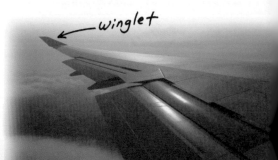

winglet

bionics這詞是在1958年，由美國的NASA提出的。有個很好的例子，1969年7月20日在月球上著陸的Lunar module（登月艙），就是從蜘蛛的腳得到啟發，利用bionics設計而成的。

| Poclain公司的製品excavator

利用bionics造出的最具代表性工業機械當數excavator。

　　ex-（向外）+cave（洞窟）(ex-，參見p.128)，即「往外挖掘」的意思。

Poclain是法國重型機械製造公司的名字。

如果對英語圈的人說 "That poclain was broken." 會怎麼樣呢？

聽不懂。換成 "That excavator was broken." 就對了。


再讓我們來挖掘一下以bio-開頭的單字吧。

以下的單字雖然不是常用詞，但既然我們是在對詞彙進行比較系統而深入的研究，我認為還是有必要挑出來說一下。不管何時何地，無論在什麼樣的情況下遇到這些詞，只要有印象，都能馬上推測出它們的意思。

那麼就讓我們來學幾個吧。


biology：生物學

　　I study biology at the University of Toronto.

　　我在多倫多的大學學習生物專業。

biogenesis：生源論（生物一定是由生物生成的學說）

　　gen-的意思是「生，產」，因此創世紀則被稱為Genesis。

　　（gen-，參見p.134）

biotic pesticide：生物農藥，利用天敵除去害蟲的生物藥劑。

pesticide：農藥，殺蟲劑

pest（有害物，害蟲，壞人角色，黑死病）＋cide（殺死）（參見p.71）

biocide：殺蟲劑之類的

biological warfare：細菌戰

biological weapon：生化武器（同樣是致死，但卻十分恐怖）

bio-hazard：對細菌、黴菌、病毒等微生物處理不善所帶來的災害。

hazard：危險。在golf course由沙地、水溝、樹木等形成的障礙物也被稱爲hazard。

biosystem：生物圈，生態界

biochemical：生物化學的

biochemist：生化學家

biotechnology：生命工學

symbiosis：共生現象。

sym-有「共同」的意思（參見p.275）

biofuel：生物燃料，煤炭和石油都是由生物體形成的。

fuel：燃料，供給……燃料

air（air-to-air）refueling：空中供油

圖爲Stealth D-117A想從tanker處獲得air refueling，正在向其靠近的場面。

\*stealth：悄悄消失，秘密行動

\*tanker：油船，空中加油機

\*approach：接／靠近

# cap是戴在cap（頭上）的東西

cap,chief · 頭兒，頭

CAP
最高
頭目
！

cap在美國俗語中表示「頭目」，是captain的縮略詞。我們不是也把將大王稱爲「頭目」嗎？頭部在身體的最高處，也是最重要部位。年輕人常說的一句話是「我是cap」，其中cap不就是最高的意思嗎？

cap的詞源是拉丁語，意思是「頭目、頭」。

以下cap開頭的字，都含「最高的、重要的」的意思。

captain：船長，艦長，海軍上校。

不管是多大的軍艦，艦長都是上校。不過，軍艦越大上校資格也就越老，不久就會promotion（晉升）爲admiral（艦隊司令）。

capital：首都，大寫字母，資本／重要的，致命的

This business was started with a capital of $100,000.（這項生意的啓動資金只有10萬美元。）

capital letter：大寫字母

capital city：首都（韓國的首都是首爾）

capital sentence：判處死刑（因爲是致命的宣判）

Murder can be a capital sentence in many countries.（在很多國家殺人都會被判處死刑。）

capitalism：資本主義

共產主義是communism

capitalize：把字母大寫，投資，利用～機會

She capitalized on his mistake and won the game.

她利用他的失誤贏得了這場比賽。

The Capitol：美國的國會議事堂

雖然詞源很相似，但不要把它和capital弄混了。

Capitolio

Cuba的議會。dictator（獨裁者）卡斯楚完全掌握著政權，這議會還稱得上是議會嗎？不管怎麼說名義上還是議會。不僅是一般的高雅建築，每個column（支柱）最上邊都有capital（建築用語）。這樣的建築都是在共產革命之前建立。現在這國家想要在建築裡加入玻璃窗都十分困難。

the Capitol 議會

capital

CAPITOLIO

## 為什麼Cape Town（好望角）有著如此重要的地位？

看看地圖你就會發現，許多地名的前面都加上了cape。最具代表性的cape當數非洲南端的Cape Town。Cape Town是南非共和國Cape of Good Hope州的州府。也許你會問：「有必要知道這樣的地方嗎？」當然，如果想要瞭解英語圈文化，就必須知道像這種程度的地名。15世紀末，歐洲人為了開闢到印度的航路不知耗費了多少心血……。

隨著這條航路的發現，世界歷史發生了翻天覆地的變化。以前從歐洲到印度只能走陸路，發現航路以後，船則成了被大量使用的運輸工具。

因此被稱為帶來「希望」的「山峰」，即Cape of Good Hope。

cape：串，岬

按筆者的解釋是：海域中形狀像盲腸末端的小塊陸地。有個這樣的名字不就是因為像「帽兒」（cap）一樣冒了出來嗎？

Cape cod：位於美國東北部Boston下面

1620年，102名Pilgrim Fathers從英國南海岸的Plymouth乘坐Mayflower號來到美國，這裡是他們登陸的地方，在美國歷史上有著重要意義。

大家如果有機會去紐約，一定要到New England（美國東北部大西洋沿岸的總稱）走一趟。風景也十分漂亮。

cod：鱈魚（codfish）

韓國民謠中出現的「長山串」，用英語表達就是the Cape Jangsan。

Cape Changgigap
長鬐岬
浦項
釜山

真的是像cap（帽兒）一樣冒出來呢！……

caprion：（報紙，雜誌或其他印刷刊物的）圖片說明文字

caption也有「標（cap）題」的意思。

（這本書中幾乎每頁插圖或照片都配有caption。）

decapitate：斬首（＝behead）

de有「反對、反」的意思（參見p.108）

decapitation：斬首（n.）

參考單字chief，也有「頭兒」的意思。

chief：首領，長官 ＊Indian chief：印地安酋長

achieve：完成，（尤指通過努力）獲得

cheive也是由chief（首領）所派生出來的。

achievement：成就，業績

| executioner（行刑官） | decapitate / beheaded |
| --- | --- |
| 用斧子或刀來執行死刑會遇到很多問題，因此在需要大量execution的法國大革命時期，有人發明瞭guillotine。<br>＊execution：執行死刑<br>＊guillotine：斷頭臺 | 很嚇人吧。但西方人很喜歡這種心理上的殘酷感。上圖是被丈夫——英皇Herry八世斬首的王妃Anne Bolyen。Herry一生中共有六位妻子，其中兩位被他判處了decapitation。（不過他在政治方面卻是值得稱道的）<br>在多倫多往東260km處的Kingston,House of Haunts（亡靈之家）所陳列的雕塑。 |

# hold力量的capacity

cap·抓住，擁有

cap的詞源是拉丁語，意思是「頭」，
它還包括capture、catch、take、hold等意思。
下面介紹的以cap開頭的詞就包含「抓住、擁有」的意思。

capture：俘獲，抓住／留住，抓住，攻佔（v.）

captive：俘虜　　　captivity：被俘之身，監禁

captor：捕獲者

capable：有才能的，能夠……　　*incapable：沒有能力的，不能～

capablility：能力，素質，才能

capacity：容量，潛力，包容力，資格

多用於electricity（電）、electronic（電子）、computer用語。

The seating capacity of this theater is 2,500.

這座劇院有2,500個座位。

capacitor：電容器　　*可以理解為「存放」電量。

-cup-和-cup-都是由cap-演變來的，
只不過意思變化比較大。

occupy：居住，佔據，（某事）從事

occupation：工作，佔有

participate：參加（v.）

participation：參加

participant：參與者

Never let go of it!

有趣的是cash（現金）這個詞也是由
cap-演變而來的。錢很容易丟失，所
以要好好保管，它在法國的古語裡是
「放錢的箱子」的意思。

錢一旦攥住就
不要放手……

# 令人感到害怕的詞，homicide

cide・殺死，切斷，殺

homicide：殺人
suicide：自殺
infanticide：殺嬰
autocide：撞車而死
regicide：弒君
patricide：弒父
matricide：弒母
insecticide：殺蟲劑
herbicide：除草劑
pesticide：殺蟲劑

cide

全都是令人感到害怕的單字啊！

"serial killer"（連環殺人犯）逃跑啦……

-cide專門派生令人感到害怕的詞。

-cide的意思是「殺死、切斷、殺」

Genesis（創世紀）中亞當的大兒子Cain出於jealousy（嫉妒）殺害了自己的兄弟Abel，這是人類最初的homicide（殺人）。

在報紙上常常會出現homicide squad這個片語，意思是「刑事專案小組」。

suicide：自殺，自取滅亡

sui-在拉丁語的意思是「自身、自」。

所以sui+cide→自＋殺

suicidal：自殺的，自殺性行為的

A suicidal attempt is to climb a dangerous mountain.

攀登一座危險的山峰就像是一種自殺行為。

中東地區時常發生利用炸彈、車輛等進行的「自爆」——suicidal explosion事件，這使全世界都為之震驚。「自爆而死就能升天，並在仙女的簇擁下生活，但這又有什麼意義呢……？」"tsk,tsk"（嘖嘖）

"As long as we are alive,we still have hope,just as a living dog is better than a dead lion."

只要我們活著一切就都還有希望。正如俗話所說：好死不如賴活著。

suicide pilot：敢死隊飛行員

二次世界大戰時，日本神風敢死隊pilot的攻擊使美國受到極大衝擊，後來連kami（日本的god）和kamikaze這兩個詞都被列入英文字典。

下面，就讓我們來看看英文字典是怎樣對 kamikaze進行解釋的。

「墮胎是扼殺幼小生命
的行為」
一位民間團體的成員正在
對過往車輛進行宣傳

    kamikaze：a japanese suicide pilot in world war II,trained to dive an airplane loaded with explosive into a selected target,usually a naval vessel.

    二次世界大戰時，日本的空軍士兵所駕駛的飛機上都載有爆炸物，以軍艦為主要目標進行自殺性攻擊。

suicidology：自殺學，自殺研究（？）（☆竟然還會有這樣的研究⋯⋯。）

aborticide：墮胎，墮胎藥　*abot：流產（參見p.14）

genocide：（如同納粹殺害猶太人）種族滅絕，大屠殺

geno：民族（＝race）

Genocide survivors link hands for support to Jews in assisting Rwandans at bereavement workshop.

大屠殺倖存者向猶太人伸出援手，幫助盧安達戰爭中的犧牲者家屬。

infanticide：殺嬰

infant＝in（不會）＋fant（話），
即還不會說話的小孩子

autocide：自滅，撞車而死

homicidal：殺人的

homicidal mania：殺人狂的

insecticide：殺蟲劑　　*insect（昆蟲）＋cide

regicide：弒君罪　　*regi（王）＋cide

patricide：弒父（你們知道嗎，在美國一年之中就有二百多個父親被自己的孩子殺死。）

genocide!
種族滅絕

Killing field
最殘酷的-cide當數genocide
1981年，
柬埔寨的genocide現場。
在非洲等地至今還
有genocide頻繁發生。

matricide：弒母（最令人毛骨悚然的事）

matri是拉丁語的「母親」，

maternal：母親的

parricide：殺害父母、親人

herbicide：（殺死雜草）除草劑

herb：草，野草（中藥材）

pesticide：殺蟲劑

pest的意思是「害蟲，黑死病，討人厭的傢伙」

'噴有pesticide'
（因此，請勿入內）
在北美的街區時常都能看到類似上圖的標誌。
意思是「噴有（pesticide）殺蟲劑，請小心」
（如果噴有殺蟲劑的地方不立上這樣的標誌是違法的。）

BRRRRRRR
'Oh…the police will shoot me soon…'
噢……警察馬上就要向我開槍了

 word tips

### 什麼是police-assisted suicide？

警察協助的自殺？有這樣一種人，他們陷入絕望，想要以suicide來逃離悲慘的現實生活，卻怎樣也沒有勇氣自殺。於是，為了能讓警察在瞬間解決掉自己，他們故意犯罪。一般是脅持路過的小孩或婦女作hostage，用手槍抵住她們的頭引發騷動。這樣一來不久就會被警察給包圍住了。在sniper用riflescope瞄準犯人頭部的同時警察會命令道："Down the weapon!"（放下武器）。但如果「罪犯」（他們也嚇得發抖）還是用手槍抵住hostage的頭作出抵抗的話……"BANG!"這個可憐的罪犯就無力地倒下了。就這樣他們依靠警察自殺成功了。警察把解救有生命危險的人質放在第一位。最近甚至在多倫多Union Station也發生了類似事件，引起了軒然大波。事後，發現犯人的手槍裡根本就沒有子彈。

　＊hostage：人質

　＊sniper：狙擊手

　＊riflescope：來福槍瞄準器（幾乎是百發百中）

# circus為什麼翻譯成「曲馬團」（馬戲團）呢？

circul · 圓圈，周圍，圓

circle
形狀

CIRKUS

果然有馬
的雕刻

很可惜，circus→曲馬團（馬戲團）幾乎已經從韓國消失了。但在歐洲還是很受歡迎，還會進行電視轉播。

circus在拉丁語中的意思是ring。

在這裡circus表示的是「圓圈、周圍、圓」

歐洲哥本哈根的 "cirkus" building或俄羅斯的cirkus building從外觀上來看都和韓國漢城長忠體育館差不多——呈circle。

雜技之所以會被稱作circus（＝circle），就是因為表演場地呈circle。歐洲人看到長忠體育館時恐怕會有這樣的想法吧："That building would be a circus……"，為什麼把circus翻譯成「曲馬團」（馬戲團）呢？簡直可說是譯得恰到好處。

因為轉著cilcle跑
產生了離心力，
所以
倒立也沒問題。

愈轉愈大

circus
circle
迴圈

現在就讓我們好好地來研究一下這幾個漢字吧。

在傳統的circus中，有馬戲演員倒立（hand-standing）在馬背（horse back）上，隨馬一塊繞著曲線奔跑等奇妙的技術。所以呢，circus就被翻譯成了「曲馬團」（馬戲團）。

「對了，以前還有翻譯英文的道士呢……」

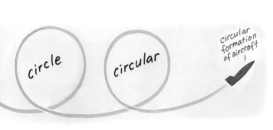

flying circus：用飛機進行表演的空中雜技

circle、circular、circum、circus……，都有「圓、範圍、迴圈」的意思。

circuit：（電流的）回路

circle：圓，圈，範圍，社會／轉圈，回轉

circumcision：包皮切除手術（聖經的割禮）

cis-的意思是「切（cut）」。所以把咬住的牙，即門牙稱爲incisor。但

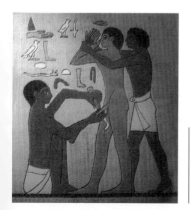

爲什麼circum（圓）會出現在包皮切除手術裡呢？是因爲被切除的部分是像ring一樣的circum（圓形）。這是個讓女性讀者感到難爲情的單字？別這麼想，這是生活中很正常的事。這是在新約聖經中出現的單字。

埃及壁畫上切除包皮的場面
遙遠的古代，埃及的醫生考慮到衛生問題進行circumcision。從照片中我們可以看出，雖然用冷水進行了麻醉，但還是很痛苦，為了防止接受手術人亂動，助手正牢牢地抓著他。

A week later, when the time came for the baby to be circumcised, he was named Jesus,-luke2,21.

一個星期之後，嬰兒接受了割禮，他被命名為耶穌。——Luke第二章，第二十二節。

circumcise：進行割禮，切除包皮

circumstance：環境，情況，條件

「環境」中「環」字的意思不就是「圓」嗎？這就對了，就是circle。

Circumstance forced me to accept a very low price when I sold the house.

受環境所迫，我不得不以很低的價格賣掉這棟房子。

**T** word tips

What circle have you joined in university?

題目的意思是「你在大學裡加入的是什麼circle？」如果問北美的學生這個問題話，答案是「？？」（一副不知所云的樣子。）許多韓國的大學生，進入大學後都會參加circle，和前輩們一塊兒活動。Circle雖是英語，但在北美的大學卻沒有這樣的說法。那是因為他們沒有像韓國學校這樣的校內「circle 活動」（社團活動）。「我還以為有呢……」有時就算有那樣的聚會也不叫做circle，而是被稱作club。而且還是像Jewish Club，Korean Club等少數民眾聚在一起，只是交換一下情報什麼的。英語中也沒有前後輩這樣的單字，校內也沒有分團隊進行的活動。那麼，慶典呢？

當然也沒有慶典啦！辦了這些活動哪兒還有時間學習呀……

# 一起（com-）揮動bat—combat！

com- · 一起，強調，共

人類早期的戰鬥就是拿著棒子（bat），一起（com-）攻擊對方。和拳頭比起來，bat無論是在攻擊範圍還是在效果上都更勝一籌，能夠更好地制住對方。那麼如果一起使用bat呢？com-＋bat（打）＝combat。

戰鬥的 bat

手持原始武器bat準備進行（？）combat的赫拉克勒斯
俄羅斯普希金市的近郊有一座葉卡琳娜宮殿，宮殿前面是柴可夫斯基創作中的天鵝湖。湖邊就立著赫拉克勒斯手持bat的塑像。

com和con在拉丁語中的意思都是「一起、強調、共」。

Combat：打鬥／戰鬥
combatant：戰鬥的，好戰的／戰士
combat troop：戰鬥部隊
combat zone：戰場

To combat escalating crude oil prices……

應付油價上升……

直譯為「戰鬥、打鬥、鬥爭」顯得殺氣騰騰，但如果這樣用呢？

The doctor spent his life on combating disease.

這位醫生一生都在救死扶傷。

disease=dis-（without）+ease（平安）
→疾病

75

Since the world was created, competition has always existed.

Endless competitions push us.

He/She laugh best who laugh last.

petition：申請書，請求，（向……）請願

例如，申請美國就業移民的人通過移民局向就業機構提出申請就叫做petition。

如果再在前面加上com-呢？

competition：競爭，比賽

competitor：競爭者

A petition with 500 signatures is submitted to the university's student council.

　向學生會提交了500人簽名的請願書。

人生中總避免不了各式各樣的競爭

"We can't aviod heavy competition in our daily life."

這種無休止的競爭真的讓我們感到很厭倦。

"It really makes us sick and tired."

問題是看我們如何控制自己的欲望。

"The master key is how to keep balance in human desires."

韓國有句俗語：「凡事都是相對的」。即，單方面比較某事物是不可能的，因為比較是建立在兩者以上的基礎上的。

首先，如果在com後面加上pare（同等）就成了compare。

compare：比較／做比較，對比

comparison：比較，對比

愛國者被稱為patriot。

patri-有「父親」的意思。

在patriot前面加上com-就成了compatriot，直譯的話是「與父同在」，即「同胞」。

compatriots：同胞，同事／同一國家的，同胞的

We are compatriots, (because) we both came from Korea.

我們都來自韓國，我們是同胞。

「我們是韓國人」
在加拿大多倫多 Koreatown的端午慶典活動中，compatriots（同胞）們正在演唱「阿里郎」。

company：公司

在公司裡大家一起（com-）做事，吃同一口鍋裡的飯（pan），所以把公司稱為company。「我們吃同一口鍋裡的飯。」很有趣吧！

此外，company也有「朋友、同伴、交際」的意思。

He is a great company bacause he is funny.

他很幽默是個很不錯的朋友。

companion：同伴，伴侶，朋友　　*但，指的並不是那種關係親密的朋友，而是一塊兒打發時間或旅行途中偶然遇到的朋友。

Mike was my only companion during the Iraq War.

在伊拉克戰爭中，和我在一起的人只有Mike。

compliment：讚美，問候，敬意／稱讚～，向～致敬　　*com-+pli（鎖）

complimentary：免費的，致敬的

贈送自己的著書時一般寫 "With the complimentary of 某某"。

在韓國的飯館有以service形式提供的食物（免費小菜）。這樣的食物用英語來表達就是complimentary food。但在北美的飯館卻沒有用作complimentary的食物。就連麵包之類的也是？

The restaurant has no comlimentary food because the owner is stingy.

這家飯店的老闆很吝嗇，都不提供免費小菜。

## composition · 構成

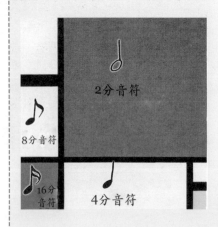

2分音符

8分音符

16分音符

4分音符

com-+pose，就是把多個（com-）pose（位置，場所）聚集起來，於是就有了composotion（構成）的意思。美術課中所講的構成是指在做畫時為使畫面顯得更加出色而進行的結構安排。回顧一下荷蘭畫家蒙德裡安的作品就能有所瞭解了。（Piet Mondrian，1872-1944，抽象畫創始人之一。）孤獨的藝術性composition就是通過這樣的創作表現出來的。

顏色的變化創造出美術作品；音的高低交替、長短變化形成音樂。同樣的道理，詞句的合理運用則產生了詩和小說。即，composition是所有藝術的基礎。

compose：構成，整理，創作
composition：構成，整理，作曲，作文
composer：作曲家，作家

我們經常會說「那人有這樣的complex⋯⋯」，但在真正英語圈中幾乎不會用到這complex個詞。試著跟這樣跟北美人說，看他們能不能聽懂。
"What kind of complex do you have?" 或
"She seems to have some appearance （容貌）complex."
答案是聽不懂。這不是因為他們無知，而是因為complex是心理學用語，在日常生活中根本就不常用。不過一般人倒是都知道Oedipus complex或Electra complex（女兒無意識地愛慕自己的父親）。

苦命的伊底帕斯
在復仇之神的驅使下，殺父娶母的伊底帕斯正以生命為賭注和食人怪物斯芬克斯猜謎。"Oedipus complex"（無意識地把母親當作性物件，而產生愛慕的症狀）就是由此而來的。

美國‧加拿大人不說'complex'而是用'self-conscious'。例如：

He is self-conscious about his looks.（他有些自戀。）

conscious：神志清醒的，意識到的

What are you self-conscious about?（你有哪種情結？）

俊男美女 only

我是很有能力，但……

combination也是常用詞。下面就讓我們就combination進行分析吧。

com-+bi（二），即，"合二為一"的意思。（bi，參見p.56）

好是好，但如果忘了密碼怎麼辦？當然只能用鋼鋸切開了。

combination：組合（從很多東西中選出幾個進行作業），結合，聯合，化合物

「鎖」被稱作（pad）lock吧。存放私人物品的箱子被稱作locker。

北美高中的走廊上為學生設有專門的locker，學生們鎖locker時大都用的是「暗碼鎖」。用英文表示就是combination lock。

「因為鑰匙和鎖combi比較方便……」

lotto（彩券，樂透）也講究combination。

北美的傳統lotto 649（Six-forty-nine），1到49個號碼中有6個號碼全中就是一等獎。現在如果買7美元的彩票就是6×7＝42，即，要選出42個號碼，但如果用combination只要選出6＋1，即，七個號碼就行了，沒有必要選42個，是個非常簡便的方法。

「當然你得先付7美元……」

## 藉著介紹lotto的這個機會，順便來看看lottery／Lotto的起源吧

The word Lotto is from Bible in the Old Testament. "Oh,no!Even the word about gambing was also from the Bible?"（什麼？和賭博有關的詞都是出自聖經？）"C'mon and lixten,please.

### Exodus（出埃及）後四十年終於得到了Canaan這片土地……

In 15th century B.C., the Israelites left Egypt (the Exodus) and they had wandered for 40 years in the desert in the Middle East. Finally they conquered Canaan and occupied the land which was in their dreams.

約在西元前1513年，從埃及exodus出走的以色列人，在中東的曠野徘徊四十年後終於得到了夢寐以求的Canaan（聖約之地），並在那兒開始了新生活。（參見p.131）

As you know, old Israel was composed of 12 tribes so they had to divide it fairly. If you were in their shoes, you would probably want a good part of the lands. But they obeyed God"s rule. God taught Moses the way of lots ahead of time.

眾所周知，以色列民族有12個分支。所以必須把佔有的Canaan土地平均分成12份。有哪個分支不想佔領更好的土地呢？但作為侍奉主的人，他們也不會為此進行鬥爭。主會讓族長抽籤決定。

They obeyed it well. They thought it was their blessing no matter what they got. So after they divided the lands they never had any problems. They praised God.

「祝您好運」（crossed fingers的意思）
英國的The National（彩券公社）的標誌。兩根手指交叉在一起的設計——crossed fingers，是譯為 "Good luck" 的sign language。
這也是英語圈的文化，應該有所瞭解，以後會有用得著的地方。如果有人明天要去面試，這時你對這個人做這個手勢會顯得非常cool。

而且不論分到怎樣的土地，他們都沒有任何異議，他們認為這是主給予的祝福。（如果想要確定這裡講的是否屬實，可以參見聖經的舊約，其中很多地方都有提到，不過最具代表性的還是耶和穌啊。第14章第2節）


*lot：抽籤，應取份額，區域，命運（因為是主選出來的）／抽籤，分配

 The lot fell upon me.（我中獎了。）

 Her house is between two empty lots.（她的房子在兩塊空地之間。）

*lottery：抽籤　　Lotto：（商標名）彩票

*gamble：賭博／賭博（v.）

*C'mon and listen：c'mon是come on 的口語式表現。「仔細地看看。」

*wander：漫遊，漂泊

*desert：沙漠　　「餐後甜點」是dessert

*conquer：征服

*occupy：佔有，搶走

*tribe：部落

*fair：公平的，美麗的，金髮的

 在英語圈經常會使用Fairview（視野良好的）這個詞。

 Fairview Mall／Shopping Center

*praise：讚美（n.）／稱讚，讚美


譯為「抽籤」的 lot也有「土地」的意思。

parking lot：停車場

camping lot：露營地，camping groud

'parking lot（停車場）
　禁止入內'
寫著 'lot' 的牌子。
從星期一到星期四，
星期三晚上除外。

81

lot for sale：土地買賣

lot還有另外一個意思是「房身地」
（一塊地）。

在北美，提到住宅前面的院子面
積時，如果說 "My house has
65 feet." 就表示那塊土地寬
65feet。（當然整體面積還是65×
長度）我認為只計算房身地（房
屋與地基）的寬度是受了歐洲文
化的影響。就像封建時期的阿姆
斯特丹，把窄小的建築建得高一
點是有原因的。當時的稅金是按
lot來徵收的，所以人們就把房子
建得小而高。所以，在阿姆斯特
丹至今還能看到一種稀有的建築
——五層樓高的一扇窗建築。

圖為阿姆斯特丹的窄而高的閣樓建築
窄小閣樓房間大概夠擠上一張床，
擠在這樣小小房間，
睡起覺來應該別有一番樂趣？

聖經中出現的lottery（抽籤）是褒義詞：「公平地分給每個人」，但現在
它的意思卻變了許多。商業主義者已使得lot意義變質，變成了「賭博」
的意思……

"Commercialism changed the meaning of lot to Lotto." →gamble
word（賭博用語）。

不熟悉數學概率和Lotto文化的人會不斷地購買。結果會變成什麼樣呢？
借債買彩券，然後走向破產之路……。

所以北美的教會無法接受靠賭博得來的捐助，也就是出於這個原因。

"So Noth American Churches don't take donations from money made
by Lotto."

不僅如此，越來越多的retirement home（養老院），shelter（福利機構）等依靠國家補助營運的團體，也拒絕從政府接受靠Lotto得來的補助。"The government is helping us with the money made from Lotto? No thanks. We don't need it."（政府用Lotto收入來發放補助？謝了，我們不需要這種錢。）

retirement home：養老院

shelter：福利機構（避難所）

grant：補助　　*捐款是donation

government：政府

govern：統治，管理

governor：總督

我們已經從combination說到了lotto。讓我們再來整理一下吧。

combine：結合，聯合

Hydrogen combines with oxygen to water.

氧和氫結合構成了水。

combined operation：聯合作業

New deputy commander of the Korea-U.S. Combined Forces Command.

新任韓美聯合會副司令官。

deputy：副官，代理官員，代理人

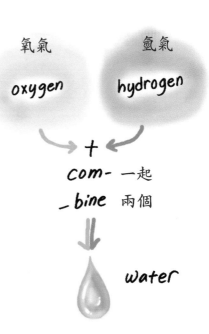

氧氣　oxygen　氫氣　hydrogen

＋

com- 一起

_bine 兩個

water

The US-leaded combined operation is under going.

由美國主導的聯合作戰正在進行。

"Do not commit adultery." (戒奸淫) ——the Ten Commandments（十戒之一）

adultery：奸淫，不正

commit：犯（罪），作惡，委託

com + mit（送，寄）：在此意思上，做壞事難道不正是犯了很多錯的原因嗎？（參見p.179）

commitment：犯的罪，委任，委託，話柄，獻身

I don't want to get married because I don't want any commitments.

因為不喜歡被契約束縛，所以我並不想結婚。

the marriage and commitment：婚姻契約書

committee：委員，委員會

commemoration：紀念日，紀念儀式

一起（com-）＋記憶（memo）

comment：評斷，評論

community：社會，團體，同甘共苦

The Korean Community in Canada wants to keep its language.

加拿大的韓國僑胞團體想要保持他們的語言。

communion：信仰，鑒賞，思想等大家共同做的事(共想、共有)，親教，（天主教）領聖體

KCCM韓國語言中心
（加拿大多倫多北部）
多位官員出席頒獎典禮，並用韓語讚揚這樣的活動。KCCM是Korean Community Center for Multiculturalism的簡稱，就是多元文化的韓國社區活動中心。

compromise：妥協，折中，讓步

The President and the Congress have been unable to reach a compromise on taxes.

總統與國會至今對於稅金問題仍未達共識。

雖說在單字的選擇有些勉強，但還是集結帶有com-的單字，編成故事：

company：公司，朋友

companion：同事

complex：複雜的，複合，情結

complication：事態糾紛，紛爭

complaint：不滿，抱怨

complexion：膚色，臉色

conductor：指揮者，指導者

command：命令，指使

compromise：協調，讓步

complement：完善

compliment：稱讚，恭維

compensation：補償，賠款

**combine**
才能達
成團結

**complete**
完整地把
問題解決

cowboy ropes

**congratulations!**

現在已完全掌
握這些詞彙了

combine：和解，團結

complete：完整的，完成
non-complete payment：灰色收入

congratulation：祝賀
congratulations！：祝賀你！

這本 **Complicate** 書
複雜的

斷地 **Complement**
完善

不
是
也

改進而完成的

**Completion!**

TAP
TAP
!!

以上，就是從眾多以com-為字首的主要詞彙中精選出的常用單字。要是把全部的都編成故事的話，那是到天亮也編不完的阿。

好，到現在為止，用我們所用過的方法在短時間內分析單字，像西部牛仔一樣用繩索將它們全部套起來吧。

# col 與 com 是一家

com在l前面時，爲了發音方便要變成col。理所當然的，**col 的意思也是「一起，共同」。**之前說過，這就和爲了發音方便將「雞的蛋」說成「雞蛋」的道理是一樣的。讓我們來試著將comlaborate和collaborate反覆輪流發音看看。這樣就容易理解了吧。

collaborate=com-＋labor（勞動）→一起＋幹活，所以自然就變成「集體幹活」了。

The police and the army collaborated to catch the terrorists.軍警合力捕捉恐怖分子。

collaborate：協力，合作，合著

"this book also was born by collaboration：the author Mr.Han wrote it and the good partner Design House published it"（本書也是合作的產物：書由作者韓先生撰寫，好夥伴Design House公司則是出版此書。）

collapse：崩潰／（建築物）塌陷，衰弱　*col-＋lapse（脫落）

colleague：同事，合作者

collision：衝突　*衝突的話，要與對方com（一起）才可能的，對吧！

collision centre：撞車事故修理中心

collide：撞擊

collector：收集人，財務結算人

collocation：並排放置，排列　*loc- 表示場所（參見p.150）

location：場所 位置 地區

college←雖然我們都熟知這詞，使用時不會想到col-這個字首的意義吧？

com- 一起聚集互相幫助，共同進行研究活動的legium=association，就是「學習」的意思。

collegiate life：大學生活

# 和（cord）合（con-）一起是「和諧」

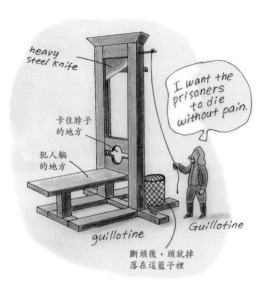

heavy steel knife

I want the prisoners to die without pain.

卡住脖子的地方

犯人躺的地方

guillotine

Guillotine

斷頭後，頭就掉落在這藍子裡

**斷頭臺：guillotine**

這個砍斷人脖子的器具是以發明它的醫生的名字guillotine 來命名的。Guillotine當初是想盡可能地縮短罪犯被砍頭的那一刹那的痛苦而發明此種斷頭臺的。但，很諷刺的是正是，這個斷頭臺的發明者最後被自己的發明斷了頭。

con-在拉丁語源中也是一起、共同之意。

-cord 是heart（心）

到法國巴黎，位於塞納河畔的艾菲爾鐵塔和協和廣場是必去之地吧。1836年，以從埃及尼羅河luxor遺址搬來的（買來的？偷來的？搶來的？）obelisk為中心所建造的藝術廣場——Place de la Concorde（協和廣場），是巴黎最大的廣場。

但是，為什麼叫Concorde廣場呢？

法國在歷史上經歷數次鮮血革命，臭名昭著的斷頭臺就是位於這個廣場；在市民的哀嚎中斬殺了無數無辜的人的頭顱的，正是這個斷頭臺。在這樣一個曾經充滿互相殘殺、揮灑無量鮮血的地方，因為出於停止殺戮並呼喚和諧的目的，所以取了這個Concorde的名字。

obelisk：信奉太陽神的古埃及人民的紀念石柱（monolith，參見p.183）

place：法語中的廣場。英語稱plaza或square（正方形，四角的廣場）

在紐約有位於市中心的時代廣場（Time Square）。在韓國有首爾市政廳前的廣場，還坐落有Plaza Hotel。中世紀時期在plaza曾經舉行過各種活動而平時就作為市場。所以在現代北美英語裡plaza就常常作為「購物中心」的意思使用。這種幾乎每個地區都有的，單層建造的長長地連接起來的商街形式類的建築通常都叫plaza。

北美最典型的小區商街plaze。

圖中購物廣場左起是convenience store（便利商店）、比薩店、電子商街、Mail Boxes（個人商務、通信和郵件服務站）、one-hour photo（快照亭）、health food shop（健康食品商店）、hair salon（美髮沙龍）等連成一道特殊景觀。

Toronto
 Nathan Square

在250公尺上空俯照的多倫多市政門前的廣場（以黃線標出的部分）可稱是真正的square（四角形）廣場，不是嗎？各種慶典都是在這兒舉行的。

這照片出自何處呢?這是筆者所照，我一邊駕駛嗎？當然不是，是朋友所開的cessna172輕型飛機上。

Venice
Saint Mark

義大利威尼斯美麗的聖馬可廣場，又是一個真正的四四方方的square，那些在古代就能建造出如此之藝術品的人們，真是太偉大了！

Stockholm
 Old Town Plaza

若前往具有800年歷史的斯德哥爾摩，就一定要去老城，穿梭於街頭巷角，發現她們的品味與美麗。在此圖中呈現給你的是plaza廣場。中世紀強國丹麥的鐵蹄踏入的時候曾經在此殘忍地處死了很多人。Plaza 平時是做買賣的廣場，有時也會用來作為刑場。

Toronto
Plaza Hotel

在世界許多城市的市中心都會有Plaza Hotel，像韓國首都首爾市政府前也有一座Plaza Hotel。

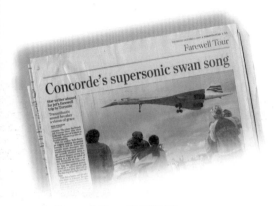

Farewell Tour（與飛機告別）

2003年10月1日，被人們愛稱為白鳥的最後一架concorde的最後一次飛行在多倫多的Person International Airport 著陸的情景。很多多倫多市民都自發前往與白鳥揮手告別。

＊swan song：告別演出，封筆之作品

SST Concorde誕生於1969年的一片喝采聲中，卻在2003年令人惋惜的消失於歷史，它由英法共同開發的人類技術結晶，是最頂級的藝術品。

SST 是supersonic transport（超音速飛行器）的縮寫。

世界最早的SST ，為什麼是以concorde命名呢？（結尾的e是法國式的詞綴）。這正是近代以來一直是死對頭的英法兩國通過共同（con-）的合作（concord）而製造出來的飛機的緣故。

之前已經說過con-表示「一起共同」的詞綴了，而-cord 式表示heart（心臟）的意思。所以concord 說的就是將心意團結起來→合作、調和、一致、國際間的共同協助等意思。

縱觀歷史長河，曾經激烈爭吵的兩個國家，世界上首次共同合作研發出協和concord飛機這件事，不是具有很大的意義嗎？

Concord!　Concorde!

說到con-就想到了concrete：

concrete＝con-＋crete（生長，grew）

說的是mixture of cement＋sand＋gravel（沙礫）＋water，將這些和（con-）在一起造（crete）房子，所以就成了concrete這個詞。

concrete：混凝土／具體的／凝固，凝結

Do you have any concrete answers to this problem？

你對這個問題有什麼具體的意見？

reinforced concrete：鋼筋混凝土

裝運事先混合好的concrete 的卡車通常叫攪拌車，寫的時候是remicon，這其實是ready-mixed concrete的縮寫，全稱叫remicon truck。

re－ready
mi－mixed
con－concrete
∴remicon(truck)

那麼condo／condominium呢？

在韓國就用condo的概念來代替condominium的全稱。使用英語的國家的condominium指的就是韓國的公寓一類的概念。也就是說，condominium指的就是最初為了分開買賣而建造的個人所有的apartment的含義。就和在韓國直接叫condo的道理一樣，在英國也是縮略了叫condo。要是分析condo的話，可以看出它有「共同＋管理」的意思，對吧。單字本來就是這樣構成的啊，不妨讓我們來看看吧！

condominium＝con＋dominion（支配，領土）

所以condominium指的就是被共同統治的區域。

Dominion還是加拿大的一個別稱呢。

dominion 還有英國自治領土的意思。

conductor：指揮者

　　con＋duct（帶領）→（一起帶領很多人）

　　指揮者（duct，參見p.121）

confirm：指出，確證

　　con＋firm（加強）

conserve：保存，保護

preserve：（尤指有損傷的）保護

observe：觀察，守護

observer：（沒有投票或是表決權的）與會者，觀察者
國民水準提高了，所以自然形成了契約社會。

re＋serv（keep）→先reservation（預約）和confirm
（確認）後坐飛機走，然後住酒店。可是就算很清楚
地知道這些步驟，我們還是經歷了一次狼狽之旅。

Overflow Camping
如果讀者們也來洛磯
山脈的話，誰也說不
準會不會遇到相同
的狀況呢？怎麼說也
是所謂英語圈的文
化，這樣的廣告牌也
是應該一讀的，到底
還是因為在加拿大的
關係用bilingual（兩
種語言）標示了啊。

 short story

## Overflow Camping

這是發生在橫穿北美大陸的時候的小插曲。

大家一定都知道加拿大最著名的遊覽景觀——洛磯山脈。我們計畫到山脈中以寶石
命名的Banff村。一個月以前從多倫多出發，沿著美國地方的公路走，途中遇到滿
意的地方就停留一段時間，然後再離開、再停留。因為是這樣走走停停的的汽車旅
行，所以不能預知什麼時候能到達Banff，因此沒有預約當地旅館。那時正值high
season （旺季），there's a small chance that there could be a room in the room in
the next motel （很難說別的地方還會不會有空的房間），knocking door to door （只好一家
家地敲門打聽）。果然不出所料，所有的房間早在幾個月以前就被reservation出去
了。那該怎麼辦啊？和筆者一樣有過露宿街頭經驗的旅行者應該也不在少數。既然
如此，就只能在車裡將就過夜了。但是車卻不能隨便停個地方就睡吧。所以這些朋
友，為了停車卻發現規定可以停車的地方實在是太遠了。聽說這個就叫做Overflow
Camping 。這地方也不是免費的，7美元，那也沒辦法啊。於是就在那個地方停好
了車，蜷在車座後睡了一個晚上。（雖說那是夏天的晚上，可是怎麼會那麼長……）

Confuse：迷惑，混淆　　*con＋fuse（迷戀）

過高的電流流過時fuse要溶解來阻止事故的發生，confuse就是因為同時全部溶解而產生混沌疑惑的。

Even their own mother sometimes confused the twins.

就連她們的親生母親有時候也搞不清雙胞胎誰是誰。

Confusion：混亂，混淆

那麼，這個又是什麼呢？

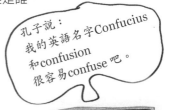

孔子說：我的英語名字Confucius和confusion很容易confuse吧。

Confucius

請仔細看好了，第一個"c"不是大寫嗎？說明這不是一般單字而是固有名詞，孔子孔聖人。→

construction：構造，組成，建築，文章結構

　con-＋struct（結構）

constructor：建造者

structure（構造）前面加上表示反義的de-的

話就變成

destruction：破壞，破滅，廢棄，

試著練習在單字前面加上這樣那樣的詞綴而使其成為新的詞吧。然後懷著愉悅的心情查一下字典，看看自己造的詞到底存不存在？是怎麼用的呢？這樣一來，雖說不會是百發百中，但也可以拍著大腿地大叫「原來我自己造的詞，字典裡真的有！」時，那將是多麼令人興奮的事啊。

constellation：星座

　stellar是星星的意思　那麼stellar加上表示很多的con-，不就成了星座了嗎？

單獨的時候是 star

聚在一起(con-) 很多的時候

constellation 就成了星座

contain：包括　　*con-＋-tain（抓住）

container：碗，容器，大型貨車後大的金屬箱子

-tain也就是hold，是抓住，包含，掌握，支配的意思。

試著在這裡添上我們知道的詞綴，看看會變成什麼詞呢？當然不會都是和hold的意思有關的詞。

detain：監禁，保留

> The police detained the suspect for questioning.

> 警察將疑犯拘留起來審問。

entertain：娛樂大眾，招待

entertainment：娛樂，演藝，接待

maintain：持續，固守

maintenance fee：管理維持，保養費用

obtain：得到，到手

> obtain a position：獲得一個職位

retain：保有，維持

sustain：堅持，維持

consign：委託，交付，讓渡，給予

consignment：商品的委託（委託物）

consonant：子音，舌化音／子音的，一致，調和

> con-＋son（聲音），就是說將子音和（con-）母音合起來產生的聲音（son）。

son 這裡為什麼不是兒子而是聲音的意思呢？代表兒子的意思的son是古英語，這裡的son-是從拉丁文來的，表示聲音的意思。

音樂用語：sonata，猜猜這是什麼意思吧?

FURNITURE CONSIGNMENT
美國佛羅里達州的家具生活雜貨委託行，這是一個古董委員會銷售點。

先想想submarine 潛水艇測定位置的
時候用的sonar（水中聲波探測儀）。
日本的音響公司Sony就是取的這個意
思而命名的。

還有一個叫Panasonic（所有的聲音）
公司也是一樣。pan- 是所有，全部，
總泛的意思。（參見p194）

panorama：全景圖、視角

　　pan-全＋rama看

cosmorama：展現世界各地（cosmopolitan）風情的萬花筒

　　位於美國Disney World的EPCOT Center

Cosmos宇宙大飯店（俄羅斯，莫斯科）
　　什麼，自稱為宇宙飯店?
　　俄語裡kocmoc是宇宙的意思，
　　　　英語是cosmos。
　　這個飯店是為了紀念在冷戰時期
蘇聯在宇宙爭霸戰中領先美國而建的。
　　當時是蘇聯的宇宙公園。
　　要是想成隨風搖擺的花兒可不行啊。

cosm-表示宇宙
cosmopolitan：國際人 / 全球觀的
cosmos：宇宙 調和 / 大波斯菊

現在言歸正傳
聽說過表示「聯合、同盟、聯邦政府」
的federation這個詞吧

　　Federation of American Scientists
　　美國科學家聯盟
　　International Tennis Federation
　　國際網球聯盟

在這兒如果再加上con- 的話
confederation：聯合，同盟，同盟國
the Confederation：美國南方軍（美
國南北戰爭時期）

95

short story

## 我說我們是南部人，不是北方佬兒

一提起美國南北戰爭的南方軍，大家也許會
問：該不會又是什麼老掉牙的故事吧，但是
我們不能忽視的是，在很多南部人的心裡，
南方軍這個觀念是揮之不去的。1860-1861
年間由從美利堅共和國中獨立出來的南部11
個州組成feder的聯盟con-，就叫做the
Confederate。

實際上就算是現在，如果去美國南部旅行的
話，依舊可以在途中看到很多紅底印著藍色
X形的十字架圖案的南北戰爭時期使用的南
方軍軍旗飄舞。由此可見直到今天在很多南
部美國人的潛意識裡依然殘留著這種成見。
在哪兒？看看右邊的照片就知道了。

We lost to the North……

（我們輸給了北方佬兒……）

南方軍
小鎮慶典的時候打著南方軍旗子的旗
手樣子，真是個稀奇事啊。不過呢，
也不能因此就說他們依舊懷著對國家
分裂的怨恨吧。應該怎麼說呢，應該
說是他們對這段讓人痛心疾首的歷史
的一種緬懷與敬意吧。（最上方是汽車
牌照的裝飾的照片）

有關con-開頭的詞實在是太多了，所以我們只能在此就此打住了。
不過，最後我們還是要介紹一下生活中所必須或常常使用的一些詞彙。

拉丁語中的fidere也就是faith（信任，信賴）的意思。
如果表達完全（con-,com-→completely）信任（fid）一個人應該怎樣說
呢？彼此應該無話不談吧。

confide：（相信對方）傾訴，告知，委託

confident：擁有絕對自信的，足夠確信的

confidence：信賴，信任（不為外人所知的）秘密，約定

confidential：心腹的，完全信賴的，（不容洩漏的）機密的

正是有了那樣的人我們的社會才會如此混亂不堪啊……

這裡指的就是那些騙子。

「騙人」、「欺詐」不就是指的都是在讓對方徹底（completely）信任後再在背後捅上一刀啊。

那些騙子又叫做swindler，也叫做confidence man：詐騙犯，騙子

　　"信任＋man"為什麼反而成了騙人的人了呢？那是因為必須惡意利用對方對自己絕對信任的關係。我們常常縮寫成con man。

　　電影中也常常出現的詞。

　　The con man gets living cost doing monkey business everyday.

　　那個騙子每天靠騙人伎倆過日子。

　　money business：詐騙，欺詐


用這樣的詞來做con-的結

尾，雖然有些那個……，

但也是沒有辦法的事。

再說，美國、加拿大不知

有多少的con man，大家

千萬要小心！

con man
當心啊！
說不定是騙子

con man
通常很善於偽裝的

# cor-也和com-是一家

cor- · 當com-出現在r前面的時候

cor- 是com-在r 前面使用時的變形。

cor- 的意思和com-一樣是「一起、共同」等意思

若將表示「改正，修訂」的correction，按comrection的發音試試看。

讀correction的時候很順吧，但是讀成comrection就有些彆扭了，不是嗎？

correlation：連鎖效應，相互關聯

com-＋relation→很多＋關係

A high correlation between unemployment and crime.

失業率與犯罪率的高度相關。

 short story

天氣寒冷與犯罪的誘發

There may be some correlation between low temperature and small crime .It could be possible because the homeless want to stay in warm prison during the cold winter.

說是寒冷的天氣可以導致輕度犯罪……

這是什麼話啊？可是，據說在加拿大這樣的國家裡，一到冬天，想要進管訓所度過寒冬的露宿街頭者就會故意犯一些不大不小的罪。「管訓所裡設施齊全，而且還……」就有新聞報導說，在加拿大每年要為一個犯人支付開支高達6萬美元。

想要獲得6萬美元的net income淨所得， 總收入至少要達到10萬美元以上。年薪10萬美元可不是一個小數目，不是一般的工作能賺得來的。通常一般上班族的年所得（gross income）只有2～4萬美元左右。如此算來inmate（囚犯）每增減100名就是600萬美元，1000名就使6000萬美元！所以曾經有過這樣令人哭笑不得的議案，建議政府在冬天專門安排無家可歸（shelter）的流浪漢住飯店，那樣將會更省錢。

correspond：相似，想當，和諧，互通書信

com＋respond（答覆）

correspondent：通信員

試想一下，想要書信往來的話，難道不需要透過物件嗎？

當有問題要向外國人詢問時，通常會說：

"May I interrupt you？（我可以打擾你一下嗎？）"

在這裡的 interrupt 就是 妨礙、打擾、誹謗的意思。

中途擾亂了氣氛，所以加上表示break的-rupt詞綴，

那麼試著在-rupt上添cor-看看——

corrupt：用不正當的，賄賂的手段／收買

She was sent to prison for trying to corrupt a policeman (with money).

她因為試圖用金錢收買警官而入獄。

corrupter：收受賄賂的人，貪污腐敗政客、公務員，墮落的人

corruption：腐敗，用以賄賂之物

表示行賄這種骯髒的行為有時候也叫bribery。

bribe：行賄之物，行賄

bribery：行賄之行為

所以就會
戴上這個啊！
manacle
handcuff

# coed 男女合校的大學女生

co- · 是com 在e、i、o等母音前出現時的變形

co-依舊是作爲com-，
表示「共同、一起」。

看英文報紙的時候，coed是出現頻率很高的單字，表示男女合校的大學女學生的意思。那麼，這個詞又是怎麼產生的呢？

男生女生一起上學，
com＋education→大家一起學習

"How was your summer?"
"Let's study harder this year."

美國東部耶魯大學（Yale University）code
9月剛開學回到學校的學生，讓校園到處都是男男女女（code）一起喧鬧嬉戲的身影。

但是把這兩個詞連起來發音comeducation很拗口吧。所以只用coed的形式，並且人們一直把它作爲男女同校的大學裡的女學生的意思來使用。

coed dorm：男女混居的宿舍

　　dorm是dormitory的縮寫。

之前說過co-是com-的一種變形，所有在e和o 前面出現的com-的m都要脫落，當然也並非所有的情況都如此。（有點複雜吧，習慣了就好了）

coeditor：共同編著者

coefficient：共同作用

coequal：互相對等　對等的人

　　*com-＋equal（平等，平等的人）

coexist：共存

　　*com-＋exist（存在）

The war started because the two countries couldn't coexist peace-fully

兩國之間不能和平共處，最終爆發了戰爭。

coexistence：共存

| "Pay me back !"（還我錢來！）

coincide：同時出現在同一個地點，同時發生

coincident：偶然一致，巧合，符合的

What a coincidence that you and I are in New York at the same time! Small world, isn't it?

天哪，我能和你在紐約遇到真是太巧了，這世界真小，不是嗎？

incident：事件

特意的行為和事件。像恐怖事件突然爆發就是incident，意思相近的有accident，表示偶然事變，事故，傷害 特指帶來傷害或是損害的突發性事件。

Sorry , it was just an accident I had absolutely no intention to hurt you.（十分抱歉，那只是一次意外。我從未想過要傷害你。）

co(-)operate：合力

co-operation：合作 協助 協同組合，公司

Thanks for your cooperation。

謝謝大家的大力協助。

co-op：是co(-)operation的省略形式，

co-ordinate：搭配／調整／同等物，座標

co-ordination：同等，調和

co-owner：共同所有者

co-president：共同會長

co-sign：共同簽名，保證／共
同簽名

co-produce：（電影類的）共同
製作

co-worker：共同作業的人，同
事 合作者

現在，先在單字前加上co-，然
後在知道的後面詞義的基礎上，
添加「一起共同」的意思，試試
會是怎麼樣？通常都是八九不離
十！

這時co-的發音是〔kou-〕，千萬
要記住！

如果是在這樣建字的基礎上，那麼從現
在開始命運都懸在這小小的簽字上了！
以精明生意頭腦聞名的猶太人通常都交
代自己的後代，在商場中絕對不要留下
自己簽名。

" Don't promise to be responsible for
someone else's debts. If you should
be unable to pay, they will take away
even your bed."（絕不輕易承諾負擔起任
何人的債務。對於你不能兌現的債務，債
主甚至會連你的床都奪走）

也就是不要對別人保證什麼的意思。

為什麼？因為那是可以置一個人於死地
的。

# 信用卡和使徒信經

cred · 信任，相信

cred 在拉丁語源中是「信任、相信」的意思。

在現今社會中由於我們的過於信任，反而導致賒賬以後逃之夭夭的信用不良者急遽增加。

在西方社會中，一旦有一次背上信用不良紀錄的話，是得一輩子背著黑鍋不能翻身的。credit一旦喪失的話，憑什麼再去獲得別人的信任呢？有過這種經歷的人應該能體會信用的可貴。

在沒有身分證制度的美國、加拿大等國，是用driver license 來證明身分的，所以有重大案件發生的時候，通常這樣要求出示Visa或者Master card 、Amex（American Express）card 等的major credit card（信用卡正卡）。

十分懷疑的眼神。當然，交易不可能再繼續了。

credit：信用 賒賬 貸款 / 相信

credit是會計賬簿裡的貸邊貸方， 借方是debit。

金融術語所謂「信用狀的L／C」指的就是letter of credit。

Credit sale：賒賣，先售貨後收款

不過，一般的廣告上通常不會這樣寫出來。

通常會以「No down payment till 幾個月」的形式寫出來，而且通常是家具商會這樣寫。

credit account：（客戶購貨的）賒賬，信用賬戶

credit union：信用社，合作

credit title：電影和電視中的原作者，劇本，導演，製作人出現時的字幕（title），片頭字幕

creditor：債權人

creditable：享有名譽的，可信的

discredit：不光彩的/恥辱，不可信/不信任 懷疑

Credit Union.(加拿大，Oshawa)

incredible：不可思議的，難以置信的

credence：信任，可靠

credential：外交使節所遞的國書，信任狀

被派到外國的使節，須將從本國元首處獲得的信任狀呈交給目的地國家的元首。公文上通常會寫「作為我國的代表，我們派遣某某、某某人到貴國，希望多多指教」。

## 使徒信經和Cred有何關係？

在瞭解英語詞彙和文化的英文圈國家所作的旅行中，我一路上自然而然地就會接觸到基督教文化。基督教徒會在做禮拜的時候暗誦的「使徒信條」，在英語裡是Apostles' creed。

creed：信條，教理，綱領，

理所當然的，apostle 在這裡指的就是使徒。

short story

凡事都和基督教沾邊的美國和加拿大　可說是以基督教為基礎……

不管是以什麼事由，凡是來到美國和加拿大長期居住的人，即使不是基督教徒也會有很多參加教會活動的機會的。大的不說，像是什麼朋友的結婚典禮、葬禮啊，各種聚會都是在教堂裡舉行，可以說是建立在基督教基礎上的國家。

在這兒我就介紹在美國、加拿大做禮拜的順序供讀者參考。

在這些週報中正好有許多值得我們學習的語源知識。請大家仔細留意，在我們的周圍處處都是詞彙 "Please take us."

| | |
|---|---|
| Organ Prelude：管風琴前奏 | ＊pre-：前（參見p.223） |
| Introit：入祭文，聖餐式前所唱的讚美歌 | ＊intro-：進入 |
| Call to Worship：正式進入禮拜 | |
| Apostles' Creed：宣誓信仰 | ＊creed：信仰 |
| Responsive Reading：輪流應答禮拜式 | ＊re-：再（參見p.244） |
| Hymn：讚美詩、聖歌 | |
| Prayer：祈禱 | |
| Scripture Reading：朗讀聖經經文 | ＊script：手寫（參見p.249） |
| Anthem：聖歌，讚美歌 | |
| Offering：獻禮 | |
| Offering Hymn：奉獻頌歌 | |
| Concern of the Church：教會新聞 | ＊con-：一起（參見p.88） |
| Sermon：佈道說教 | |
| Hymn：讚頌 | ＊miss：送（參見p.179） |
| Commissioning：委託的話 | ＊bene-：好（參見p.53） |
| Benediction：祝福 | ＊dic-：話，言（參見p.116） |
| Organ Postlude：管風琴終曲 | ＊post-：後（參見p.221） |

北美旅行途中見到的超迷你教堂
考慮到長途汽車旅行的人，在高速公路的休息站也設置了小型教堂，方便星期日還在路上不能做禮拜的人們，也可以隨時進教堂做禮拜。

# ××是kiss，kiss／○○是抱，擁抱

cross · 交叉

**cross-** 是×，＋等表示十字架。十字架是苦難的象徵。

Christ's death on the cross（耶穌不就是被釘死在十字架上的嗎？）

cross：十字架，交叉，受難，

　　××是kiss標誌（請參照下頁word tips）／使交叉的／交叉的／橫穿

crossroad：交叉路

crosswalk：人行道

　　在美國加拿大等地，有sign標示並在路上畫上一個×表示（請看右圖，參見p201）

crossing：橫穿，交叉

cross-check：反覆確定，再調查

cross-country：越野的，橫過田野的，橫穿國土的，全國的／越野的滑雪賽事（cross-country ski）

cross-eye：鬥雞眼（兩眼集中看鼻子位置的狀態）

cross-armed：交叉雙臂

He crossed his arm. 他叉著手。

statue of a cross-armed man. 交叉雙臂男人的塑像。

cross-legged：盤腿坐著，交叉雙腿

crossbar：閂，橫木，球門的橫木

cross out（off）：在名字上劃線、登出、刪除

PED XING
ped＝pedestrian（行人）
xing，x是交叉標誌，表示cross；加上ing，即為crossing（橫穿）。
所以，
ped xing＝
pedestrian crossing
意指「行人穿越道」。

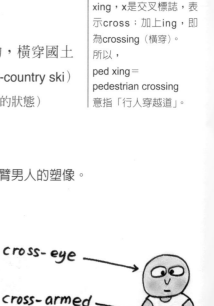

cross-eye

cross-armed

cross-legged

這個幾乎是對西方人不適用的話。
不是學習yoga或是有這種坐姿的人，
西方人可是想像不出來的。

cross表示交叉的意思，互相看不順眼的敵對情形，也可以這麼說：

I hate to be crossed, so don't argue with me.

我不想吵架，所以別和我作對。

argue：爭吵，計較，辯論，說服

Columbus argued that he could reach India by going west.

哥倫布聲稱，只要他一直往西就能到達印度。

看看海盜旗，中間是骷髏，下面是擺放成十字架形狀的大腿骨，這個就叫做scull and crossbones。（scull 是頭顱，crossbones是交叉腿骨的圖形），通常就叫Jolly Roger，或者更簡單就叫black flag。Jolly Roger 是從表示紅色的海盜旗的法語joli rouge 變形而來的慣用法。

cross-hatch：用交叉的平行線畫出陰影

hatch：畫圖時所使用的陰影畫法

　word tips

### 對等的emotion

那是我移居加拿大兩年後的事，筆者的孩子那時還是上kindergarten（幼稚園）的時候，有一天老師給我們孩子一張卡片。信末有××○○的符號，當初真是一陣傷腦筋不解其意。不過如此也不失為一種學習！

Dear Pete
Thank yo
made u
My hus
for p
dam
You
and
I hope you
have a safe and
See you soon,
Love from
Mrs. Collins
xxoo

很多的political cartoonist（政治漫畫家）用hatching和crosshatching的手法，創造出許多獨特的人物形象。

# DETOUR「請繞行」

de- · 反對，降低，反

在美國和加拿大的汽車旅行對我來說是十分有意義的事。別的不說，單是可以欣賞寬闊的自然風光，就十分讓人心滿意足了。特別是橫穿東西部時，那如夢般綿延變化的大自然，真讓人陶醉。一望無際的 horizon（地平線），日出日落……

一路上可以看到很多像上圖這樣寫有DETOUR字樣的告示牌，這是堵車或是前方施工的時候，提醒人們繞道行駛的意思。

If you are unfamiliar to the area, open your eyes for detour signs while driving .

當你對路段不熟時，那就請多多留意路邊的遵行告示牌。

為了detour，繞著繞著也有可能迷失方向，特別是晚上。

"I had many bad experiences at the detour area."（我也曾有在繞路行駛時迷路的經驗。）

detour：繞道，轉

de-（反對）＋tour（旅行）＝不可旅行

藉著這個例子，大家多少都可以理解de-的用法了吧！

de-的用法類似於dis-。dis-是反對，刪除，非的意思（參見p.119）

de-是否定後面所加的詞的意思，或者表示「分離、除去」，以及「降低、加少」的意思。除此之外，當然還有很多意思（很精確地來分得話）。

de-在大部分情況下是用來表示「反對、否定」的意思。

用爲別的意思，有「從～（depend）」和「～什麼有關（debate）」，還有「完全（denude）」等等。

## 通貨膨脹和通貨緊縮

inflation是貨幣貶值、物價升高，所以就是「使通貨膨脹」。

反之，deflation現象大家都可以推測什麼意思了吧！

de-在這裡絕佳展現了它作爲反對某種詞義的作用。

inflation：誇張，膨脹

deflation：通貨緊縮，（空氣或氣體）釋放

decomposition：分解，溶解，解體，腐爛

 de-＋compose（組成）→分解，腐爛

decrease：減少

increase：增加

face 指臉，那麼deface是什麼呢？

損毀外觀，留下疤痕，醜化

decline：下落

deficiency：不足，缺乏

deficit：赤字（＝red figures）

 *黑字：black figures

Woman's Head
（1912,
Metropolitan Museum,
New York City）
我們通常會認為莫迪里亞尼只會畫畫，其實不止，他還曾經有過這樣的雕塑作品。可以看到他的代表作〈Nude〉，那時看到不知有多高興！（參見p.62）

deform：變形，使畸形，醜化

　de- +form（形態）→ 改變～的自然形態；使畸形

defrost：除霜，解凍

　汽車前座儀表盤button中，玻璃窗的除霧裝置。

defroster：除霜器

degrade：降職，（使）降級、墮落、退化

　grade：等級，年級

　the first grade 或grade1：一年級

deforest：採伐森林，消除樹木

　*forest 森林，樹林

delay：延遲，延期／推後

We decided to delay our vacation until next week.

　我們計劃把我們的休假延遲到下個禮拜。

擁有世界上最長的國境線的加拿大，就算和美國比鄰，加拿大人依舊堅持把vacation說成holiday。

We are different from America,got it？

　我說我們可是和你們美國不一樣的，聽到了嗎？

deportation：（國外）放逐，流放

　de-＋port（港口），這樣想就很容易理解了！

devaluation：貶值

　*de-＋value（價值，價格）

## U・D・T 的故事

U・D・T 大家應該都聽說過吧！
在一部有關二次大戰（the World
War II）的電影裡，潛入水破壞
demolition敵方軍艦或者組織敵軍登
陸的敢死隊就叫U・D・T，編制所屬
海軍（the Navy）。

U・D・T是由「underwater（水下）
demolition（破壞）team」的首字母所組成的縮
寫，就是「水下破壞特工隊」。這電影的主題
也就是demolition。

A torpedo fired from a
submarine makes a
deadly impact on a
destroyer.
從潛水艇中發出的魚雷
給驅逐艦以致命一擊。
* torpedo：地雷、魚雷

demolish：毀壞, 破壞, 推翻, 粉碎

　　de-＋molish（to build）

deposit：堆積物，沈澱物，存款，押金，保證金，存放物／存放，堆
　　積，沈澱

　　pose（放，使坐），加上表示下的de-，自然就表示使儲蓄，反之提錢
　　就是withdrawal

## the Deposition

天哪，耶穌下（de-）來了？

在歐洲，無論走到哪個城市，都可以看到各種古色古香的教堂。教堂本
身就是藝術品，在裡面可以看到很多再現耶穌被釘子十字架上的繪畫或
雕塑。像是Stations of the Cross〈宗〉苦路14處、耶穌受難經過的畫
像、耶穌受難像。（參見p.220、261）

the Deposition說的就是將耶穌從十字架上解救下來。這時D要大寫，
指的就是從某個地方position放下來的意思。

deposition：罷免，廢除，免職

dehydration：脫水　*hydro 表示「水」（參見p.141）

hydrogen：氫（水元素）　*gen-：元素。那麼以此類推oxygen（酸素）就是氧，nitrogen（質素）是氮。

depress：使沮喪、消沈，壓下，壓低，使不活潑，使蕭條

depression：意志消沈，蕭條

descend：下來，使下去⟷ ascend：上升，使上去

descendant：子孫，後代⟷ ascendant：優勢，祖先

-ant 在動詞之後表示具有某種特質的人、做某事的人

attendant：出席者，服務員／出席的或為他人服務的人，在場的

despise：蔑視，輕蔑

de-（下）＋ spise（看）＝下看→ 瞧不起

desperado：暴徒，亡命徒

拉丁語中sper是「希望」的意思。但是在前面加了de-否定了此意。所以對壞人會這麼說吧：「那個人沒有指望了！」

Restaurant
Lounge
Piano Bar
Cocktail
Live Music
Jazz
Salsa

416.512.2833
6321 Yonge St. North York, ON. M2M 3X7

Restaurant Esperado
（多倫多）

desperate：得過且過，自暴自棄的，拼死的，不顧一切的

desperately：絕望的，自我放棄的

we were surrounded by enemies and fought desperately。

我們拼死要突破重圍。

Esperado（希望）我喜歡
desperado 暴徒

希望（esper）（de-）不是這傢伙的吧
Gee

desperation：絕望，放棄

In desperation he committed the crime.

他在絕望中鋌而走險。

despair：絕望，失望，心灰意冷／放棄，不抱希望

detach：分開，分離　　*英文文書中看到截斷線時經常出現的詞。

He detached a locomotive from the train. 他將火車頭部分卸了下來

locomotive：機動火車頭

mot是to move，也就是「動、移動」的意思（參見p.186）

derail：出軌，使出軌

火車在rail上行駛，加上de-，就成了脫軌的意思了。

derailment：出軌事件


「立即向世界紛爭地帶派遣艦隊」的新聞中，常出現的驅逐艦
destroyer。

destroy：破壞。　　destruction：破壞，破滅←——→construction：建設

struct：建築的→structure：結構，組織

destroyer：破壞者，驅逐艦

驅逐艦作為航空母艦carrier的護衛隊，主要用途是攻擊破壞潛水艇submarine的。

筆者在海軍服役期間是DE71 Destroyer Escort（護衛驅逐艦）的一名組員。海軍服役39個月，讓我感到自豪。

It was such a special experience that I have kept it as a good memory.

照片是現代海軍最尖端的驅逐艦，威風八面的DDH971廣開土大王艦，艦上乘員個個稱得上是精英中的精英。

"There were cool guys on the ship."

DDH 是destroyer helicopter。

＊所指的是直升機緊急降落台／＊＊的位置是直升機升降機場。

# 小說十日談中 deca 是10的意思

deca- · 十，10

義大利的薄伽丘1353年所著的作品《十日談（Decameron）》的書名中為何出現deca？為了躲避當時猖獗的黑死病（pest），3男7女10個年輕男女逃到了佛羅倫斯郊外的一所別墅裡，記載他們每人一天十個故事，十天一共一百個故事的集子就叫《Decameron》。

The drunken monk went over a widow's fence and had fun all night with her and...

這個喝醉的和尚越過這名寡婦的竹籬，與她共渡春宵一整晚，並且……

這就是十日談的內容？

deca-在希臘語中是「十」的意思。
meron為「天、日」之意，所以，Decameron即「十日所談之事。」

December：12月
dec-明明是10的意思，為什麼在這裡又表示12月份呢？
這跟表示8的octa-，出現在表示10月份的October中，道理是一樣的。
在古代，是把一年分為10個月，把3月份看成正月，根據羅馬舊曆，現在的12月份相當於那個時候的10月份。（我們也許並不太在意，但當時使用拉丁語的人可是為此大傷腦筋，想想我們管10月份叫12月份是種什麼心情吧）。
decapod：十足動物，章魚，蟹（把鉗子也看作腳來算的話），蝦之類的
decagon：十角形
deciliter：1／10公升
decimal：小數的，十進位的／小數
　decimal point：小數點　　decimal system：十進位法

decade：10年 \*for several decades 數十年間

During the last decade computer science has developed astronomically.

過去十年間電腦科技發展出不可思議的變化。

decimate：每十人一人被殺，大批殺害

這個詞是由古羅馬帝國時期戰敗歸來者，或是叛亂發生的時候，用抽籤形式在每十人中選出一人殺害的殘忍無理行為中來的。可想而知，當初人們你死我活、互相殘殺的激烈程度。

The mutineers were decimated by order of the captain。

軍官下令將大批叛亂者殺害。

mutineer：以下犯上者，叛亂者，暴徒

mutiny：（船或軍隊）兵變，反抗 / 叛變，造反，兵變

如今你們戰敗……　　　　我們要在每10個人裡處死1　　　　布魯魯
　　　　　　　　　　　　個。（我們將大開殺戒！）

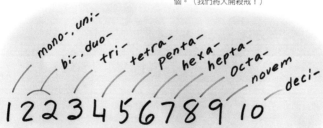

請大家看好北美的手寫體（hand writing）的數字模樣。建議大家都照著這個寫一遍看看，因為這也可以說英語文化中重要的一環。

1是一筆完成，$1$ 是歐洲式；2都用 $2$；3最後一筆還要回鉤一下；4斜的時候縱向不出頭，第一筆折也不出頭；5最後也微微向上翹；6最後向內彎；7是 $7$，絕對不能寫成 $7$，特別是銀行和郵局會看不懂的 ；8上面的那個圓要畫大一點；9寫得像個孩子吧 。

# dictionary 是話語dic的集合

dic,dict · 說話，言語

**short story**

### 漢字詞源和拉丁，希臘詞源

我常常會試著比較漢字詞源、構成英語的拉丁希臘詞源之間的異同點。要是先下結論的話相似的地方驚人的多。

拉丁希臘詞源中的字首詞就好比漢字中的偏旁部首，而且還十分地對應。英語中的字首和漢語中的偏旁部首可以幫助確定詞以及詞義。舉例來說的話，凡是有 "言" 字旁的漢字的意思幾乎都和說話的話有關。同樣的英語中出現字首 **dic**-的話也都與話語有關。由此看來，在創造語言並將其不斷發展完善的過程中無論東西文化都是有著共通點的。

那就讓我們切實來瞭解一下，中文的「言」和dic-到底有多相似——

# dic = 言

diction：措辭，言語　　　言（詞彙）

dictionary：字典　　　　記（記錄）

dictation：聽寫　　　　　說（說明）

predict：預言　　　　　　語（口語）

benediction：祝福的話　　訓（教訓）

malediction：咒，壞話　　論（論述）

辯（辯論）

話（談話）

所以，
以dic爲首的，
全都是
「言→話語」？

說的也是啊
⋯⋯

dictator Castro
獨裁者也受到尊敬？
卡斯楚用赤色高棉以自
己為原型所製的吉祥
物，是古巴人氣最旺的
旅遊商品。
特有的大鬍子，嘴上還
叼著上古巴雪茄，還不
忘手上提著槍作為無產
主義革命的象徵。

dictate：口述，口授，指令
*命令是要通過語言來表達的嘛！
dictation：聽寫，口述，命令

The president was dictating a letter to his
secretary.
總統給秘書口述一封信的内容。

dictator：口述者，命令者，獨裁者（只會發號
施令）
dictatorship：獨裁者的職位

現在試著添上字首創造屬於我的單字吧
如果說condition這個詞也是和dic- 這個詞根有
關，讀者一定感到意外吧！

con-（一起），dic-（說話）→合在一起就是：
大家一起協商決定某事時的條件。

contradict：反駁，和～矛盾，
dedicate：奉獻，致力
dedication：奉獻
edict：布告，法令

the Edict of Nantes（南特法令）a Royal
Edict（法令）

indicate：指出，顯示，象徵
indict：起訴
index：目錄，索引
verdict：判決

ver：眞實 眞理

117

# 數位化與電腦類比

digit · 數位，手指

現在正處於數位時代

**digit是從表示「手指、腳趾」等意的拉丁語而來的。**

digit：手指，腳趾，阿拉伯數字1、2、3、4……等等

現在我們主要把digit 用作數位、數碼的意思。過去需要用手指腳趾來計數的年代，這可能是促使十進位法則產生的原因吧！

這是誰的手印？

action star Chuck Norris，在1988年法國電影節，所留下的十分清晰的五根手指印。

> The number 2222 contains four digits.
> 數位2222包含四個阿拉伯數字。

digital：手指的，用數位來表示的

digitalize：使數位化，用手指來計算的，使計數化的（電腦用語）將情報轉化成資料


## analogue的方式只是類推嗎？

看看我們的腕表吧。假設現在是2點42分的話，digital手錶就會十分精確地就顯示「2：42」這幾個數位。那麼平時習慣看有指標的手錶的我們，通過指標的方向位置來推斷出現在應該是2點42分。這就是digital和analog的區別。

> ana-（類似的）+ log（話），所以analog在哪兒都是不確定的模糊的。

analogize：類推，類似

analogue：相似物 雷同物，模擬指針式的

analogy：部分的，類似性

# 脫去秘密的外衣就成了發現

## dis- · 反對，去除，非

字首dis-總是帶些消極色彩，再好的詞，只要在前面出現dis-，性質就完全變了。

dis-表示「反對、去除、非」。就拿like 來說好了，在前面加上dis，就變成dislike，不就是hate 的意思了嗎！要是把所有帶dis的詞都寫出來的話，恐怕這本書就會變成單字手冊了。當然，本書本著介紹單字的精神，在此還是為大家簡述部分。

Discovery出動，discover外太空世界。

| | | |
|---|---|---|
| ● 同意 | agree ←→ disagree | 改變意見 |
| ● 出現 | appear ←→ disappear | 消失（=vanish） |
| ● 同意，答應 | approve ←→ disapprove | 不同意反對 |
| ● 武裝的 | armed ←→ disarmed | 非武裝的 |
| ● 信仰 | belief ←→ disbelief | 不信任，疑惑 |
| ● 打氣，鼓勵 | encourage ←→ discourage | 洩氣，沮喪 |
| ● 負責，管理 | charge ←→ discharge | 推卸責任，放任 |
| ● 藏起來，密閉 | close ←→ disclose | 張顯，披露 |
| ● 安樂，安慰 | comfort ←→ discomfort | 使不快，使不悅 |
| ● 連接 | connect ←→ disconnect | 斷開 |
| ● 名譽 | honor ←→ dishonor | 名譽掃地的 |
| ● 服從 | obey ←→ disobey | 反抗 |
| ● 信賴 | trust ←→ distrust | 不相信，懷疑 |

大家應該夠瞭解了，那就此打住了……

## 給你們 D／C

韓國的商家似乎特別喜歡說將給您20%的D／C，其實這只是十分彆腳好笑的英語啊！不管怎麼使用，韓國式的英語這次也顯得太離譜了。D／C 作為direct current只含有直流電的意思。如果只說D.C.的話，美國人會想到華盛頓哥倫比亞行政特區的 D.C.（District of Columbia）。所以，要麼就直接用discount完整的英語單字，要不就乾脆用韓語說"我們將為您打折，提供價格優惠"，這樣難道不行嗎？

＊discount：減價，折扣

＊count：計算

## ease和disease

ease：平和，安逸。從這個名詞還引申出easy。

disease就成了「病、疾病、使生病」

這樣比較高級的詞匯，寫報告和資料時，常會使用到。

## accord和discord

accord＝ad-＋cord→一致，調和

　　ac-是ad 的變形，有「強調」的功能。

discord＝dis-＋cord→意見不一致，不和，衝突，爭吵

　　相反的，concord＝con-（一起）＋cord→一致，和諧（con-，參見p.88）

discredit：不信任　　*cred-：信任，相信（參見p.103）

disengage：使自由，解除關係

　　*因為解除engagement（束縛，合同）

disfigure：使厭惡 （≒deface）

dishearten：使～氣餒、沮喪　*dis-＋heart（頭腦，勇氣）＋en（變為～）

He's easily disheartened by difficulties.

面對困難時他很容易感到沮喪。

# 將許多(con-)東西連接(duc)總領的conductor

## -duc,-duct · 拉 牽引

想像一下沒有指揮的管弦樂團，怎麼可能呢？管弦樂是由好多樂器組成的吧？將這麼多（con-）的樂器組織（duc）起來的樂隊指揮（-or），就是conductor。

-duc，-duct 的拉丁詞源是「引導、牽引」的意思。

這就是 conductor

所以有「拉」的意思的-duc、-duct，可以加在我們已經熟知的單字上，又會生出很多新詞來。如果先想想duct 的話，可能會比較容易理解吧。看看大樓天花板上中央空調向各個房間單獨送風的排風管，不就是帶著風到處走的duct 嗎？

conduct：行為，指揮 / 操作，引導，指揮

deduce：推測，溯源，找出並引導

工廠裡作為下個銷售環節的前提進行的產品生產，不就是pro＋duct嗎？

product：產品，製品

production：生產，製作，提供，電影基地

reproduce：再生產

　　re-（再）＋pro-（前）＋duc（推出）

但是也有和produce概念相反的詞，添加表示「低下、減少、反對」的de-試試看。

deduct：扣除，減少

deductible：可扣除的，稅後的

deductible clause：減扣賠償條款

deduction：減除，推論，演繹

　　She earned less money because of deductions

　　被東扣西減後，她的工資所剩無幾。

相同情況下……

reduce：減少，縮小

reduction：減少，約簡

　　為什麼呢？re-也是有「反對」的意思啊（re-，參見p.244）

educe：潛力的，喚起，激發 ╱ 推論

　　ex-＋duc 是為了發音的方便起見就將X脫落

educate：教育　　　*潛力就是要通過教育去開發的

education：教育

introduce：介紹　　　*引導到前面intro

introduction：導入，介紹，緒論

seduce：通常指不好的事 誘使，煽動 誘姦少女

　　使人喪失貞節（se-）的引誘（duce）

　　He seduced her with false promises.

　　他用虛假的諾言誘惑了她。

最後，古羅馬時代aqueduct（水道橋）（參見p.46）

aqua（水）＋duct（疏導）　　*將水從很遠的高處的水源地引導到城市。

# 只要加上en-，單字滾滾來

en-,em- · 使變成……樣

en-威力

就像核爆一樣的威力

當 **en-** 或 **em-** 被＋……

單字量 爆 **炸！**

若能活用en-，你的單字量就會擴大兩倍，這是一點都不爲過。

在我們熟知的joy前添上en不就是enjoy！ joy是快樂的意思，變成enjoy就是享受快樂。

I hope you can enjoy vocabulary building and get a joy.

我希望你能享受累積單字的過程，並從中得到快樂和滿足。

加上en-，就變成「使～怎樣」的意思。

具體請看下列的變化。

enlarge＝en-＋large→擴大

enact＝en-＋act→制定法律，頒布、 扮演

encamp＝en-＋camp→駐屯、紮營

encash＝en-＋cash→兌現支票、使現金化 。

也可以直接用cash表示.

enclose＝en-＋close→放入信封、裝入、圍繞

英語圈國家向國外寄信時，如果裡面裝有照片，只要在信封寫上 "Photos enclosed" 或者 "Enclosed photos" 就可以了。

enclosure：圍欄、圍住、四周有籬笆或圍欄的場地、信函的附件

encircle：圍繞、環繞（encompass）

circle：圓／畫圓……

encounter：邂逅、偶遇、遭遇　　*counter是against（相對）的意思

He encountered a friend on the road

他在路上巧遇一個朋友

encourage：鼓勵、打氣　　*courage：勇氣

he owned his success to his wife's encouragement。

他把他的成功都歸功於妻子的支援和鼓勵。

encyclopedia：百科全書

en-＋cycle（周圍）＋pedia（教導．instruction），就是說包含周圍環境的所有說明和解釋便是百科全書了。在漢字中「百」並不是只是指100，也用來表示「全部、很多」的意思。

忠清北道丹陽郡的吉祥物
「傻蛋溫達與平岡公主」
"Because of your help I could stand on my feet as a general."
"Not at all, I believed in your abilities."

endear：使親密、使想念、使愛慕

As a nurse her kindness endeared her to every patient。

作為一個護士，她的親切善良贏得了患者們的喜愛。

enforce：強迫執行

The new law about seat belts in cars will be difficult to enforce in undeveloped countries.

汽車繫安全帶的規定在未開發國家中施行恐怕有些困難。

engrave：木頭、石頭、金屬表面的文字圖形等，雕刻，銘記

grave除了有「墓、埋藏」意思之外，還有「雕刻」的意思。

enhance：提升，增強

Passing the examination should enhance your chance of getting a job.

通過考試將會對你的求職有很大的幫助。

## 以下是我們通常所認為的金科玉律

This is the shortcut for learning English vocabulary：If we knew etymology well we wouldn't have to memorize words.

如果我們熟知詞源，就不用再去死背單字了。這就是我們所謂的學習英語的捷徑。

etymology：詞源，詞源學

throne：王座、君主。那麼enthrone 就是即位？

enthronement：就位，即位儀式

title 是「題目、資格、權力」。如果在這兒再加上en-的話——

entitle：給～權利（或資格）、 給～題名，給～稱號，授權

enlighten：啓蒙、使知曉、開導

The earth is round I would go westward to India

嘿！哥倫布，地球真的是圓的嗎？你親眼看到了嗎？

海邊的哥倫布像 俄羅斯 (Sankt Peterburg)的冬日宮殿前

The child thought the world was flat until Columbus enlightened him.

在哥倫布啓發他以前，那孩子一直以為地球是平的。

這本書中偶爾會出現哥倫布的故事。要想瞭解美國就得多瞭解哥倫布。美國之所以把十月的第二個星期一訂為Columbus Day，大概是因為哥倫布大約就是在那個時候（推定為十月十二號）發現新大陸的吧！

enlist：入伍，徵召，應召。

字面就是進入軍隊名單的意思。

enchant：誘惑，著魔（witchcraft）

chant是唱歌的意思

enchantment：誘惑，恍惚，施魔法

entrap：中圈套，上當，誘陷

chant：說起來是歌，但不是我們平日裡愛唱的流行歌曲，而是好像歌謠、唸符咒一類的。中世紀教堂裡，不知從何處傳來「嗡～～～」一類的歌聲。

enroll：（學校等團體）報到、登記

enrich：使富有

enslave：奴役、約束

entrust：託付、委任

"Sure"←用英語的人每天不知道要說上多少遍的這個單字

「當然，那還用說！」、「沒錯，我向你發誓！」、「可以，知道了！」

等等都是用 "Sure！"

ensure：負責 ，使明確，確保

這麼多en-開頭的字，
多得講不完呀。

當然，本來英語
就是這樣的。

environ：包圍

environs：周圍的地區、近郊

　Seoul and its environs(outskirt)（韓國首都首爾和它的周圍）

environment：環境、周圍的情況

　Environmental Protection Agency：環境保護局

envision：在心中刻畫，想象 vis- 有看的意思

但是，en-在b、p、m、ph前變成em-。所以battle戰鬥不是enbattle，而是 embattle：佈陣，嚴陣以待。

那麼，再舉幾個以em-開頭的詞

empower：授權與～

The new law empowered the police to search private house

新的法律授予警察搜查私宅的權力。

embrace：擁抱

employ：雇傭，用人 *原來ploy 在口語中是「工作、活兒」的意思。

The bird employes its beak as a weapon.

鳥兒把它們的喙當作武器。

employee：職員（被雇用的）

employer：雇主

employment：雇傭

employment agency：職業介紹所

比周圍的人來得出色的人

 word tips

### 有趣的'boss'……

bathroom tissue/toilet tissue（衛生紙）和印刷用紙的廣告上，常常會看到強調自家產品是embossing（綢紋紙、軋花紙）的，embossing究竟是什麼意思呢？

embossing paper 是韓式的英語；正確寫法應該是：embossed paper，是由em-＋boss＋ed所構成。要是分析的話，就先得來看看boss了

boss是「經理、上司、老闆／指揮、成為頭目」的意思。但我們可以發現到，通常都是指「比周圍的人來得出色的人」，所以embossing 說的就是「軋花紙的表面凹凸不平的部分」。

emboss：金屬或紙張上文字或圖案，軋花、雕刻時顯現出來浮飾，通常用以形容物品的狀態。

The name and address of the company are embossed on its paper

公司的名字和地址都已經印在紙上了。

# 非得出去不可（ex-）的冒險

ex- · 出去外邊，出

我們看話劇或是電影時，黑暗中依舊亮著的便是指示出口的牌子了。只有寫著英語exit的sign才是發亮的吧。非常狀況時請走這邊出去（ex-），所有的公共場所都不約而同地用EXIT來標示緊急出口，已成了regular sign，是國際通用的常規標誌，哪怕blackout power failure（停電時）也不會滅燈的疏導標誌。

所以 ex-是「出外、出」的意思。再來看看別的例子

expedition：探險，遠征　　*ex（出去外邊）＋ped（腳）（參見p.200）

不管是探險或是遠征，都是用腳走到外面去的，不是嗎？

The Khan's expedition to Europe.（成吉思汗遠征歐洲。）

上面的「遠征」，是人類爲了自己的野心不斷地殺戮。
我們還是探險去吧！

I had taken an expedition to photograph wild animals in Africa
我曾經探險非洲進行野生動物的拍攝。

所以，在一個詞前加上ex-的話，就是說「要到外面去」的意思。

Safari
到Masai Mara National Park
（Kenya，肯亞國家公園）拍攝野
生動物的探險之旅
*safari：旅行、狩獵遠征、旅
行隊、狩獵遠征隊及裝備

exceed：超過

　*「超過」也是有出去的意思吧？ ceed有「去、 走」的意思

excel：超出他人的，優秀

excellence：優秀，卓越，優點

　現代汽車曾有一款車命名為Excel，是八〇年代中期時大量出口北美
　的暢銷車型。近20年後的今天，在加拿大街上看到飛馳的韓國現代
　Excel的那種心情真是：

　"（The Excel is）Excellent"（參見P.131 word tips）

exclaim：大叫，呼喊，驚呼

　*叫喊的話是要衝著外面(ex-)的吧 ！

exclamation：生氣或驚奇時的大喊大叫／感歎句，感歎詞

　注意，在這兒少了一個 'i'，與上面的exclaim 的拼法並不一致。

　exclamation mark：感歎號

executive：經理，管理者

　chief executive：CEO，首席執行官

　The executive is going to come to
　the bargaining table this morning
　for talks with the labor union.

　經理正準備要去今天早上與勞工組
　織的談判

exhibit：展示，陳列

exhibition：展覽會，陳列

　展覽就是把東西放到外面(ex-)給別人看的。

expand：膨脹

expect：期待

　ex-＋spect（看），根據發音，要去掉s

expectation：期待，預想

explode：使爆炸，（感情）激發

explosion：爆發，破裂，爆炸聲

explosive：爆發，炸藥，水／爆炸性的，爆發性的

explorer：探險家

export：出口

出口就是把我國的商品向外銷售。出口的出是ex- ⟷import：進口

expose：使暴露，顯露出，使曝光

pose 因為有了ex-，所以就有「暴露、曝光」的意思。

extinct：（火或是光）熄滅的，滅絕的

The wooly elephant was extinct long time ago.

長毛象很久以前就已經滅絕了。

mammoth 猛瑪象也叫做wooly elephant 長毛象 。


在夏威夷群島的Big Island，或是Costa Rica等國家，有很多不噴火卻冒煙的火山。

因為和extinct 相關，在此順便提一下火山

an extinct volcano：死火山

an active volcano：活火山

a dormant volcano：休火山

　dormant：冬眠，（暫時）靜止的

extinguish：熄滅，消滅

extinguisher：滅火器

extreme：極限，極端，最底限，最終，過激的

extremist：極端主義者

哥斯大黎加的火山觀光體驗之旅的告示圖
以我們的英語水平，這樣的西班牙語應該是可以看懂的！
parque是park，nacional應該是national，就是國立公園
volcan，明顯就是volcano，畫著眼球的地方一定就是看的vista：瞭望台

exodus（大批離去，出埃及記）

西元前1513年，被奴役了400年之久的以色利人，在民族領袖摩西的帶領下，從埃及Exodus出來，去到了現在的以色列。光是一家之主就有七十萬名，由此推算足足有300萬左右的人一起出埃及。那次事件被稱作Exodus大遷徙。看看右邊的新聞報導吧！

exorcist：驅魔人（驅魔的法師）
　　orc就是oath，宣誓的意思；是從嘴裡一邊念誦經文一邊驅趕(ex-)鬼神的意思而來的。
exotic：異國的。　　*exo- 是outside 的意思

exodus 民族大遷徙
住在加拿大多倫多的牙買加人的exodus 。在美國工作的200名牙買加教士，因為簽證問題要被遣送回國的內容。之所以用了exodus 這麼斗大標題，可能是和 200名的教士同時移動有關吧！

 word tips

Your Majesty,
This is no time for play
It's an emergency!

**ex-** 還有別的變形。

大多是發音上的變形，這個也大致是可以憑直覺判斷出來的。

下面的詞就是從ex-中脫落X的例子。

emission：（熱、光等）釋放，發射，釋放物

　　*ex +miss（送出）

esprit：充滿活力　　　*ex+ spirit（精神）

　　是來自法語的詞，經常可以在美術團體的名字或商標名中看到它的身
　　影。

escape有逃出，向外面(ex-)悄悄溜走的意思。很多電影裡都有逃跑的場
面，時常還會有camouflage逃跑，對吧！

camouflage：偽裝

但是，試著發excape的音，很拗口吧？所以把X變成S就有了es＋cape

escape：逃避，逃亡

escapism：逃避現實主義，空想主義

escapist：逃避現實主義者

evidence：證據，例證

　　ex ＋vid（看），就是要向外部顯現出來。

REST AREA

# ex-president 前總統

ex- · 前面的，前

EX-PRESIDENT

這本書128頁說ex-是表示「外面」的意思。其實 ex-也有「前面的、前的」意思。比如說，對於已卸任的總統只要說ex-president 就可以了。那麼試著加在別的詞前看看會不會有新的單字出現。

ex-chairperson：前主席

因有歧視女性之疑，現在多不用chairman，叫chairperson又太長，所以直接叫chair的人也很多。

former和previous 一類的詞也可以一起用。

former prime minister：前首相

convict：罪犯，被判有罪的，懺悔自己的罪行的

ex- convict：有前科的。ex-con是其縮寫

據說韓國的divorce（離婚率）是世界最高的。由此，前妻、前夫這樣的詞出現的頻率也是非常高的。前妻該怎麼說呢？

ex-wife：前妻←→ex-husband：前夫

無論如何，

Love each other, life is short, we have no time to hate. We must live happily and make our homes, our world more beautiful.

讓我們相愛地活著吧，人生苦短，我們哪來的時間去恨啊！我們要開心地活著，並且把我們的家園，我們的地球建造得更加美好！

# 為什麼創世紀和發電機都以gen-開頭

gen，gender・生，產

也許我們自己並沒有意識到，其實我們在非常早之前，就已經接觸到gen-了。那麼今天就讓我們來認識一下gen吧！

我們在理化課上都學過的：

氧氣oxygen，氫氣hydrogen，氮nitrogen。

gen在希臘詞源中是生產的意思。

所以創世紀就叫the Genesis，記錄了宇宙誕生的書籍。

要生產的話，就會需要生殖器官，於是genital就是「生殖的，生殖器的」的意思。genital organ就是指「生殖器官」。

generate：產生，發電。發電機就是generator。

加上表示相反的意思的de-→degenerate：退化

加上表示再一次的意思的re-→regenerate：再生，新生

transgender：變性

　　*trans-是從這兒到那兒 ，疏通的意思。（參見p.294）

　　transgender / transgendered

　　a person appearing as（一個人想要自己看起來像另一性別的，）

　　wishing to be considered as（或者，考慮是否要變性的，）

　　having undergone surgery to become a member of the opposite sex（或者，已經作了變性手術的，）

　　He/She is a transgendered person.

　　那樣的男或女都是transgender。

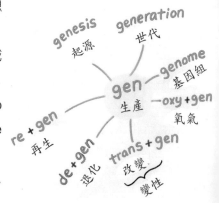

讓我們試著來掌握、消化掉由gen組成的詞吧！

gender：性別

gene：基因

genetics：遺傳學的

genesis：發生，起源

general：一般的／將軍（陸軍）

general hospital：綜合醫院

generation：世代，一代（約30年）。

　　生物的產生→成長→死亡這一過程的總括。

　　generation ago：一個時代以前

　　generation gap：代溝

　　generation X：X世代

genius：天才　　*moron：白癡

genome：基因組。

　　*生物體的必須最小單位染色體組

photogenic：上鏡頭的人，適合拍照
的人

**Because of the photogenic award at the Miss Korea contest, she was offered a big time contract from a motion picture company.**

因為在韓國小姐選美中獲選為最上鏡小
姐，她成了各個電影公司爭相邀請演出的
對象。

genius? moron?
既有天才，也出白痴的哈佛校門
前。
當然 哈佛的學生都是天才，但
是誰又敢斷言照片裡的那些龐克
族們就一定是所謂的白痴呢，說
不定就只有他們才稱得上是天才
呢？這是筆者在哈佛校區所見的
一道奇特的風景線。（考慮到侵
犯肖像權的問題照片並不很清楚還
請見諒）

# 電腦世代的流行語graph

graph · 寫，圖表記錄

graphic design是指：以通過印刷得到大量複製本為目的的設計。
除印刷外，隨著電影電視等媒體的逐漸發達，還有近來風頭無倆的電腦技術的發達，這個領域正在不斷發展壯大。現在連小孩子也會一邊玩著電腦繪圖遊戲，一邊挑剔這個圖像製作的真不錯，或是這個不太好之類的話。

graph：圖表，曲線圖
graphic：繪圖的，圖解的
graphic design：視覺設計
graphics：視覺藝術

現在我們已經瞭解了graph的概念，
那麼試著在其上加上各種詞綴吧！
加上表示「生命的」bio-
biography：傳記，履歷，個人生平

加上表示「自動」的auto-
autograph：手稿／簽名，名人的親
　筆簽名（＝signature）

如果在biographic 前加上「auto-」，
就成了——
autobiography：自傳

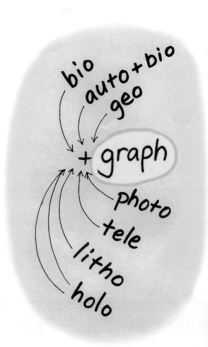

加上 表示‘地球，土地的’geo -

→geography：地質，地質學，地質學書籍

 geo-是從大地女神Gaea（蓋亞）的名字中來的。

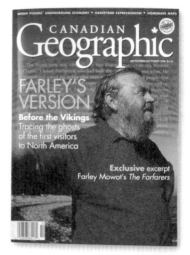

〈Canadian Geographic〉
加拿大地理雜誌，
和美國的國家地理類似的雜誌

photography：攝影，攝影術

 photo（光）＋graph（畫）→用光影記錄影像的藝術

paragraph：段落，報紙雜誌等小篇幅報導，短篇／寫報導分段，做段落

 para-：～的旁邊，側面

telegraphy：電信，電信術，電報

 tele-：遠距離

 * telegraph：電報機

韓國作為世界第一的cell phone（行動電話）強國，電報這樣的詞似乎早已退出了歷史舞臺。但是我們也不能將其淡忘。

lithography：石印畫，平板印刷術

 lith就是「石」的意思。所以用lith印刷的graph就是石板印刷。

 那麼如果在lith之前加上表示‘新’的意思的neo-？

neolithic：新石器時期的

the Neolithic age：新石器時期（the New Stone Age）

holography：全像攝影、雷射光攝影術

laser beam（全像攝影）：一種再現物體三維，呈現影像3-D立體空間（3-dimension）形象的方法，在底片或版片上記錄由分裂的鐳射光束幹擾下的圖案，然後再用普通光或感激光顯示出該圖案。在當今的展覽館和科學館中，十分常用再現成像的技術。

holograph：親筆文件（參見p.140）

graffiti：古建築遺址殘留的文字痕跡；壁上的塗抹亂寫，塗鴉，特別是美國紐約街頭充斥的大量塗鴉，可以說是最有代表性的。

真的graffiti
希臘雅典娜衛城比較偏遠地方，像海神波塞冬（Sunion）聖殿前的古代雕像上刻著的真的graffiti，恐怕那個時候也是要花錢請石匠來刻吧。

# gram和graph 是一家

gram · 寫，記

gram和graph在拉丁語同源，都是寫，圖表記錄的意思。gram作為獨立的單字時，是我們在小學裡就學過的重量單位 g（公克）。

-gram前加上不同的詞綴就會產生很多新的單字加上表示居前的pro-，program就是公演前分發給大家的節目出場秩序單，也有節目的意思。（參見p.225）

這種星，用英語怎麼說？
答案是：pentagram，
或是 five-pointed star。

aerogram：航空信，無線電報
aero-在希臘語中是air，空氣航空的意思。所以加在gram前，就是通過航空的方式發送信件的意思。

diagram：圖解，圖形，圖表，列車時刻表
dia-是希臘語中的through、across，通過的意思。（參見p.332）

diameter：直徑

dialect：方言，口音

pictogram：象形文字，圖表，象形圖

　　picture＋gram

不是說那種在文字出現以前的象形文字，而是現在也通用的圖形文字。

lavatory：飛機等公共場所洗手間

我只要一看到圖像文字就想上洗手間。

Gee!

Whenever I see the pictogram
I feel should go to the lavatory.

gramophone：（英）最早的留聲機。美國叫phonograph。

gram＋o＋phone，其中的o完全是為了發音方便才加上的。

phonograph中的e，也起同樣的作用。

hologram：全息圖。用全像攝影裝置做出的3D圖像，可以在平面圖

中，分出前後上下左右。

你這個
賣國賊！

我即將向自由
的南韓投降。

You traitor!

I going to submit to
the freedom South
Korea offers.

gramophone /
phonograph

筆者所擁有的留聲機，
是1903年在愛迪生研究
所製作的。因為是在美
國製作，所以上面寫著
phonograph。別說是
電子，就連電都沒有，
只用發條的留聲機，在
今天聽來，音質也毫不
遜色。在發明disc以
前，聲音都是通過圓筒
的凹槽來記錄的。

hologram

在巨濟島戰俘收容所內，聯合國軍監視下的反共俘虜互相
說服的場面，通過holography的形式記錄下來的。雖然還
不融洽，但是能夠開始談判，本身就是一個很好的開頭！

**holo-有「完全」的意思。**

holocaust：納粹當年對猶太人進
行的大屠殺

holocaust＝holo（全）＋caust（傾
囊）

這是從猶太人的祭祀方式中的燔祭
（將烤好的動物擺在祭臺上祭奉神靈）而
來的。

holograph：全部手寫的文書（親筆
文件）

cylinder

記錄聲音的
cylinder

發明大王愛
迪生的照片

# 化學課上學過的hydro-

hydro- · 水

化學課上我們經常會提到hydro 。它總是出現在學術術語中，但是唯獨在加拿大，這個詞在日常生活中也會用到。

加拿大人使用hydro和hydro company，以及hydro bill（帳單）

How much do you pay for hydro bill monthly？

你一個月的電費是多少啊

hydro在希臘語是「水」的意思；

氫氣不就是hydrogen嗎！

hydropower：水力，發電。

加拿大乾脆就把power去了，用hydro表示電。

當然（韓國亦是如此）在加拿大更多的是用原子能和火力發電，但是還是用hydro來表示電。

hydrogen：氫氣　　　* gen：生，產（參見p.134）

hydroelectric：水力電的

hydroelectric power station：水力發電站

hydrogenate：使與氫化合，使氫化

hydro bomb：氫彈

Ajax Hydro（電氣公司）
Ajax是以位於加拿大東部，
與多倫多比鄰的城市
的名字命名的。
希臘神話中勇士的名字。

word tips

Hydra：星座，水蛇座，難以根除之禍害

hydrant：消防栓，消防龍頭

dehydration：脫水　　*de-是「脫、出去」的意思。

hydrocarbon：碳氫化合物

hydro＋ant
＝hydrant（消防栓）

請看圖中畫圓圈的地方
anhydrous magnesium，鎂是大家都知道的，
那麼an-（無）＋hydro（水）＝無水
這是在胃腸檢查之前，使患者腹瀉從而達到徹底排便目的的用藥。所以即便是喝的藥，也是不含一丁點兒水分的液體。

hydro+naut（航海者）
＝hydronaut 潛水艇操縱者
乘坐圖中這樣潛水艇
潛入深海的人，
Musee Oceanographique
（摩納哥航海博物館藏）

# incredible！難以置信！

in-, im-, il-, ir- · 反對，否定，不

HM，
in-是反對～
那是意味……

incredible……

（反對）

長得都很像，但是in-大致可以……

1、in，into，within，on，toward

2、no，not，without，non

同樣的意思，但是根據後面詞語的拼寫及發音的方便，

會有im-、il-、ir-等各種變形，

就和aqua＝水的詞綴一樣，意思十分多元。

那該如何是好呢？不妨先從in-的第二個意思表示「反對」的詞綴入手。

ability →inability：無能

active → inactive：非活動的

animate → inanimate：非生物的，沒有活力的

capable → incapable：沒有能力的，不行的

complete → incomplete：不完全的，未完成的

convenience → inconvenience：不便，不自由

correct → incorrect：不正確的

credible → incredible：不可信的，謊話般的

digestion → indigestion：消化不良，不善於思考

direct → indirect：間接的、迂迴的

effective → ineffective：無效的

elegance → inelegance：不優雅、粗俗

escapable → inescapable：逃不掉的、不可避免的

**escape artist**：有脫身術的人，善於越獄的罪犯

experience → inexperience：沒有經驗的

expert → inexpert：不熟練的

famous → infamous：臭名昭著。

不是無名的意思，但是要注意發音的變化

finite → infinite：無限的，茫茫無際的

**infinitive**：（語法中的）不定詞（即非限定動詞，不受主語人稱和數的限制）

formal → informal：非正式的，不拘禮節的

human → inhuman：沒有人情味的，非人道的。

絕對不是不是人的意思

numerable → innumerable：不可數的 無數的

**Innumerable articles have been written about the subject**。

有關這個主題已經有無數的文章了

sensible → insensible：失去知覺的 麻木不仁的

visible → invisible：看不見的

in-在b、m、p前，變成im-

balance → imbalance：不均衡

moral → immoral：不道德的

mortal → immortal：不死的，永生的

*mort 含有「死」的意思

movable → immovable：不動的，不變的

passable → impassable：不可通過的

patient → impatient：不耐煩的

perfect → imperfect：不完美的

possible → impossible：不可能的

pure → impure：不純的，齷齪的

in-在l前，變成il-

legal → illegal：非法的

logical → illogical：不合理的，不合邏輯的

literate → illiterate：無知的，沒受過教育的，不識字的

literacy → illiteracy：文盲

functional illiteracy：功能性文盲

就是說看不懂STOP、EXIT、DANGER、TURN LEFT等一系列標語的人

in-在r前，變成ir-

rational → irrational：不合理的，失去理性的

regular → irregular：不規則的，犯規的，不正規的，違法的

# interview 互相之間可以看到、接見、面試

inter- ‧ 中間，之間

I have a job interview tomorrow.（我明天有個面試。）
interview就是「互相的（inter）＋看到（view）」所構成的
面對面看著對方，所以可以→interview
再看一下的話，就是review。

I wonder what the interviewer
will ask.
考官會問什麼呢？

I wonder if he has a capacity.
我想知道他有沒有能力？

The most important thing is
to pick the right people for
our company.
最重要的事，就是要為公司召
募對的人才。

inter即「中間、之間、互相」拉丁詞源。
首先最容易想到的詞就是 international（國際的）。
national 和national之間（inter）的關係，不就是international嗎？
韓美之間的懸案a pending problem，也是國際間事務。
這裡出現了懸案這樣高難度的詞，就是「不知何時可以解決，現在懸而
未決的問題」。

pending：懸而未決　　　　*-pen→ pend→ pending
The uninhabited islet, it became a problem that is pending between
two countries.
那個無人島成了兩國之間爭執不下的問題。
islet：特小的島
uninhabited：無人居住　　*inhabit：居住

146

去美國時，會發現高速公路的號碼牌
上寫著：

interstate：州際的

　Interstate commerce is regulated
　by the United States Government.
　州際間的貿易有美國政府進行管制。

intercity：城市間的

interchange：互換的

intermediate：仲介物，媒介

　medi-是中間的意思

這邊走是州際76號公路
這條高速公路是經由賓夕法尼亞州
與費城之間，到皮特伯格的最中間
一段風景優美的scenic route

話劇或是音樂會的時候⋯⋯
中場休息的時間就是inter-mission。

intermission：中斷，中場休息

　*miss-（mit-）是送的意思（參見p.179）

interrupt：打斷　　　*rupt 是to break，打碎的意思。

　中間插入的話只會妨礙到別人吧

interruption：妨礙

　*在英語國家問路，通常開頭這麼問會比較有禮貌。

　May I interrupt you？（可以打擾問一下嗎？）

說到rupt（破產）就是bankrupt，因為銀行（bank）都倒閉（rupt）了！

bankruptcy：破產 失敗

　The company went bankrupt because it couldn't sell its products
　那家公司之所以會破產是因為他們的產品賣不出去。


intersection：道路的岔口，數學的交叉點

intersect：相交，交叉

網際網路的由來

inter +net ＝internet：網際網路

雖然大家都知道這個故事，但是還是在此重新整理一下。

國家和國家之間通過電腦的net網連接起來，這最初是指美國國內的眾多的電腦網路互相聯通的inter-network，隨著近來網際網路在全世界普及，就成了國家間聯繫的網了（International-Network）。

interpret：解釋說明，口譯

interpreter：解說人，口譯者（口譯至少是在兩個人之間inter 進行的）

intercourse：交往，交際，通商（最為人熟知的是「性交」之意⋯⋯）

interlude：兩段時期之間隔時間，

　　戲劇或歌劇兩幕、聖詩兩段之間歇。

　　-lude 就是play，「劇、幕」的意思。

prelude：前一幕

postlude：後一幕

最後來說說時事英語中經常出現的ICBM

　　Inter-Continental Ballistic Missile

　　大陸洲際彈道導彈

　　洲際＋大陸性的＋彈道＋導彈

→發射這顆導彈後，如果火箭燃料用盡會像大炮彈一樣劃出彈道向目的地飛行的關係，發射方也很難去控制它，那麼產生誤差機率會很大。

不僅是以大城市為目標（targeta），而且warhead彈頭中存放有核彈，頭破壞威力巨大無比，是不可能會有誤差的可怕武器。

什麼？性交汽車修理所？
是的，筆者當初也甚為困惑，而且這還是在美國最嚴謹的賓夕法尼亞州蘭開斯特郡。這地區居住著許多Amish派的基督教徒，是一個十分嚴格地遵守教義生活的派別。這裡的intercourse，不是性交，而是親情般交流的意思。對於Amish們來說，世上眾人都是朋友。

現在是國際化，全球多元化的時代
interracial：（不同）人種的，多人種混合的

在多人種的國家中，法律雖明令禁止種族歧視，但實際情況仍不可避免地存在著。在加拿大當出現抵觸法律的情況時，稱爲 hate-crime（敵視犯罪），是非常可惡的。

racial discrimination：種族歧視（如果覺得太長的話，可以說racism）

racism：排他民族主義，人種偏見

anti-discrimination（反動不平等待遇、種族歧視）的活動徽章。（這活動會在每年春天舉行）

 word tips

### 國際間誹謗

**聽說是這樣互相中傷的，但是請大家聽過就忘吧！**

美國人 Yankee，本來是美國南部人貶低北方新英格蘭人時用的稱呼。

加拿大人 Canuck，從印第安語中來的指法裔加拿大人。

法國佬吃青蛙，所以被叫做Frog。

德國佬吃白菜類蔬菜所以被叫做Kraut，在德語中是蔬菜、大白菜。

義大利人對於非法移民者叫Wop，拉丁語中是無賴的意思。

英國人鑒於侵略和掠奪的歷史被叫做Limey。（lime，酸橙，源於英國艦艇上使用的預防壞血病的萊姆汽水）。

中國人被叫做Chink。

日本人 Jap或者Nip，源於國名。

韓國人呢?目前還沒有，但應該是因為國際影響力還不夠的關係吧！

對於東方人統稱yellow。原來是嘲笑最早在北美的中國人膽小怕事，也即是所謂的東亞病夫，對於我們亞洲人來說，是怎麼也不可能自稱是東亞病夫吧，就算這樣也得聽懂啊。北美人把韓國人也看成Chink，如果有誰因為聽不懂別人是在誣衊自己還覺得有意思笑出聲來的話，那可真的是要被人看扁了呢。

# 外景拍攝地之旅

loc- · 住所，地方

loc-源於拉丁語中的place，也就是「場所、位置」的意思。

在韓國的電影史上把現場拍攝叫做去location。

就和在韓語中把helicopter叫做heli一樣，這是英語中完全沒有的用法。

locate：定位，查找地點，位於，找出處

location：位置，場所

The house is located right next to the general hospital.

那所房子就位於綜合醫院的旁邊

We located the library, school, and supermarkets as soon as we moved into the town.

我們一搬過來就立刻把圖書館，學校和超市的位置搞了個清楚。

The movie was shot entirely on location in France

這部電影的外景全部選在了法國。

每個停靠站都會stop的公共汽車和火車，也就是全程公車和火車，就叫 local bus / train，相反的就是express bus / train。

train指的就是火車，將所有的車廂都串連起來的。

機車 / 火車頭叫做locomotive，為什麼呢？

loc-（位置）＋mot（動）→改變位置的意思，所以就叫做機車。（mot，參見p.186）

我們平時坐的客車又叫什麼呢？

Passenger train、

passenger car、coach car，

也可以直接說car。

TGV 高速列車
Train a Grande
Vitesse

客機在著陸之前，會通知乘客們local time 當地時間，對吧？

We will be landing soon at Pearson International Airport.

It is now 8：15p.m. in local time.

我們現在到達了皮爾松國際機場，現在是當地時間晚上8點15分。

local：當地，地方的、地方居民

local paper：地方報紙

local news：地方新聞

那麼地方自治呢？

local（地方）＋auto（自）＋nomy（治理）＝local autonomy

或者local authority

localism：地方特色，地方性，方言，地方主義

local color：鄉土特色

locate前加上表示「再的」re-的話

relocate：重新部署

relocation：在定位

如果加 表示'反，非'，就是不
好的意思的dis-的話

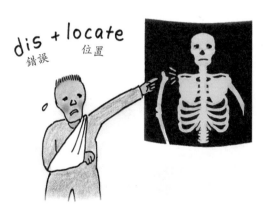

dislocate：脫臼

　骨頭偏離原來的位置

He dislocate his shoulder.

他的肩膀脫臼了。

dislocation：脫臼，混亂，斷層

locator：表示位置之物

locus：場所，位置，數，軌跡，行蹤

# 泰初（混沌時期）有過的logos

log · 話，言

Before the world was created，the word already existed .

　語言是最先存在的，甚至比地球的創始還要早。

聖經《約翰福音》第一章第一節中是這樣開頭的。這裡的word 就是指

logos。

Logos：基督教中的上帝 說的話，哲學中的道理，理性

log在希臘語中是「話、言」的意思。

對話不就是dialog嗎？以英國和加拿大為首的英語dialogue，

dia-是「通過、完全、之間」的意思。

monolog：舞臺上演員獨自念的獨白

mono-是單一的意思。（參見p.181）

在電影，小說還是傳記中經常出現prolog這個詞

prolog：序言，前言，開幕詞（prologue，英）

　　pro-：在～之前，前面（參見p.225）


同樣的，在結束的時候也經常說epilog

epilog(ue)=epi-（再，更多，之上）＋log

所以就是故事最後的總結性發言，也就是小說和電視劇的大結局、尾聲
之類的。


logic：道理，邏輯

　　加上表示「星星」的astro，就成了astrologic，是占星術的、星相學
　　的意思

logical：合乎邏輯的

　　這裡要加 in-的話，先變形成il-，成為illogical→不合邏輯的、不合情
　　理的

logotype：公司標誌，名稱，商品名等設計的五彩斑斕的圖樣，

　　logo是縮略形式。

logarithm：對數（algebra，代數）


很多詞語加上logy，就變成「～學 、～理論」。
就讓我們來看幾個必知的詞。單字雖然看來有些
長，但通常都是已知單字＋-logy的形式。

biology：生物學　　　　＊ bio-：生（參見p.61）

bibliology：書目學，聖經學

　　bible：聖經，書籍

phonology：音韻學，語音學　　*-phone 是聲音的意思

　　tele-（遠）＋phone（聲音）→遠處傳來的聲音→電話

Gynecology
這個是什麼啊？
完全搞不懂？先
憑直覺猜猜看
吧！
gyne- 是女性生殖
器，所以這個詞
就是婦科醫學。

astrology：占星學 星相術

　　在漢字文化圈裡唯有日本對西方的horoscope特別感興趣。在韓國，人們根本不相信這些，只在無聊時當作消遣，周刊雜誌只是出現在每期的最後。但是在日本可就完全不一樣了。明治維新以後，日本幾乎完全西化，不再使用陰曆，甚至連漢字文化圈特有的十二生肖概念也漸漸淡化了。

先說一個重要的例子

etymology：語源，語源學

　　本書就是本著更深入地瞭解語言，從語源角度去寫的。

　　本書宗旨就是希望大家能夠通過對語源的學習和認識，更容易且能在短時間內掌握大量單字。

philology：語言學　　　*phil-：愛好，偏好。即熱愛log（語言）之意。

geology：地質學（不是地理）

theology：神學　　　*theo-：神的

　　可能正是因為有神的存在，才有抵抗神的勢力——demon：惡魔鬼怪。

demonology：鬼神學，魔鬼研究

在此可以聯想到多神教的gods眾神的故事

mythology：神話

　　Greek mythology：希臘神話

　　現在通常都省略-logy，直接說myth。

Greek mythology / Myth
書封皮上下的花紋是希臘傳統圖案，就像韓國的迴紋一樣。這同樣也是繼承了希臘文明的羅馬文明的一種紋樣。以羅馬時代為背景的電影中，可以留意到他們建築設計上大量使用了這種紋樣。

uranology：天文學

　Uranus是希臘神話中的天空的神，譯成天王星。

psychology：心理，心理學

　psycho-是精神、心理作用的意思。

psychopathy：精神病

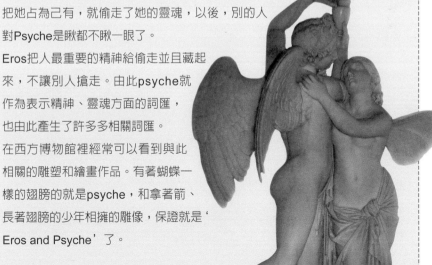

 word tips

　psycho　發音有點兒難吧？

其實，這是因為不是英語而是希臘語的緣故。

這時候就什麼也別想，先按照psycho的拼法去讀。那就會變成〔pskou〕對

吧。但是，英語是發〔saikou〕的音。韓語中常說的那個人有病的，有病就是

這個psycho。更準確地說是psychopath（精神病患者）。

這詞是從希臘神話中來的，和愛上愛神Eros一位名叫

Psyche的女子有關。

Psyche雖然只是人類，但她的美貌傷到了美神阿芙羅狄

蒂（Aphrodite，愛與美的女神，羅馬神維納斯）的自

尊。於是阿芙羅狄蒂就密派遣自己的兒子愛神去消滅她。

結果在執行任務的途中，愛神不禁愛上了Psyche，為了

把她占為己有，就偷走了她的靈魂，以後，別的人

對Psyche是瞅都不瞅一眼了。

Eros把人最重要的精神給偷走並且藏起

來，不讓別人搶走。由此psyche就

作為表示精神、靈魂方面的詞匯，

也由此產生了許多多相關詞匯。

在西方博物館裡經常可以看到與此

相關的雕塑和繪畫作品。有著蝴蝶一

樣的翅膀的就是psyche，和拿著箭、

長著翅膀的少年相擁的雕像，保證就是‘

Eros and Psyche’了。

Eros and Psyche
看著很甜蜜吧！但
是不被婆婆維納斯
所承認的Psyche，
肯定會被指使做很
多家務。
（巴黎羅浮宮館藏）

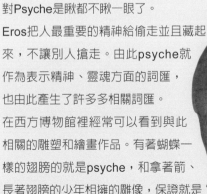

有靈魂的話一定會有肉體，沒有身體的靈魂也就沒有什麼價值了！

"Soul without body？It has no meaning ."

physiology：生理學

**physio-**有「天然、自然、物理」的意思。

physical：自然界的，物理學的，身體的，物質的

physical exam：體檢

**我們來Self-Test（自我測驗）一下，看我們學會了多少？**

雖然可能不太會用到，但既然我們是在研究etymology（語源學），不妨用這些生僻的詞，來檢驗一下我們的水平。

假設我們現在碰到了這樣一個詞→geohydrology

雖然第一次看到，但是大致能猜出什麼意思？

我們這本書的熱心讀者們一定會有這樣的自信的吧！

讓我們先簡單將geohydrology分成幾段：

geo ＋ hydro ＋ logy

地 ＋ 水 ＋ 學

＝地下水文地理學

# lunar月亮和女性的異常心理

lunar · 月份，月亮

和在韓語中，月有多種表現方式，英語也一樣，比較有水準時不說moon，而是說lunar。

舉個例子來說，說陰曆時不是moon calendar，而是 lunar calendar。

Luna 在古羅馬語中是女神的意思。

lunar eclipse：月食 / 蝕

lunatic：精神錯亂的，瘋狂的，極端愚蠢的 / 瘋子，狂人，大傻瓜

　　古代占星學裡，在陰暗的月光下，通常會使人發瘋或異常。

## word tips

### 太陽時強烈的男性 月亮是神秘的女性

從很久以前起，人們就把太陽看成是男性陽剛的力量，光和熱的象徵。相反的，每月周期性陰晴圓缺變化的月象，則象徵著女性的神秘和生育能力。

They think the sun is embodiment of male energy,light, and warmth; the moon of female mystery and creation, because of its monthly waxing and wanning between new moon and full moon.

embodiment：化身，使～體化的表現

　　em-（使）＋body（身體）＋-ment（做成名詞形態）

　　這麼一想，就一目了然了吧！

wax：（月）由虧轉盈，漸滿 / 蠟燭，密臘

wane：月虧，衰退衰落 / 月虧的現象，衰退期

　　wax and wane：月的陰晴圓缺、興旺盛衰

古代的人爲什麼會把太陽看作是陽剛之力，光和熱的象徵？而把月亮等同於女性的神秘和創造的化身呢？那是因爲月亮每個月會有從新月（new moon）到滿月（full moon）逐漸盈虧變化的的過程（就和女性懷孕一樣）。

也有人說，月圓之夜人會變身爲狼……

如此看來，月亮是被賦予了很多的想像和含義。

同時，月亮的蒼白陰暗，還有每天變化的形象，也有精神錯亂的意思。

月亮和女性
有著密切的關係
由於直接用韓語說有些難以啓齒，現在韓國人通常都會用menstruation（月經）。
這個詞裡有month的意思，而month（月，月份）又是從moon這個詞來的。
不管是用漢字的月經，還是用韓語的每月都來的意思，都是和月亮的「月」有關的。

People believe that the moon exerts its influence over creatures of the night. When wolves howl at a full moon they reflect the dark or sinister force of the moon.

人們相信月亮會在夜間對萬物產生作用。月圓之夜，狼群會對著月亮嚎叫，也是因為對昏暗的月光感到不安。

exert：（力量等）發揮
influence：影響（-施加於～）
howl：（狗、狼等）長嘯，放聲大吼
sinister：不吉，倒楣，預示著災難的／不祥的預兆

我們可以發現，西方小說和神話中有很多有關月亮陰森的可怕故事。

月圓之夜，人變身成狼；或是在女性的menstruation期間，因爲心理反常而刺激衝動impulse，引發可怕事件之類的。

曾有報導聲稱，月亮和女人消費時的衝動、shop lifting（偷竊行爲），也有著密不可分的聯繫。

# 話多的麻煩鬼

mal- · 壞，錯誤

用一句話來說，只要是前面出現了mal-，就把後面的詞都解釋成貶義就行了。話雖如此，可別將Malay（＝Malaysia）誤會成惡的國家啊！

在把你覺得是詞綴的部分去掉後，剩下的部分並不能單獨成詞，那在這裡就不是詞綴，這一點大家應該都很清楚吧！

如果把Malay－mal=ay←這哪像個詞啊！

| mal-就是壞（惡）

**mal-是壞的、錯誤的意思。**

看那些出現大量高科技裝備的諜報電影時，潛入敵人密室後，最後總是會有電腦畫面上不斷閃爍‘MALFUNCTION’的紅色字樣。如果不小心碰錯了，東西就會產生故障，事也就砸了。（當然，就算如此每次主人公還是會化險為夷，在最後一秒鐘切斷電線……）最後兩秒之前的切斷的電影我可是沒看過。明明知道主人公不會有危險，還是會莫名地跟著緊張起來。

malfunction：故障，不聽使喚

　　function是機能的意思，所以功能壞了就是故障。

正巧在寫這本書的時候，筆者去機械商店買了一個lawn trimmer。

lawn trimmer：整草機

mower：修剪草坪的人或機器

　　（從草地上推過去,連細小的部位也不放過,將不夠整齊的地方修整的機器，是用轉動的塑膠頭代替刀刃除草的。）

當然在assembling（裝配）以前，一定會先讀manual（說明書）。

"in the event of a malfunction or breakdown,"（當出現使用不可或故障時）。剛好，這句話正好可以用在這本書裡。

mal-，寫成'mal～'來說人類，那會是什麼意思？

malady：疾病，社會弊病

malediction：詛咒，惡言惡語（＝curse）　　*mal＋dic（話）

　反義詞就是benediction：祝福（做禮拜時最後神職人員給大家的祝福）
（＝blessing）（參見p.53、105）

malediction誰來做呢？那只能是巫婆 →witch

## word tips

### 有特定模式的西洋女巫

goblin hat

西方典型的女巫們有著約定俗成的形象。首先有彎彎的鷹鉤鼻，下顎向前長長突起，戴著寬帽沿上面尖尖的頭的goblin（惡鬼）hat，穿黑袍，騎掃把（broom stick），總是在夜間行動。女巫們還常會帶著被稱作witch's cat的黑貓，人們把這些貓看成是中了魔法的人而感到恐懼。這樣的女巫除了malediction，還能說出什麼好話？

↓ witch的飛行術
夜晚騎著飛天掃帚（broom stick）
和蝙蝠一起出沒的witch。

↗ Halloween festival 出現的女巫
goblin hat（女巫帽子）鷹鉤鼻、撅下巴，典型的女巫形象躍然眼前。

→ witches's brew
（女巫）

讓我們來看看有些什麼材料吧！蟲子眼珠、田雞腿、蝙蝠毛、狗舌頭……，這個秘方可是取自莎士比亞的〈馬克白〉。

malcontent：不滿的，抵抗的，不平的人

非主流派，沒法掌握政權而怨聲載道的人只能成為malcontent。

content是容積、容量、內容的意思，也有滿意的、知足的、安心的意思

所以mal-＋content只能是不滿的意思。

malformed：難看的，畸形的

mal＋form（樣子）， 請參照deformation（p.110）

malformed fish：畸形魚

重金屬廢水污染嚴重的地區經常可以發現背部，尾部，內臟已經畸形的魚類

malformation：畸形（＝deformity＝abnormality）

maltreat：虐待，濫用

maltreatment：虐待，濫用的行為

malposition：（醫學用語）胎位不正，位置偏離

這就是 malposition

本來應該這樣的……

↑結果這樣了？

teeth malposed in the jaw

malpractice：玩忽職守，治療不當，不當行為

practice：實行，實踐

maladapted：不適合的

adapt：使適合，使適應，順應環境的

malaria：瘧疾，瘴氣

malaria是mal（壞）+aria（air · 氣）。

在非洲的某些地區由於瘧蚊而傳播的疾病。在醫學還不發達的時候，通常是認為由於潮濕地帶的瘴氣而得病，這個詞便是由此而來。

maladminister：玩忽職守，處理不當

malefaction：壞人

malefactor：惡行

malice：強烈的惡意，敵意，怨恨，憎惡

He did not do that out of malice.

他並不是出於敵意才那樣做的。

malicious：懷惡意的

malign：惡意的，誹謗的

malign tumour：惡性腫瘤

benign tumour：良性腫瘤。　　*benign：良好的，症狀良性的

bene-：好（參見p.53）

malnutrition：營養不足

nutrition：營養

綜上所述，凡是加上 mal- 就是不好的意思。

# 發燒友就是深深地陷入的狂熱分子

-mania · ～狂、～迷

在新聞媒體中經常會出現 「某產品一經問世就受到廣大愛好者一致好評」這樣的詞句。我們把對某樣事物特別熱衷的人稱為發燒友，但是那種程度可以用maniac這個詞的嗎？

-mania，maniac源於希臘語，原意瘋子，是精神學科用語。

這樣的精神病患者，我們周圍不應該有很多才是，多的話那可真是麻煩大了。當然，這字實際用法中，意義比較弱化，是當普通詞來使用的。

那好， 既然我們說不管什麼詞後面有-mania，就是～狂、～迷的意思。那麼來看看下面的詞吧。

baseballmania：對棒球發燒←是對棒球狂熱，而不是說因為棒球而瘋掉了！

bibliomania：藏書癖←不是說讀了書才瘋的意思哦！

瘋了似地投入到某事中的狂熱分子就叫maniac，mania的人就是maniac。

baseball maniac：棒球發燒友

fishing maniac：釣魚發燒友

megalomaniac：誇大狂的、誇大狂患者

聽說完全瘋了的人叫mania

但是，聽說那些mania們總是能有奇思妙想的發明。他們可是強人啊。

## mega-：大，一百萬

託電腦用語的福，現在mega幾乎成了人們每天都掛在嘴邊的話了。

How much mega pixels does your camera phone have?

你的手機的攝影鏡頭是幾百萬畫素的啊？

monomaniac：偏執狂（對一事狂熱的人）　　*mono-：單一的（參見p.181）

suicide maniac：自殺狂

人命就一條，怎麼會有自殺狂的 mania程度？

這裡是指研究，不是自己自殺，而是研究別人的自殺現象的人……，

He probably studies the suicides of others.

還有這樣的詞→ Anglomania：親英，對英國極端喜愛，英國狂

　　　　　　　Germanmania：對德國極端喜愛，德國狂

 word tips

### 喜歡縱火的

pyromania←這可是個不得了的詞！有縱火癖
的人——通過放火得到快感的人。 西元1世紀
古羅馬的暴君尼祿就是個縱火狂的典型 。他
的胃口還不小，把羅馬一口氣燒了個精光。

從那兒來的諺語：

Fiddle while Rome is burning.（大難臨頭仍歌
舞昇平）

*fiddle：類似於小提琴的樂器，遊手好閒地虛
度光陰

*fiddler：拉小提琴的人，遊手好閒混日子的人

我可是真正
的火王。
pyro + rex

看到pyro-這個詞綴了嗎？（參見p.215）

pyro-是從希臘語火、熱的意思而來的。

大家的家裡可能都會有耐高溫的Pyrex（派熱
克斯玻璃，商標名）耐熱玻璃吧？

rex：王。所以pyrex＝pyro-（火）＋rex（王）

嘿嘿，那不就成了非常能耐熱的意思！

Pyrex
Pyrex已經成了耐熱玻璃的
代名詞。 1908年在美國最
早建立了技術開發研究所的
Cornign社製造了pyrex。一
種能夠耐高溫的玻璃通常用
于微波爐的玻璃容器。

現在人人都一門心思地考TOEIC，好像只要掌握TOEIC單字就萬事大吉了。不過抱著這種想法來記單字可是萬萬不可的。如果真的只是有TOEIC單字，那實際生活中可怎麼應付的過來啊？

我倒是建議大家還不如先讀讀比較淺顯易懂的《Reader's Digest》，那裡邊可是蘊藏著十分豐富的單字。

erotomania：色情狂（近來這樣的人增多已成為了嚴重的社會問題啊。）
    ero 正是從愛神Eros的名字而來的。

但其實-mania這個詞綴用起來，語氣上往往是偏貶義的。
想表達「～愛好者」時，通常會用-buff。
這樣說大家可能會更容易記住：-buff 是從單字美洲野牛buffalo中來的（在此就不詳述這裡的origin由來過程了）。

baseball buff：棒球愛好者
travel buff：熱愛旅行的人
fishing buff：熱愛釣魚的人

"She is a cooking buff." ←用諸如此類的方法，在任何詞後面都可以加buff，那你的英語就會大大地提高的。

# manager 用手操縱的人

manu,man · 手

manu是拉丁語中「手」的意思。

所以automatic（自動）的反義詞就是manual。
（手動），也有說明書，使用指南的意思。

manufactory：工廠

　manu-＋fac（製造）＋-ory（場所）

manufacture：製造業的

manufacturer：製造業者

一指創造出萬物？
瑞士伯恩一家珠寶商店
的標誌，
多有趣的創意！
一個 "CLICK"，
就讓指環套住手指？
這是源自於米開朗基羅
的〈創世紀〉的壁畫
無論如何，「man-＝
手」，就是好的操縱的
意思。

在十幾年前，作家們都是是用手寫（manu）稿件（script）。所以原稿、手稿就是manuscript。

接著就有了人類歷史上最短時間內的數位化革命，一直延燒到今天。這還真是 "The times have changed too rapidly！" 這世界變化得太快了！但是原稿manuscript這樣的詞還是在。但是有誰知道，過不了多久這個詞還會不會存在？

　man既然是手的意思，那加上er就是manner。

manner：態度，禮儀。

那麼manage＝man-＋-age（詞綴）→就是靠手做，操控。

Columbus managed to swim to shore when he was shipwrecked.

當船遇難時，哥倫布成功地游回到了岸邊。

這樣manage的人，就應該被叫做

manager。一定常聽這樣的話吧？

Please ask for the manager.

請尋求管理人員的幫助。

Please have the manager come here.

請把你們的經理叫過來一下。

manageable：易管理的，好操作的

unmanageable：難處理的，處理不了

management：管理，經營

　　management engineering：管理工程學

"It needs an astronomical sum. But we can manage."
這個需要天文數字的鉅額資金，
但我們一定能努力挺過去的。
astronomical sum（of money）：鉅額

manicure：修指甲，手部美容

　　mani-＋cure（治療）

mandate：（官公署等的）命令、命令書，（從前國際聯盟處的）委任托管權

mandatory：命令的，指令的，受託治理的

　　mandatory meeting：必須參加的會議（強制會議）

在藝術領域裡又有什麼含意呢？

mannerism：風格主義，16世紀歐洲的一種藝術風格，特點是比例和透視因素的扭曲。

# 我的手機攝影鏡頭是400萬畫素的

mega- ‧ 百萬，巨大

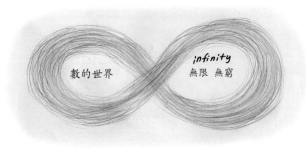

這個句子可是當下的必備用語，所以在這兒為大家整理一下。

在電腦普及以前，新聞報導美國和前蘇聯等國實驗核武器nuclear bomb時，常常會說到爆炸能產生幾百萬噸的能量（megaton：1百萬噸），那時mega可是見報率極高的詞。

現在一般用來指和電腦容量相關的詞時，mega還嫌不夠，還會用到giga（10億），在希臘語中也是巨人的意思。

也許在不久的將來就會需要用到tera-這個更大的單位了（10的12次方，也就是一兆。希臘語中還有怪物、龐然大物的意思……）

那麼再之後呢？肯定又會有更大的單位產生的吧。數的世界本來就是沒有盡頭的。

今天，我們每天一睜眼到處就都是mega-

用電子郵件接受或發送照片時，不是都會問對方的郵箱大小。這種時候就會用到mega-這個詞了。

How many mega pixels does your camera have？

你的相機是多少萬畫素的？

I have five pictures taken with 2 megapixel camera。

我這兒有五張照片是用兩百萬畫素的相機照的。

## mega 就有百萬又有巨大的意思

giga 是mega 的1000倍，10億，one billion

在人類還沒使用電前，航海船隻間通話是用擴音筒相互聯繫。現在小型戶外集會、示威遊行等，用的也是megaphone，但那是用電流擴音的。

> megaphone＝mega-（巨大的）＋phone（聲音）→擴音器

這就是最早的mega模型嗎？在當今科技如此發達的mega社會，居然還要用到這樣原始的megaphone。
在韓國賣水果的都會繞著小區裡用電子喇叭喊話，圖中正是日本東京某市場裡用話筒喊話銷售的人。只是為了讓過往行人聽到而已，如果還要帶上電池是重了點，這個只是還不到幾克重的塑膠話筒。（舊東西也有好的時候啊！）

FM電臺播音員們是這麼說：

「現在你收聽的是91.9megahertz，」

也就是說91.9×1,000,000hertz的意思

megahertz簡稱為MHz。

megabit：（電腦用語）百萬位元

　bit是指電腦資訊處理時的2進制存儲位元組（位元組 8比特16比特等）

　二進位中只有0和1兩個數。　　　*bi-是雙、2 的意思（參見p.56）

megabyte：MB百萬位元組，1百萬比特

　byte 位元組：電腦中作為一個單位處理的一系列相鄰的單元

　8bit=1byte ，一個英文字母就是一個位元元組

「640千位元組的話，對所有的人應該都是夠用的容量。」

（這個是國際joke，1981年 ，Bill Gates）

megacity：人口超過百萬的城市，像紐約、東京、首爾等（＝megapolis）

Megacity planners call for tax freeze。

大城市的開發者們呼籲凍結稅金。

既然我們都說到了mega-，再介紹一些不是很常用的詞。

megadeath：一百萬人之死亡（核武器殺傷力的計算單位）， 大量死亡。

megaton：兆噸，核武器威力的計算單位。

　1megaton的TNT炸藥所釋放的威力。「怎麼能拿這個開玩笑？」

megalomania：誇大狂，妄自尊大

　*-mania就是「～狂，～迷」（參見p.163）

megalith：（考古，古建築用的）巨石　　　*mega（巨大）＋lith（石頭）

　dolmen：（用石架成的）史前墓石牌坊

 word tips

### 印加帝國的太陽、巨石崇拜

歷史上曾經一度崇拜太陽，無論何物，只要是大，就值得敬仰的時代。現在人的心理也是一樣，想要看起來比較高，還有……等等。如果去崇拜巨石的南美洲的秘魯印加遺址山頭的話，擺放在神殿前的巨石，單一塊的重量就能達到350噸以上，其間還有江水流過。至今為止，現代科學還無法解釋當初是如何搬運這些巨石的。甚至有人說 "這應該是外星人來過留下的痕跡吧 。"難道是說外星人塊頭大，就可以把山那邊的巨石搬過來建寺廟嗎？

Were aliens huge？Could they have moved the megaliths from over that mountain and built that temple？

*aliens：外星人，外國人

重達350噸的megalith，用一句話說就是「不得了的大石頭」
從遠山上挖來的巨石，在這座山上堆積起來。
選了一張有我的照片，只是為了方便大家比較巨石的大小，沒有別的意思。

# METRO賓館和大都會博物館
# 和以前的首都劇場

mater, matr, metr · 媽媽，母

世界很多城市都有Metro / Metropolitan Hotel。
從韓國首爾乙支路的入口往明洞方向的巷子裡，就
有一座歷史悠久的Metro Hotel。同時韓國也有大
都會博物館，為什麼叫大都會呢？

法國巴黎、西班牙馬德里等歐洲城市，還有阿根廷
的布伊諾斯艾利斯等用拉丁語的國家，metro就是
地下鐵的意思。

每個國家維護城市治安的警察，the Metro Police
那麼，為什麼處處都會出現metro呢？

metro是從mother（媽媽）的拉丁語中來的。
古代母系社會，以母權為中心，所以metropolis就
是首都、中心城市、母國。
含有母都（mother city）意思的，
就是metropolitan首都的、主要都市的、大城市。

metropolis大致是指人口超過百萬的，包含政治、
經濟、 資訊等各種機能的城市。
metro在這兒是metropolis的縮寫。

所以要是翻譯韓國首爾乙支路的入口Metro Hotel的話，就是：母親飯店
——首都飯店，反正都是好的意思。再沒有比像媽媽的懷抱一樣溫暖的
hotel 更好的意思了，要不然就是首都飯店，聽起來也很有面子。不管
怎麼說，都比 Hick Hotel農村旅館強多了。

## MIDOPA 就是 metropolitan

只要是韓國人，沒有人不知道
MIDOPA百貨店。雖然現在已經
不存在，但是曾在數十年前，一
度是明洞一代有名的百貨店。

但是雖然大家都知道百貨店叫midopa，恐怕知道
個中實意的人是很少的。用漢字寫出來的話就是
美都派，是metropolitan的漢字音譯。

Coca Cola在中文裡音譯為可口可樂，而且意思也
翻得恰到好處，因為好喝，所以心情也爽的意
思。這個美都波也是個好名字，含有美麗的城市
的意思。

美都波 開業
收復之後的1954年8
月2日。美都波百貨
店開業大吉的日子。
像這種資料，在百貨
店也會保管嗎？
請仔細看用圓圈標出
的地方，上面不正寫
著metropolitan嗎？

maternal：母親的，母性的
maternal nature：母性
maternal love：母愛
　paternal love：父愛

總之，凡是字首有metro-的，就都當作是和首都有
關係的單字就行了。

Metro Gas
阿根廷首都布
伊諾斯艾利斯
出現的metro城
市汽油／煤氣

Metronome
多倫多選出音樂之
都的海報
metro（首都）＋
metronome（音樂
的，節拍器）
原來就這樣把兩個
詞和起來取的名
字，這個想法還真
是挺不錯。

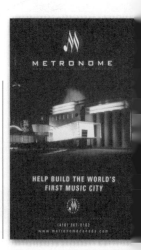

# 細微的micro的世界

micro-這個詞還真是我們平常常用的詞。

別的不說，這本書的讀者，恐怕沒有人不知道微軟的吧？

在很多聽眾面前作演講的話，當然會調試麥克風吧？

mike就是microphone的縮略語，phone在這兒是聲音的意思。

就是指把小的聲音放大的機器的意思，即將小的聲音通過擴音器（loud speaker）放大的原理。

micro是非常小的細微的意思，也有一百萬分之一的意思

相反詞mega是非常大的意思，含有一百萬的意思（參見p.168）

雖然有點難，我們還是來試著瞭解並記住一些有micro-的單字把！

microgram：百萬分之一克

micrometer：測微器，千分尺

*micro＋meter（計算＝measure）

The micrometer caliper is used by mechanics to measure exceedingly small distance in doing precise work.

測微器是工人用來測量十分微小距離的精密儀器。

caliper：與nonius相似的，是指機密測定儀器

exceed：十分，非常

precise：精細

*tera是指10¹²，
還想知道下面的內容嗎？

宇宙是無窮無盡啊！

廚房裡的家用電器，最方便的恐怕要數微波爐了。用韓語中的外來語音譯規則來推測的話就是electronic range了，但是實際英語應該是microwave（oven）。

wave是「波」，所以microwave就是非常短的微（micro）波（wave）了。用微波加熱食物的oven，就有了這個詞了。

拍攝超小物體，比如蟲子等，得使用攝像頭→microlens：顯微鏡頭。

microscope：顯微鏡　　　　　*scope是看的意思。（參見p.59）

在那樣的顯微世界會用到英文叫做 micron，微米的詞。

1mm的千分之一，字母記為 μ。

microbe：細菌

microbe bomb：生化武器（這可是萬惡的武器中的最惡。）

microbiology：微生物學

　　micro-（微小的）＋bio-（生）＋logy（學）

microcosm：（小宇宙）微觀世界縮影

cosm-是cosmos，為宇宙的意思。

（參見p.50）

有了所愛的人的就好像擁有全世界一樣幸福啊。由此一旦失戀的話那可真是……

'Ah，he / she was a real microcosm that I lost…'

啊哈！原來那個人曾經是我的全部（microcosm）啊，會切實產生這樣的想法的。

這裡拿失戀的人來說，事先道個歉。但是無論是誰，筆者也曾有那樣的深切體驗，所以覺得自己還是有資格在此談論此事的。

| | |
|---|---|
| To meet | 相遇 |
| To know | 相知 |
| To love | 相戀 |
| And then to part | 然後再分開 |
| Is the sad tale of many human's heart. | 眾人埋藏心中的<br>傷心往事。 |

Love is sweet torment.
愛是甜蜜的痛苦。

# mismatch的部分――這該怎麼辦？

mis- · 錯誤，壞，否定

如果understand的話，就不會有什麼問題。但如果是misunderstand的話，問題就會發生。也就說因為「誤會」引起意想不到的後果。

如同上面的例子，在一個完整的單字前面添加mis-這個字首，意思就會發生一百八十度大轉變，向「壞」方向去了。

mis-這個單字代表了「錯誤、壞、否定」等意思。

在old English中它含有badly、poorly、not的意思。

如果能夠活用mis-這個字首，便能輕鬆地掌握很多單字。

觀看電影的時候，字幕上會出現cast。

cast是分配角色的意思，如果加上mis-這個字首，就變成了：

miscast：（給演員）指配不適當的角色

在count前面加上mis-，就變成了：

miscount：計算錯誤 / 算錯

在同樣表示「計算」的calculate加mis-，則成了：

miscalculate：算錯

就是這種方式。看上去似乎感覺無聊，但千萬不要就此放棄哦。

misapply：錯用，濫用，浪費

misbehave：舉止無理，品行不端

mischance：不幸，運氣不佳（=mishap=misfortune）

misfortune：不幸，壞運氣。　　mishap：災難，不幸

mischief：損害

mismatch：配合錯誤 / 不相配的婚姻

misjudge：判斷錯誤，輕視

misplace：放錯地方

I am afraid I misplaced your invoice.

Could you sent it to me again?

我忘了您給的帳單放哪裡了？

能再給我一次嗎？

*invoice是「付款通知單」的意思。

misfire：射不出／打歪

misdirect：指示錯誤

I asked a boy the way to the station, but he misdirected me.

我向一個男孩打聽去車站的路，他卻給我指錯了方向。

misguide：指導錯誤　　misguidance：誤導

mislead：帶錯路

mismanage：處理不當、辦錯

misshape：使造型不佳、弄成畸形

mistime：錯失時機

The general mistimed his attack; it should have been made an hour earlier.

將軍錯失了1小時前發動攻擊的絕佳時機。

mistreat：虐待、惡待

mistreatment：虐待（=abuse）

misinformation：誤報

mistrust：不信任、懷疑

misuse：由於不良目的，或採用錯誤方法來使用。

misadventure：災難

adventure是指「冒險」，一旦實施不當，就會變成「災難」，大家一定要小心哦。

此外，還有mistake、misprint、misspell、misread等等。像這樣在大家熟悉的字前面加上字首mis-，能夠組成很多不同含義的新字。
只要瞭解了mis-的含意，這種組合將是無窮無盡的。

我們來認識mis-的兄弟miso-，它表示「嫌惡」之意。
它與代表「人類」的詞綴anthrop-，能夠組合出單字misanthropy（厭惡人類、厭世）。加在gamy前面則為：misogamy，表是「厭惡結婚、厭婚症」。（真是奇怪，怎麼會討厭結婚呢？沒有嘗試過怎麼知道不好……）

| 愛情需要解釋嗎？——筆者珍愛的照片（Stockholm，Sweden，1986）

# 導彈、傳教士與「發送」

mit , miss · 發送、派遣

mit，miss在拉丁語中有「發送、派遣」的意思。

最具代表性的字，就是我們在戰爭中十分常用的missile（導彈）了。它通常會被發射到指定的目的地。（當然，接收的一方可就麻煩了）

此外，我們還能夠聯想到將汽車引擎動力傳輸到車輪上的transmission（變速齒輪、傳動）。

延世　梨花　培材　儆新　培花

崇實　啓聖（大邱）　好壽敦　貞信

東成　啓聖（Soeul）　聖心　Salesio　梨花

創建培材學堂的阿培澤勒（Appenzeller）　延世創建延熙專門學校的昂德吾德（Underwood）　創建梨花學堂的斯科萊特　獻出生命的醫師西吾德浩

延世、梨花、培材、儆新、培花、崇實、啓聖、好壽敦、貞信、東成、啓聖（Soeul）、聖心、Salesio、梨花、St.Paul…

"Do you know what these schools have in common?"
-They say they are mission schools.
"Who had established them?"
-Western people.
"Right, but do you know any more details?"
-Western missions had established those schools.
"Perfect!"

「你知道這些學校的共同點在哪裡嗎？」
-據說它們都是教會學校。
「誰創建了它們？」
-是西方人吧！
「對，但具體來說呢？」
-西方傳教士創建了這些學校。
「完全正確。」

英文的傳教士是mission。

這是因爲他們的主要工作是「mission（傳教）」。

而這些傳教士創建的學校，我們稱其爲mission school。

在mit，miss前後添加詞綴，還能組成很多單字。

admit：允許、容納

admission：准許入場、許可、准許入學、入場費

commit：委任、委託、引導、犯（罪）

　壞事難道是一起（com-）去（mit）做的？

「手續費」收還是不收？其中包含了金錢的「來去」關係。

commission：委任、委員會、手續費

committee：委員會、受委託的人

emit：散放（光、熱等）

emission：散發、放射物質、發射

emissions test center
汽車排氣檢測中心
PA是賓西法尼亞州
Pennsyivania的縮寫
「在加拿大，使用超過5年的車，每2年便要接受一次emission test。」

在聽音樂會或是觀賞長時間的演出時，中間有一段能夠出去散心、喝飲料的時間。

intermission：中場休息

omit：遺漏、省略。　*o-帶有away的含意。

permit：許可

permission：許可

remit：匯款、赦免

　Please return this copy with your remittance.

　請將匯款與這份影本一起送回來。

remittance：匯款

submit：制服、使服從。

　*sub-帶有「下面」的意思。

transmit：傳達（力量、資訊等）。

　*trans-帶有「貫通」之意。

"Submit to the Alliance!"
（被同盟軍制服！）
圖為二次世界大戰勝利前夕的俄國海報。（1945年4月）它生動地描寫了在戰爭中勝利的同盟軍合力勒緊希特勒脖子的場景。

汽車將引擎產生的力量通過transmission（變速器）傳遞到車輪上。

# 只有一條rail的單軌鐵路

mono- · 表示 "單一" 的意思

戲劇用語中有「monodrama（獨腳戲）」，就是由一位actor/actress（演員）
表演的略顯獨特的「單人戲」。

mono具有「一個」的含意。

monodrama＝mono（一個、一
個人）＋drama

一個人→一個→mono

這就是「一個人表演的戲劇」。

通常在表演獨腳戲時，演員在

聚光燈的映照下，從舞臺一側

登場，在幾分鐘、甚至十幾分

鐘內，一個人（mono）連續地說（log）著台詞。

monologue：獨白、（在交談中使別人無法插嘴的）滔滔不絕的話。

monologist：戲劇中的獨白者、不停說話的人。

monorail

在很多像amusement park（遊樂園）這樣的地方，或是城市都設置了
monorail。這種只有「一條（mono）」軌道的單軌鐵路（rail）具有兩
大優勢：占地面積狹小，列車可以依靠電纜快速運行。

當我們再遇到字首 "mono" 時，千萬不要忘了它賦予單字的「單一」
含義。這樣舉一反三，依此類推，便能結識更多的單字。

如表示「顏色」的chrome，前面添加mono-，便成了「單色」之意。水
墨畫、黑白相片都可以稱爲monochrome。

monogram是美術、設計中常用的術語。意指「將兩個以上的文字設計
成一個文字的圖案」，即組合文字，也就是我們常說的logo。

**-gram與-graph出自同樣語源，都有「圖畫、文字、記錄」等意。**

（如果是gram的話，指的是重量單位g。）

風靡全球的碳酸飲料Coca-Cola的monogram便極具特色。但是，進入新時代，Something looks old fashioned（退流行），為了提高易辨性（readability），就將原先的monogram用一個單字Coke來替代。在北美人們都叫它Coke。不過，要注意在slang（俚語=cant）中，Coke還有cocaine（古柯鹼）的意思。

'Coke'的new logo

當國家對香煙進行指定地點生產和銷售時，通常會在香煙的外包裝上印上'monopoly'字樣。

monopoly：專賣權 *-poly有出售的含意。

monopolism：專賣、壟斷制度

monopolist：壟斷者

Saudi Arabia's oil monopoly Aramco raised LPG costs this month.

本月沙烏地阿拉伯的石油壟斷者Aramco（阿拉伯-美國石油公司）提高了液化石油價格。

monotone：一種色彩、語調、音調、氣氛等／單調的

因為tone（音調、色調）是mono的。

A monotone drawl（單調的語氣）

monotonous：單調的

My job at the office is very monotonous.

我在辦公室的工作十分單調。

與mono-相關的單字還很多。下面略微提高一下單字的難度。

我們知道民主主義的英文是democracy。

demo-（民主）＋-cracy（統治）

越是落後的國家就越monocracy。例如，南美、非洲……

一個人（mono）的統治（-cracy）便代表「獨裁統治」。也可以說是
autocracy。它代表'按照自己的意願進行統治'。

A dictator might be happy but the people hate monocracy.

獨裁者是很志得意滿，但他的人民卻對其痛恨萬分。

monolith

這個字雖略有難度，卻十分好記。

在歐洲、北美等地旅行時，經常會看到它。

lith與stone同義，都代表「石頭」。

monolith指一整塊石頭，也就是「巨型獨
石」。在法國巴黎的Concorde廣場上（詳情
參考P.88），便聳立著一塊從埃及運來，由一
整塊巨石構成的方尖碑，名為obelisk，正
是前面所說的monolith。

巴黎Concorde廣場
的obelisk
高約23公尺，重量超過300噸
的獨塊巨石（它是怎麼被搬運過
來的？建造它究竟是誰呢？）

monocle：單片眼鏡。指鐘錶修理師常用的
只有一個鏡片的眼鏡。現在已經很少見，
不過仍然可以在近代西方小說中發現它。

monomania：沈迷於同一件事情的人、偏
執狂。

*mania就帶有「沈迷、瘋狂」的意思。
（參見p.163）

monogamy：一夫一妻制。

*gamy是指「婚姻」。（參見p.178）

## 爭奪「寶中之寶」

直至近代，曾經侵略過埃及的國家都視方尖塔（obelisk）為「寶中之寶」，並且不惜人力物力將它們搬回自己的國家（約15座），目前埃及也只剩下5座這樣的方尖塔了。其實，敢在戰火紛飛之時，投入巨大的物資和人力搬運這座龐然大物，是件浩大的工程；因為方尖塔本身是一個整體，無法進行分割，所以除了使出蠻勁搬運之外，別無他策。雖然埃及被強行奪走了很多祖先流傳下來的寶物，這樣卻也使得他們的古代文明得以流傳世界。

"That is probably why they don't ask them to return the stolen obelisks."（也許正因為如此，埃及人民沒有讓他們歸還奪走的方尖塔。）

在美國首都華盛頓矗立著一座全球最高的石碑——Washington Monument，據說它是根據方尖塔的樣子設計而成。不過，因為它是由大量石塊堆積至169m處形成的，所以不能稱為monolith。

monarch：君主　　　*mono+arch（支配= to rule）

monarchy；君主國、君主制

monastery：修道院、寺院　　*修道之人都是「獨自」生活的。

因此，表示「修士、僧侶」的還有monk這個字。它也有「獨自」的含意。尤其是佛教中的「比丘」，在英語中還可以叫做Buddhist monk。

既然我們談到了宗教，那麼一神教該怎麼說呢？

其實，基督教、猶太教、伊斯蘭教都是monotheism，因為它們都信奉唯一的神——耶和華，並且根源於同一個宗教。

monotheism：一神教　　　　* theo有「神」的意思

theism：有神論、人格神論

theology：神學

與「一神教」相反，古代埃及、印度、希臘、羅馬等地信奉多神教，英語中稱為polytheism。
poly有「多」的含意。

你們知道Monaca
這個國名嗎？

它就是位於法國東南部，地跨地中海蔚藍海域的最小公國（不是共和國）──摩納哥。與其說它是個國家，還不如說是一個富人聚集區。放眼望去，看到的盡是豪華酒店、遊樂場，以及歐洲富豪們的高級遊艇。

過去，這裡建有紀念英雄赫爾克里士(Herakles)的神殿，神殿的名稱為Monaikos，這便是摩納哥國名Monaco的由來。

宗教之父──Abraham（亞伯拉罕）

上帝耶和華想試探亞伯拉罕的忠誠度，於是命令他將自己在100歲時所生下的兒子Isaac作為祭品奉獻出來。亞伯拉罕毫不猶豫地就要動手。耶和華急忙讓天使去阻止亞伯拉罕的行為，"天使啊，趕緊去阻止他，否則會出大事的！"

"You passed! Don't hurt your son!"（你通過考驗了! 不要傷害你的兒子!)

圖中所表現的是天使正要奪下亞伯拉罕手中的匕首的場面。（這是著名畫家林布蘭的作品之一，原版收藏於聖彼得堡的艾爾米塔什博物館。）

猶太教、基督教、伊斯蘭教都是使用舊約聖書的monotheism（一神教）。其中，猶太教和基督教由亞伯拉罕發展起來的正統宗教，而伊斯蘭教則根源於其他妻子所生的子嗣。它們是由不同兄弟間的猜忌與仇恨發展起來的，所以宗教紛爭令世人受盡磨難。

# 電影是「移動」的相片

mov,mot,mob,mo · 移動，動

如標題所示，mov有四種變化類型。但是，我們在此只稍稍撒點調料，就足以使已有的單字量成倍增加，品嘗到全新滋味的英語大餐。

## mov

move←非常熟悉的字。下面的字都是和它有關的。

mover：搬家中心

movie：電影 *motion picture,cinema,firm等都是同義語

movement：運動，移動

moving：移動的事／移動的，活潑的

　　'Moving Mokpo'→「發展中的都市，木浦」（用作標語了呢。）

　　'Moving Sale'→「即將遷店，低價拋售」（在北美經常能看到。）

remove：除去，移去，刪除

　　*re-表示「再」

## mot-

motion：動作

motive：動機

motivate：激發

emotion：感情，情緒，感動

demotion：降級

locomotive：機車

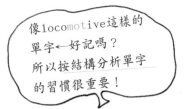

像locomotive這樣的
單字←好記嗎？
所以按結構分析單字
的習慣很重要！

　　loco-即location（位置），也就是「場所」的意思。（參見p.150）

　　locomotive＝loc（場所）＋motive（移動的）→從這裡到那裡可移動場所的東西就是'機車'——就是這樣吧。

promote：升職，獎勵

remote：遠方的，遙遠的

  remote control：遙控器　　*可以遠距離操縱擱在一邊的電視等。

# mob-

mobile：移動的，可動的／移動作品

「手機」在美國、加拿大多稱cellular phone，簡稱 cell phone ，而在英國則做mobile phone。因為這是帶在身邊可移動的（mob-）電話。

mob：暴徒（= rioter）／聚眾攻擊

mobile home：移動住宅（↓看看照片吧？）

immobile：不可移動的　　*in- / im-表示「相反」的意思。（參見p.143）

automobile：汽車　　* auto（自）+mob（動）

**mobile home**

北美能看到這種移動式住宅，尤其常見於一些貧困州。價格在3～5萬美元左右。5萬美元的，包括3個房間，廚房、洗手間、浴室等這些差不多都有。它可以形成小區，屋前還可以設置花園。又稱trailer home。

# mo-

moment：瞬間，剎那，重要

momentary：瞬間的，剎那間的

# 意為「新派司」的「尼歐派司」

neo- · 新的，新

肌肉拉傷的時候，首先要貼塊舒服的「尼歐派司」(商標名)。上面寫著neopas吧？另外還有叫「尼歐馬肯」(商標名)的藥⋯⋯

以neo-開頭的詞非常多，特別是用於商品名和公司名的情況不勝枚舉。在我們漢字文化圈內，就是在名稱前面加上「新」，如「新世界百貨」等等。

**neo-即new，來源於希臘，表示「新的，新」的意思。**

所以，Neopas是「新派司」，neomycin是「新鏈黴素」，意為比以前更強的新抗生物質。還有neoclassicism表示「新古典主義」。（美術和文藝方面經常用到吧。）類似的情況又如neo-Dada，或neo-Dadaism，即「新達達主義」。neo-Dadaism是興起於一次世界大戰末期的藝術運動，是極端反對傳統形式美的surrealism（超現實主義）的始祖。

在各種主義（-ism）、學說等前加上neo-的話，就是「新～主義」。neo-也和anti-（參見p38）一樣，如果後面是大寫字母或是以字母i開頭的話，中間要加一劃線以示區別。好，那讓我們加幾個試試吧。

neo-Hellenism：新希臘主義（文學術語）。主張將希臘理想在現代生活或文學藝術中的再生。

neo-Nazism：新納粹主義（真讓人心顫的字眼兒。近來偶爾出現一些Nazi糊塗分子，給話題欄又添新花。）結果是→ "Hundreds of neo-Nazis are in prison."

「無論如何，我們neo-Nazi也要繼續鑽出來⋯⋯希特勒總統永遠活著（？）⋯⋯」

### 希特勒的設計靈感

象徵Nazi的鉤形十字架（卍）叫做swastica或swastika。這表示'幸運的'意思吧。據說，希特勒少年時擁有超前的設計靈感，夢想成為美術家。他根據象徵亞利安族的、源自十字架的圖案，設計出這個Nazi標誌。「如果讓他成為一個美術家的話，是否就可以阻止慘痛的歷史悲劇呢？」歷史無此一說。

neo-Gothic：新哥德式

neo-Impressionism：（興起於19世紀末的）新印象主義

nieromanticism：新浪漫主義

neoplastic：新造型的，新生物的，新腫瘍性的

neologism：新造語

　*log-表示「話，言」的意思。（參見p.152）

沒關係，和我們直接相關的單字沒有多少

我只要知道5000個就很知足了……

T word tips

## 哎喲！
## 一年就要5000以上！

每一年都產生約5000個以上的英語新單字。

這些單字的大部分都是以拉丁語和希臘語為基礎的。所以，現在我們要學這些東西。將來也可以用這種方法，造出很棒的公司名和商標名了。為了這個，我們走上這條路。

# Scotia和Nova Scotia，及小說

nova- · 新的，新

Scotia指Scotland，出現在詩句中。

但是，在加拿大最東邊有個叫做Nova Scotia的province（州）。這個州坐落於大西洋沿岸，由祥和而美麗的peninsular（半島）和島嶼組成。無論是哪個北美人，都想去看看這裡，但真正去看過的人並不多。因為要利用短期休假裡用自駕車來回，算是一個很遙遠的地方。我自己去看過嗎？（很期待地）「是啊，當然要去看嘍。我已經去過兩次了。」前年又去了一次，看odometer（汽車的里程表），居然要6,681公里！這還是粗略估算呢。夏季一個月往返橫穿美國和加拿大，也就是17,000公里。

Nova Scotia的nova，在拉丁語中是new，表示「新的，新」。

那麼，Nova Scotia就是New Scotia的意思了嗎？

Nova Scotia的象徵

Peggy's Cove（小海峽）燈塔曾經有一位名叫Peggy的女子，不知道怎麼漂流到此，和這裡的漁夫相遇並相愛……，於是他們生活在一起，生兒育女……。也是在這片海域上，1999年9月2日，Swiss Air編號111墜落，229名死亡，一時成了世界關注的焦點。（在這燈塔附近就立有木牌。）燈塔已出售給民間，現在是旅遊郵局。

nova：新的，（獨立成詞）新星（new star）

novel既表示「小說」，也有「新的，到目前為止沒見過的，新奇的」意思。所以，小說就是按這樣的idea來寫的。如果寫些陳詞濫調的話？

"No one likes old fashioned stories."

novelty：新穎，新鮮的事物

　　a novel idea：新奇的想法

innovation：改革，革新，新制度

　*in- + nova(new)

innovate：革新

innovator：革新者，引進新方式的人

renovate：使變新，使回到健全的狀態

　re-(again)+nova

renovation：改善，更新，恢復元氣，變新的事物

名叫Nova（新星）的汽車「Nova」如今是個標準的古董車，比它的名字遜色多了。曾經有一陣子，世界汽車系列是按星星來命名的。在韓國也有過叫做Stella（星的-）的小汽車。本以為這個Nova產品已經消失匿跡，這兒真是好久未見啊。於是我把它拍了下來，希望以後能用在書上，沒想到這次用上了呢。

車主對此車非常驕傲，連licence plate number 都用personalized number（個人花錢買的號碼），上面寫著NOVAKN（Novacan？）。

short story

那麼，「卡薩諾瓦」

（Casanova · 1725～1798）是誰呢？

卡薩諾瓦原本是義大利的學者，一個以異類小說風靡一時的偉大人物，後來不知為何，他的名字成為好色之徒的代名詞了。現在義大利語中是色狼的意思。casa即house，nova是new，那譯成韓文是「新家」嗎？（看來這個卡薩諾瓦喜歡女孩子，就像人們喜歡「新家」一樣？）為什麼？把我們自己的名字分開來看，也不都各有含義嘛？要不試試把我的名字譯成英文？

虎林 Tiger Woods

woods

putter

191

# 知道八度音節吧？

octa- · 八，8

在很多地方可以見到美麗的八角型，如品味高雅的建築物，尤其中國的窗戶等等。造型上比四邊形窗戶更覺優美。（當然，含有宗教的、象徵的意義。）

octa-，希臘語是表示「八，8」。其實我們在很小的時候已經和octa-見過面了。不是有音樂術語octave嗎？

C · d · e · f · g · a · b · c
（do · re · mi · fa · sol · la · si · do）
octave意思就是「8個系列」。

Octagon Restaurant
這是位於與加拿大多倫多北部接壤的 Thornhill（人名，荊棘樹小山坡）上的 restaurant。這是個氛圍極致的 restaurant，exterior(外觀)有top view，鐘樓和窗戶等，interior(內部)全部用octagon裝飾，名字也由此而來。迎接顧客的是一些蓄著雪白鬍子、穿著盛裝的中老年人。

所以，把我國漢城南山頂上的八角亭翻譯為Octagon，真是"Perfect!"，這正如世界最大五角形單一規模建築——美國國防部建築名叫Pentagon一樣。

What's that octagon-shaped summerhouse on top of Namsan hill?
嗯，南山上那個八角型亭子叫什麼呢？

Palgak-jeong
← Octagon Pavilion

You are right. That's Palgak-jeong. Pal means octa-, gak means gon, and jeong means a summerhouse or a pavilion.
對了，那是八角亭。八就是有八個，角就是棱角，亭就是亭子的意思。

octane：辛烷。

包含8個碳元素的碳化氫總稱。

octane value：辛烷值

octapod：章魚類

都有8隻腳

pod，ped表示「腳，足」。

octopus ：章魚，怪物，對社會造成危害的不良組織。

pus在希臘語中是foot，也是「腳，足」的意思。

希臘的上等章魚料理
照片所示的是希臘九頭蛇（參見p.142，Hydra）島的希臘餐廳。
看到牆上掛著的一串串Octopus了吧？

October爲什麼是10月呢？

應該是8月才對……

是的，按照羅馬月曆，原本指的就是8月。這是因爲，羅馬原來一年只有10個月，後來改爲12個月，March（3月）就成爲新年的第一個月。以此類推，October排第八所以是10月了。這在deca-(十，10)中也有介紹吧。（參見 p.114）

## 全韓國，全亞洲，擁有所有禮物的女人'潘多拉'

pan- · 所有，全，汎

Pan-Korea
Pan-Asia
Pan-Ocean
Pan-American
Pan-European

pan·汎
所有·全

泛韓商社
泛亞觀光
泛
泛洋商運
泛歐洲

用漢字把意爲'所有'的pan標爲泛，當然是音譯。

看那些航空公司的名字、酒店舉辦世界大會時的標語，經常可以發現以pan-開頭的字樣。

擁有Pan-Korea、Pan-Asia名字的公司和團體到底有多少呢？到網上搜索一下的話，數量之多，令人禁不住大叫「啊！」。

pan-源於希臘語，表示「所有，全，泛」。

可能因爲這個，包括韓國在內的漢字文化圈內，以「泛」標記的旅行社或海運公司非常多。韓國有旅行社「泛亞」觀光、海運公司「泛洋」商運等，是吧？另外，擁有「泛韓」名字的公司數都數不過來。

像做作業那樣去網上搜索「全韓國」、「泛韓」開頭的公司和團體，您馬上就會有深切體會了。

不管什麼單字，前面有pan-的話，就表示「全，全體」的意思。因此：

Pan-Korea：全韓國

Pan-Asia：全亞洲

Pan-American：全美國

Pan-Pacific：全太平洋

就是這樣啦。

現在普遍是把英語／外國語原樣照搬
過來使用，但以前在漢字文化圈內，
是用和pan-音義都相近的泛字代替
的。如下：

泛韓 是Pan-Korea

泛亞 是Pan-Asia

泛洋 是Pan-Ocean

We are from Pan Ocean.
我們都來自於泛太平洋。

那麼，「泛洋」商運中的洋即ocean，表示最
大可覆蓋太平洋、印度洋、大西洋等所有大洋
吧。對於年輕一代，這聽起來可能有點old fashioned（舊式的）name，
但還算個洋氣、有品位的名字吧。（在這類公司的求職考試中，安排一次公
司名稱解釋的話……，我們應該沒有問題了吧！）

好，說過pan-就是「全」了吧？

「當時美好的回憶就如同全景般掠過。」像這類文學表現中經常用到
「全景」，電影廣告中也經常用到「全景」，這個單字中也有pan-。

panorama：寬闊的全景

　-horama源於希臘語的 view，表示「看」的意思。

pantomime：手勢，啞劇

　mime：笑劇

　mimic：模仿者（-演員）（＝imitator）／模仿的，假裝的

195

## 在這裡談談關於Pandora's Box……

Pandora是希臘神話中一個「擁有所有（pan-）禮物（dora）的女人」，這是有典故的。

普羅米修斯偷走了宙斯的神火造福人類，神的國王宙斯為了向人類報復，製造了這個「合成」女人。首先由擁有好手藝的火和冶煉之神伏爾岡（羅馬神話中的Vulcan, 參見p.232）創造了她的肉體，智慧和藝術之神雅典娜（Minerva）用銀給她做了衣服和面紗，美和愛之女神維納斯（Venus）則賦予了她嬌媚和焦心的思念，另外傳令使者赫爾墨斯（Mercurious）給了她不知廉恥之心和壞脾氣。（這不是希臘男子的女性觀又是什麼呢？）

這樣，「擁有所有（pan-）禮物的女人」潘多拉拿著宙斯賜的「禮物」，包含一切厄運與不幸的箱子，降到人間，開始了「美人計」。（詳細故事請看希臘神話）

總之，因為這個女人Pandora，一切壞事在世上傳播開來，所以也包含「讓人頭疼的事物，帶來災難的女人」的意思。

"Woman is made to be loved, not to be understood."

（女人因為愛而被創造，而不是因要被人理解而創造。）

請給我一點希望吧……

所有的災難都跑光了，是不是只剩下「希望」了呢……

pantheon：供奉眾神的殿堂，萬神殿
去巴黎、羅馬或西班牙就能看到。
theo表示「神」的意思。

Pantheon, Paris
供奉為國捐軀的人們。

Pantheon, Rome
羅馬時代arch最大（43m）的建築物。

Pantheon, Madrid
供奉歷代西班牙王的殿堂

# parachute（降落傘）可以阻擋墜落吧？

para- · 阻擋，側，以上，否定

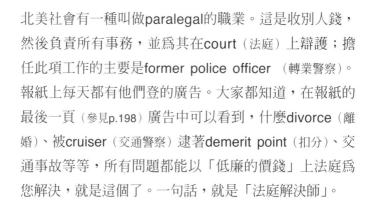

北美社會有一種叫做paralegal的職業。這是收別人錢，然後負責所有事務，並爲其在court（法庭）上辯護；擔任此項工作的主要是former police officer （轉業警察）。報紙上每天都有他們登的廣告。大家都知道，在報紙的最後一頁（參見p.198）廣告中可以看到，什麼divorce（離婚）、被cruiser（交通警察）逮著demerit point（扣分）、交通事故等等，所有問題都能以「低廉的價錢」上法庭爲您解決，就是這個了。一句話，就是「法庭解決師」。

chute
墜落的東西

在韓國，只要是韓國公民，幾乎沒有人不會說韓語。但是在美國或加拿大，市民和擁有永久居住權的人裡面，不會說英語的不計其數。但不會說，遇到法律問題就非常麻煩了；所以經常會請paralegal，讓他們拿錢辦事。這樣，可以減少或者乾脆免去demerit point的。請看下一頁的廣告。「法庭失敗，不收分文」這麼寫可笑吧？應該寫作「（錢拿來），我有自信！」這樣才對嘛。

para
阻擋

para-源於希臘語，表示「阻擋，側，以上，否定（誤亂）」等多個意思。

關於para-，只要想到parachute（降落傘）或parasol（遮陽傘），就叮咚一聲，清楚明白了！
parachute：降落傘，蒲公英種子的降落傘模樣/用降落傘下降（強行下降）
　　para-表示「阻擋」，chute表示「墜落」，所以para-chute表示「阻擋墜落的東西」的意思。

Big Chute（加拿大安大略）
利用湖泊水力開發而成的
「大滑道海洋鐵路」，可以觀
賞大潮汐外，還可垂釣、泛
舟，森林浴和野外觀察，是
個美麗的湖居小鎮。

chute：激流、瀑布、公寓等高層建築中從上往下的垃圾通道。

parachutist：跳傘者，傘兵

paratroops：空降部隊

parasol這個詞也是加上了意為「阻擋」的para而構成（參見p.197）

parasol = para（阻擋）＋ sol（solar・太陽）→阻擋太陽→遮陽傘，陽傘

paradox：逆說，自相矛盾的話

dox表示「說」的意思

paragraph：文章的段、節，報紙、雜誌的小文章

　由來：以前在寫字本上改變句子的意思時，要在旁邊劃一條細線以示區別。

parallel：平行線（面）／平行的，並排的／平行走

　這時para-表示side，即「側」的意思

　The railroad parallels the river

　這條鐵軌沿河延伸。

parallel parking→下圖的停車方法，在考駕駛執照的road test裡面，一定有吧？

parallel line：平行線

parallel circuit：（電）並列電路

　the 38th parallel：38線

paralegal
的官方廣告
真是什麼稀奇的
工作都有啊！
針對legal（法）進
行para（對抗），
就是職業……

Parallel parking 成功

Well-done!

Paralympics：（殘疾人）奧林匹克殘障運動會

　para- +Olympic←因爲和奧林匹克同年'並列'舉行

paralysis：麻痺，身體癱瘓

paralyze：使麻痺，使麻木，使無力

paralyzation：使麻痺，無力化

parathion：一種有劇毒的農藥（巴拉松）（德國合成）

　para-（防護）＋ thion（硫磺）

마스코트 "곰두리"

吉祥物「熊哥倆」
韓國曾經把半月熊
定為吉祥物吧？
© 首 爾 市 立 大 學
prof.李芍淑

para-也有「以上（beyond）」意思是吧？

paramount：最高的，極爲重要的 / 最高掌權者

para-（上）+ mount（山）→意思是「山上」，所以是「頂上」。

Paramount 這個電影公司的名字並非毫無意義。看看這個電影公司的片頭，可以望見白雪覆蓋的山頂（paramount）上面由星星組成一個圓。請再仔細看一下它的標語。讚歎吧→「啊哈……原來是這樣！」

paramedic：緊急治療人員　　*para-+medic（軍醫）

去美國・加拿大的大城市旅行過的人，一天都會遇到好幾次吧。

ambulance又叫做 paramedic

請仔細看下面照片中畫圈部分。

paramedics

為什麼 ƎƆИA⅃UBMA 是倒著寫呢？
答案：為了使前行使的車輛聽到siren後，能通過rear view mirror（照後鏡）或者side mirror（側鏡）看清楚文字。

# 在腳趾（甲）上塗就是pedicure

ped-，pod-‧腳，足

在韓語中，既有「手，腳」，又有「手，足」。孩子們說話或是非學術性
場合，經常使用「手，腳」，如要顯得稍微有文化些，可以用「手動」
（manual）、「手足」、「義手」（artificial hand）、「手銬」（manacles，
參見 p.99照片）等等。

英語也一樣。雖然有hand，但也使用以mani-（手）開頭的單字。
同樣道理，雖然有foot，但在某些高級用語裡，使用有ped-或者pod-的
單字。

ped-來源於拉丁語，表示「腳，足」的意思。

夏天，女性光腳穿sandal，塗上腳趾甲油是一種禮節吧？
在手指上塗指甲油叫做manicure，
同樣，在腳趾上塗的話，加上ped-，叫做pedicure。

pedicure

ped（腳）+ cure（治療）       ped（腳）

在英語國家旅行，隨時都可以看到類似右邊照片上的sign。因為每個交叉路口，橫斷路口都有。

"Stop for Pedestrain"（禮讓行人）

×標誌表示crossroad。（cross, 參見p.106）

那麼，來試試把有ped-的單字變為自己的東西？

pedal：（鋼琴或自行車上）用腳踩的踏板。

peddle：挑賣，沿街叫賣

peddler：小販

> I, as a peddler, sold my fruit from house to house and made good money during last summer. I used the money for tuition in the fall.
>
> 去年夏天，我做過賣水果的小販，一家一家地叫賣，賺了不少錢。我用那錢在秋天繳了學費。

tuition：大學學費

仔細看看臀部，上面寫的是PEDI-CABS OF NEW YORK。

pedestal：雕刻物底座，基架，基礎

pedicab：用腳踩pedal的像人力三輪車之類的東西

計程車叫做cab，所以作為紐約象徵的有名的黃色計程車就叫做yellow cab。

cab是cabriolet，即「用馬拉的二輪有篷馬車」的縮寫。在西歐很多觀光地，都可以去試試pedicab。加拿大多倫多的夜晚，因為pedicab而更顯幾分悠閒。價格每1block在1～2美元左右。乘坐者和駕駛都會非常快樂。

給ped-加上字首，再拿幾個單字來看看。

加上表示100的cent

centipede：（有一百隻腳，即非常多）蜈蚣，
　　像蚰蜒那樣的昆蟲。

加上表示「外面」的ex-

expedite：使更快，促進

expedition：遠征，探險（-隊），迅速，速達

芝加哥大學考古學的非洲撒哈拉沙漠恐龍探險隊請看，在作為非洲旅行標誌的越野車（Landrover）上畫有恐龍，還看得到expedition（探險）字眼吧？

## 特別提醒！

pediatrics和「腳」沒有關係，意思是「小兒科」

pediatrician：小兒科專家

　*pedi（paidos，兒童）+ atris（治療）+ cian（專家）

 short story

### 對英語單字裝作有很瞭解的樣子……

來到加拿大快一年的某天，和一位加拿大紳士互換名片，猛然一看，上寫pediatrician的地方怎麼畫著一隻伸著四隻腳的Teddy bear（泰迪熊）呢。ped-是「腳」的意思，所以我就說「啊，您是足科醫生啊？」但是，他說 "Oh, no, I'm a doctor for children." 並告訴我：他是一位「小兒科大夫」。

後來才知道，ped-源於拉丁語的意思是「腳」，但源於希臘語的意思是「兒童」。我在這裡坦白經歷，是為了防止或許您也像我這樣由於混淆而犯錯誤。

那位pediatrician（小兒科專家）名片上畫著一隻伸著四隻腳的熊，原來就是因為自己的小朋友顧客們喜歡Teddy bear呀。

上述那種一知半解用英語怎麼說呢？

A little learning is a dangerous thing

這種情況，用英語格言來說，應該是這樣吧。

"A little learning is a dangerous thing."
　一知半解會壞事。

-pod也表示「腳」的意思。

語言，它在歲月裡不斷地交織而持續變化，這可當作混淆了其來源的理由吧。

這個就是 monopod

正像前頁我在「short story」裡提到的那樣，ped-源於拉丁語的意思是「腳」，但源於希臘語的意思是「兒童」。

希臘語的「腳」叫做pod。

含有pod（腳）的單字，最好的例子就是拍照片或錄影時用的tripod（三腳架）。

　　tri-（3）＋ -pod（腳）→三隻腳→三腳架

那麼，仔細看一下體育轉播現場中的攝影師們。這些節目製作人只是簡單地使用只有一個腳的東西。這個叫做monopod。

　　mono-（一個）＋ -pod（腳）

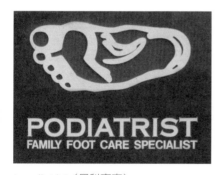

podiatrist（足科專家）
多倫多的足科專家診所。果真是畫著一個腳丫子呢。
「為什麼有足科？」
在北美，10%的成年人腳都有嚴重的毛病。

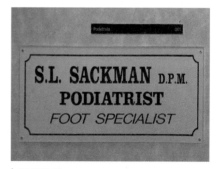

這裡也是podiatrist
這是多倫多的另一家足科專家診所。

# 7月4日Independence Day（美國獨立紀念日）

pen, pens, pend・懸掛著，垂掛

很多女性出門前，都要在脖子上戴個漂亮的項鏈。
（當然也有男性這樣的……）

這裡，pendant中的pen來自拉丁語，表示
「懸掛著，垂掛」的意思。

其實，pend的意思是「懸而未決的，懸掛著的」。

The matter must wait pending her return from the U.S.A

這個問題必須擱置一下，直到等她從美國回來。

掛著，垂
掛著吧？

pennant（細長三角旗，斷繩）本來用於發信號，源自掛在船mast（桅杆）
上的窄三角旗。近來很多運動團體為了作紀念，製作了很多的
pennant。

pennant：a long narrow pointed flag, especially as used by school,
sport teams, or on ships for signaling.（學校、運動團體或船之間為交
流信號而使用的細長旗子。）

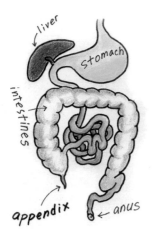

盲腸
是懸掛
著的吧？

盲腸懸掛於腸子的末端，所以叫做appendix。這
裡的ap-是意為「強調，接近，方向，添加，增加」
等ad-的變形。當然最好不要碰上這種倒楣事，但
是一旦在英語國家得了appendicitis（闌尾炎），非
要接受去除appendix（盲腸）的appendectomy
（闌尾手術）的話……（這種時候會用到這些單字……）
像appendicitis一樣，加上suffix（尾碼）「-itis」的
話，就是「～炎」了。

-ectomy表示「去除，截除術」的意思。

anatomy：剖析，解剖學

ana-表示「一塊塊，分散地」的意思。

要解剖（anatomy）的話，不是要一塊塊（ana-）去除（-ectomy）嗎？

另外，據說原子「不能再切分」，所以稱atom。

　　a-（無）＋ tom（切割）


在pend上加上表示from的de-，depend：懸掛於～

　　That depends on you.（口語 It's up to you.）

dependant：依靠的人，供養家人／依靠的

喂，別只是 dependant，請independent 一點！

在dependant前加上表示反對意思的in-，

independent：（沒有懸掛的）獨立的，無所屬的

independence：獨立

　　Independence Day：美國獨立紀念日（7月4日）

　　Independence Hall：獨立紀念館

INDEPENDENCE HISTORIC AREA

★ ★ ★ Phil*adel*phia

**Independent Historic Area**
如果要學習英語和美國文化，就一定要去費城看看。去看費城市政廳那邊矗立在尖塔頂上、始建賓夕法尼亞州的威廉·佩恩銅像。另外，從那裡再向東，可以步行到Market Street。那條街就是誕生現在美國的「Independence街」。

**Benjamin Franklin Parkway**
最能體現美國誕生地－費城面貌的就是 Benjamin Franklin Parkway。遠處中間的尖塔形建築就是有名的費城市政廳。在這個尖塔頂上，矗立著賓夕法尼亞州的創建人－威廉·佩恩的銅像。照片前邊騎馬的銅像就是美國建國之父－喬治·華盛頓。

**The Signers**
這裡，翻開美國歷史首頁的人物們正在獨立宣言書上簽名。這可是關係個人生命安危的大事，因為這對宗主國英國而言，是可能成為traitor（叛國者）事證。圖中前方中央簽完名坐著的為Benjamin Franklin，當時他已是70多歲的老人。

# 自由之鐘

美國的Independence Hall位於費城的Independence街。已破碎的名鐘——Liberty Bell（自由之鐘）就陳列在這裡。

The Historical Liberty Bell is a symbol of American Independence. It was made in England in 1752, and was recast in Philadelphia.

鐘上刻著從聖經中摘錄的話，1839年左右它開始被稱為「自由之鐘」。

The bell was rung each year until 1835, when it cracked while being rung during the funeral of Chief Justice John Marshall.

向生活在你那片土地上的所有人宣布解放吧。——舊約全書，利未記 25:10

'Proclaim Liberty throughout all the land unto all the inhabitants thereof.'

此鐘被重新recast（再溶解鑄造）時，刻了如上inscription（銘文），或許當時colonist（市民）們預見到將來的獨立了？

*recast：重新溶解鑄造，修復製造，再計算　*re-（再）+ cast

cast：擲骰子，鑄型，鑄造／鑄造，扔擲，（在話劇中）擔任角色

castaway：漂流者／被～棄的，漂流的

*chief justice：大司法

*unto：（古語）to

*inhabitants：居民

*thereof：（古語）這之上

*inscription：雕刻的文字，碑文　*in-(upon,on)＋ script（寫）

inscribe：在金子或石頭上刻上文字，銘記在心，登記人名

在pend前加上im-就是

impending：迫近的

impending disaster：即將而來的災難

學生們最害怕的→impending examinations

*inscribed tombstone*

如果在pend前加上意
爲「下面」的sub-，就
表示「在下面懸掛」？
所以在pend前面加上
sub-的變形sus-的話就
是

suspend：懸掛，終止
另外，用作名詞，要把
pend的d變成s吧。

suspension：懸掛，
　未定，法律問題上的
　終止狀態，輟學

美國費城Delaware River上懸掛著（pen-）的
suspension bridge——Ben Franklin
這座橋與美國建國之父、費城的功臣班傑明‧富蘭
克林同名。跨過此橋，就是New Jersey State了。

My (driver's) licence is suspended.

我的駕照被吊銷了。

多次violation（違規），這也就不稀奇了。（沒什麼可委屈的！）

suspension bridge：吊橋，兩邊豎柱子、用繩子吊起的橋。就像舊金
　山Golden Gate那樣的橋。


這話說起來有點那個，但⋯⋯
男人的「那個」也是掛著的，
所以叫penis。據說這來源於
tail。

207

# 白宮是五角形建築

penta- ‧ 五，5

the Pentagon（白宮）的正式名稱是
Department of National Defence（美國國防
部）。

但是，對於坐落在美國首都華盛頓的這座建
築，很多遊客即使從它前面走過，也都不知
道它是pentagon（五角形）的。只有從空中
往下看，才能看出是pentagon……。

penta-是「五，5」，gon是「角形」。

這個形狀模仿了歐洲fort（堡壘）設計。
因為是「國防部」，所以象徵性地設計了
這個堡壘形狀。

要不，去我所拍攝的這個波士頓郊外的fort看
一下？

Fort Independence，Castle
Island, 波士頓，麻省
為了有效地射擊爬牆而上的敵
人，而造了5個五角形的女牆。

貼有大型鐵pentagram的
房子。這是美國賓夕法尼
亞州蘭開斯特一個擁有
130多年歷史的房子。

★標誌

星星是又遠又會發光的東西，世界上很多國
家的商標名中，都有使用星星標誌的。
「星星標誌」怎麼說的呢？
"Um…star…？"（不知道吧？）
很簡單地，這麼說就可以了→pentagram
（gram, 參見p.139） ★具有阻擋敵人的意思，
所以中世紀歐洲把★標記用作符咒。
可以看到，這個傳統至今仍被美國各地保留
著。瞧瞧右邊的這張照片可以證明！
pentagram：用5個角畫成的星星。（= pen-
tacle）

pentathlon：五項全能運動

penta-＋athlon (price in contest)

modern pentathlon：現代五項全能運動

是指馬術、擊劍、游泳、射擊、cross-country（越野賽）等五項不同運動的專案，在5天內結束並按總分排出先後次序。

一起看看以**athl-**開頭，與運動相關的幾個單字吧？

athlete：運動參加者，運動選手

令人不可思議的是，athlete's foot卻表示「腳氣」的意思。

athletic：運動的，體育的

athletics：體育比賽

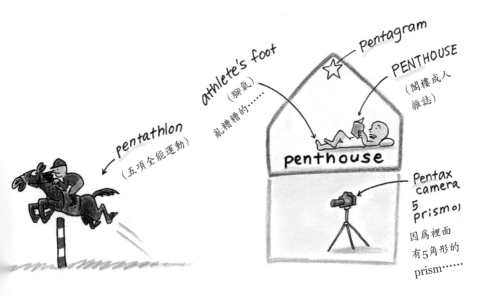

# 「手足之愛」的城市——皮拉德比亞

phil-,phile-,philo- · 愛

Philadelphia philharmonic 管弦樂團……，
這是世界頂級的樂團。
"Phil-" 在希臘語語源中是「愛」的意思。
上面提到的樂團的名稱中 "phil-" 出現了兩次。這是什麼原因呢？

〈Brotherhood of Man〉
"哥哥你先吃，不，弟弟你先吃"
農心拉麵的這句廣告詞，使得忠清南道的李氏兄弟互相謙讓的故事廣為流傳。在中東也有與此相似的民間故事。

在 Philadelphia（皮拉德比亞）市政府前面，
你會看到一座現代雕像—— "LOVE"。爲什麼是 "LOVE" 呢？因爲 Philadelphia 的意思是「手足之愛」。

在英國，歐洲曾受到殘酷迫害的貴格派是基督教的一個分支。教徒們以極度嚴格的信仰姿態和清貧當作生活原則，並且將「手足之愛」作爲座右銘。其中一個叫做 William Penn 的教徒移居到新大陸，建立了美國的要塞賓夕法尼亞州，並且將貴格派座右銘「手足之愛」，即 Philadelphia 作爲這座城市的名字。

皮拉德比亞的象徵
"LOVE" 雕像
最近在日本東京也鑄造了與此相同的雕像

Phil-（愛）＋delph（兄弟）＋ia（土地）
（這既是英式命名法，也是名字分析法。）

philharmonic：音樂協會，管弦樂團／愛
好音樂的，交響樂團的
philosophy：哲學，對知識的熱愛
philosopher：哲學家
Phil-（（愛）＋Sophia（智慧）
哲學即是熱愛智慧，
哲學家即是熱愛智慧的人。

# 讓我們掙脫束縛，一起走向自由的土地吧！

"When you visit the States' cities……

值得我們一再強調的就是：除了廣泛的英語辭彙研究，我們或多或少得學些英語圈文化。

瞭解當今super power（超強國）美國的建立，初期immigration（移民）以及他們信仰的基礎，對於我們理解美國文化有重大的幫助。

## 最初移民者的登陸地，普利茅斯（Plymouth）

1620年，他們最早從英國移居到美洲新大陸。他們由於受到英國國教的迫害來到這裡尋找自由。（因此他們被稱爲Pilgrim Fathers（巡禮者）。）如果你去Boston旅遊的話，一定要去Plymouth看看。它就在波士頓南面60km的地方。

普利茅斯是Pilgrim Fathers最早踏上的土地。

他們搭乘搬運葡萄酒的Mayflower號的replica（複製品）停泊在海上。你當然要進去看一看。你可以聽到穿著當時服裝的男女船員們講述有趣的故事，也可以嘗到當時人們所吃的熱騰騰的麵包。

美國的開始Mayflower號（replica，複製品）
長 27.5m。'102個人居然就乘著這艘船橫渡了大西洋……。'

去費城的話，請到市政廳尖塔頂上的瞭望臺上看一下全城。

西元1682年，受英國國教殘酷迫害的Quaker（教友派信徒）
們走投無路，只好集體帶著信仰移民到賓夕法尼亞州。
其中有位名叫William Penn的青年，他是當時可以借
給英國國王Charles 二世鉅款的富豪admiral（海軍提
督）的兒子，本是可以保證飛黃騰達的，但身為教友
派信徒的他，在英國國教強壓下，仍舊呼籲大家按照
自己的信條來相信上帝，因此遭到了三進監獄這樣的
殘酷迫害。（這種情況下，可以只憑著信仰宗教活下去嗎？）

William Penn
（1644-1718）

最終，Penn和國王進行了談判。於是，國王不用再還欠他父親的債，
但是，允許他們在自己批准的新土地上，享有信仰自由，並且可以開墾
殖民地，這就是conditional approval（有條件批准）。於是他們來到了美
洲。Penn創立了用自己名字命名的賓夕法尼亞洲。

Pennsylvania表示「Penn 的sylvania（森林之地）」的意思。後來Penn先
令在家鄉受到迫害的教友派信徒集體搬遷過來，然後又讓在瑞士、荷
蘭、德國等地受迫害的Mennonite（門諾派教徒）集體移民。因此，直到
現在，在賓夕法尼亞州的Mennonite中，還有不少old order（保守派）的
Amish。

'Pennsylvania--America Starts here'

是的，美國起源於賓夕法尼亞州。瞭解這個事實，也是學習英語和美國文化的一部分吧。

費城這名字來源於希臘語phil-（親愛的）＋delph（兄弟）＋-ia（土地）→ Philadelphia

在這城市市政廳尖塔頂上（150m，見照片），他巨大銅像正俯視自己所創建的城市。如果想仔細看看這尊銅像，要在離市政廳遠一點的地方binocular（雙筒望遠鏡，參見p.59）觀看。（去英國倫敦肯定會看到的London Tower，那裡也曾是Penn坐過8個月牢的地方。）

費城市政廳

由來已久的市政廳建築，擁有一個高150米的美麗尖塔。您可以免費乘坐電梯，上去瞭望一下這個歷史悠久的城市。屋頂上用「←*」標記的，就是威廉·佩恩的巨大銅像。

從市政廳塔頂俯瞰費城

這條大路盡頭就是電影"Rocky"中，已為大家所熟悉的Philadelphia Museum of Art。這座宏偉建築堪稱世界七大博物館之一。如果到費城，可別錯過這裡！

# 懼高症和Acropolis

-phobia · 恐怖，嫌棄 ·

**-phobia表示「～恐懼症，嫌棄～」，獨立成詞表示「恐怖，嫌棄」的意思。**

這個感覺上比醫學、心理學術語-mania還要難吧。但是必須掌握。沒辦法，英語單字就是不知道什麼時候、會怎麼碰見，而且總是超過我們的已知範圍。所以，雖然是難一點的單字，在這裡也提幾點再接著往下吧。

在漢城大學有個叫衛城（Acropolis）廣場，
去希臘首都Athens，市中心就有一個Acropolis，它上面還有著名的Parthenon（帕德嫩）神廟呢。

**acro-表示「高的」，polis表示城市，**

所以acropolis表示'在高處的城市'的意思。為了成功防禦敵人的進攻，而故意在高的地方建立城市，就是這樣吧。
那麼，應該很容易理解為什麼acrophobia是'懼高症'的意思了吧？

　　acro（高的）＋ phobia（恐懼症）

再本書141頁也說過，hydro-含有「水」的意思。

還記得化學課上學過水元素叫做hydrogen嗎？

這世界上有人特別怕水。另外，

被狗咬過得hydrophobia（狂犬病）的人也特別害怕水，

所以狂犬病又叫做「恐水病」。

這些單字好像專業術語那樣難，

但是像這樣按照

hydro-（水）＋phobia（恐懼）

來理解的話就簡單多了。

對於水的恐懼症→hydrophobia

對於火的恐懼症→pyrophobia

「火」的pyro- 有點生疏？

前面已經說過囉，忘了嗎？

好，那再來說明一下吧。

家中廚房裡不都有耐熱玻璃（Pyrex）碗

嘛？就是非常耐熱的、可以在microwave

oven（微波爐）或者oven裡用的那種碗，

它的商標名就是pyro-（火）＋rex（王）

吧？意思是「火中耐熱之王」（參見p.164）

anthrophobia：對人恐懼症

　　anthropo表示「人」的意思。

Germanophobia：德國嫌棄（恐懼）症

　　國家名字 + phobia→對於這個國家的恐

　　懼和嫌惡

monophobia：孤獨恐懼症

　　mono-表示「一個」的意思。

用火烙出圖案的畫，
用英語怎麼說？

pyrograph：烙畫

pyro-加熱，既然已經知道
火的意思了，這個也順便知
道一下吧？

假設各位和朋友一起到韓國
旅遊勝地，到賣特產的地
方，就能看到一種畫，它先
把圖紙蒙在松木板上，然後
用火烙出圖案。

這東西用英語如何解說呢？
（思考幾秒後……用火畫的…
…？）

「火」是pyro-，

「畫」是graph，

所以不就是→pyrograph
嗎？

對啦。高級辭彙也都是這麼
造出來的呀！

# 同時（sym）發出聲（phone），所以是「交響樂」

phone · 聲音

**phone源於希臘語，表示「聲音」。**

韓國字是綜合了古埃及文字、字母表、日本假名的phonetic symbol（表音文字）。
這是世界上任何其他表音文字所不可媲美的，接近于完美、極具科學性。
我不是自吹自擂，因為這也是世界phonetician（語音學者）們的觀點。

"Ypur Majesty, (Sejong the Great) we are paying honor to your majesty."
（世宗大王，我們尊崇您。）

The world's best phonetician Sejong the Great
世界上最偉大的語音學家世宗大王。
（現在普通信件都是3元，有人知道這是哪年的郵票嗎？）

telephone：電話
　　tele-（遠）+ phone（聲音）
cellular phone：攜帶電話
　　cell（細胞，小房間）+ phone
　　→分區域傳遞聲音
　　因為太長，就縮略成cell phone
　　→現在韓國語說「手機」。
symphony：交響樂
　　sym-（一起，同時）
　　這是因為多個一起，同時發出聲音
earphone，megaphone（mega-大的，百萬），
microphone（micro-細微的），
saxophone（Sax是其發明者的名字）

強烈主張：如果把我國極具科學性的Hangul System，出口到那些至今仍沒有自己固有文字的民族或部落的話，那對於世界語音標記文化來說，應該是個重大的貢獻。

**word tips**

鋼片琴
為什麼叫做「木琴」？

最後，查一下語源，發現這麼一小點。xylophone就是鋼片琴、木琴。這裡的xylo-表示「木頭」的意思。

# 照片是用光線（photo）畫成的畫（graph）

photo- · 光線，光

整個翻閱這本書，會有這樣的感覺吧？「這個原來是從那裡來的、是這樣組成的呀、那個詞根在這裡又出現了、又組成新的單字了呢⋯⋯」這正是一個信號，說明那些可以迅速提高英語實力的單字，已經找到大家的接受雷達了。因為最初的單字就是那樣構成的。如果發現了它們，那麼單字就是大家的了。

用表示「光線」的photo-作詞根，最熟悉的單字就是photograph了吧？照片是通過光線（photo）來拍的，光線接觸到銀制感應物質從而形成圖像，所以叫做photograph。（graph，參見p.139）

現在，照片已經擺脫了160多年來一直使用銀制感官物質的歷史，數位早已普及。

但是，運用光線這一點還是沒有改變，所以還是photograph。

photograpg：照片／拍照
    She photographs well
    她拍照很上相。

走過青春歲月，都說這樣的話了吧。

    I photographed worse than last year.
    我拍得比去年更難看。

photograph在口語中也可以說成photo。

    Enclosed photos／Photos enclosed（信封上要寫「裝有照片」時）

photographic：照相的

photographic art：攝影藝術

photography：攝影術

photogenic award：最佳上鏡獎　*-gen表示「生

photocopy：用影印機影印

Will you photocopy these for me?

你能幫我影印一下嗎？

我們只說copy，在英語圈內一定要說photocopy

photojournalism：新聞攝影

photo-essay：用照片的形式表現故事或者主題

telephoto：遠距攝影照片　　*tele-表示「遠」的

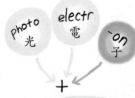

### word tips

**像光化學煙霧這麼難的字，也能很順當！**

用這樣的語源知識，就連威脅到大城市空氣質量的「光化學煙霧」這麼難（！）的單字，也可以用英語來說。讀出來易如反掌⋯⋯易如反掌？這個用英語怎麼說？'piece of cake' 這麼用很帥吧。"That job? It is a piece of cake"。

那麼，讓我們piece of cake地來解決光化學煙霧吧。首先，因為是光，所以有photo吧？而「化學的」是chemical，「煙霧」是smog。所以把這幾個按順序連接就OK了→photochemical smog。參考：smog是「smoke（煙）＋ fog（霧）」的合成語。和photo結合的大部分詞語，除去photo後，也是一個有意義的獨立詞。所以，對那些有photo的單字，只要加上「光」的意思來解釋，基本就不會有錯了。舉個例子，如果表示電池的cell前加上photo的話，就成了把光轉換成電池能量的photocell了。這指的就是無人燈塔或是人造衛星上用作電源的那個東西。下面再舉最後一個例子。

*photoelectron＝photo-（光）＋electr（電）＋ -on（子）→光電子

*photon：光子

electron是「電子」，electronic是「電子的」

# 「求婚」就是把自己放到（pose）前面（pro）去

pos, pon, post · 放，位置，狀態

pos(e), pon, post表示「位置，狀態」。

'要想得到愛情'，就該果斷勇敢地propose！

這麼做最重要的，就是向對方朝前（pro）去的

姿勢(pose)。那些過來人也都是這麼做的吧。

"He took a very brave chance to propose his love to her. Now? They have five children."

（他勇敢地向她表白了愛情。現在，他們有五個孩子了。）

但是，有時也會有這種情況吧。（多嗎？）

"After hesitating for a long time, I proposed her but she showed me the cold shoulder."

（我猶豫了好一陣子才向她求婚，但挨了她的冷眼。）

 give someone the cold shoulder：對～非常冷淡。

.The king confined his only daughter in the tower. He wanted to block her from her lover. But the princess made a rope using her long hair to draw in her lover. No one could confine the lovesick princess.

國王把公主幽禁在塔樓裡。為了不讓她和那傢伙見面。

但是呢？……

模特兒擺pose（姿勢），

The model poses for the students at the studio.

每個（足球）選手都有自己的position吧？

My position is right wing.

另外，足球場上還有goal post,

The ball bounced off the goal post.

在這post上貼的廣告物品叫做poster吧？

Negative的反義詞是positive（積極的）吧？

You'd better get a positive mind for the future.

原來是把長頭髮搓成繩子了呀……

哎呀呀，父母再怎麼反對，這也太……？

對於英語辭彙，可以像下面這樣，如此這般加一點，造出新的單字來。
讓我們看看是怎麼個加法吧！

由分開的幾部分組合成的留聲機就是component型的吧。
"It is a component of many liquid medicines."（這是用多
種液體混合成的混合液。）

contra-表示「反對」的意思，所以contraposition
就是對立，對置的意思，

因為是向下（de-）拉去，所以depose表示退位。
同樣，從十字架上把耶穌基督拉下（或者是這種圖畫
或雕刻）就叫做 the
Deposition吧

把錢放下（de-）存進銀
行，所以存款是deposit。
結構，作曲，寫文章都
叫做composition。

"This painting is a poor composition but has
vivid color."（這畫結構極差，顏色搭配卻很出
色。）

加上ex-（向外）的話，就是expose，表示使
露出、暴露、陳列等的意思。

impose表示附加稅，懲罰，條件等。

政黨政治中的反對黨就是opposite。

跟它長得有點不同，opponent是反對者。

postpone表示延長時間的意思。

另外，最難最易弄錯的就是這個，表示前（pre-）
綴的preposition……。

# 以後再支付的postdated check

post- · 以後，～後

post在拉丁語中，是意爲「以後，～後」的字首。

不管什麼單字，只要前面有post的話，解釋爲「～以後」就可以了。

只是要和表示「郵票」的post區分開來⋯⋯^^

瞥一眼就應該知道吧。怎麼說，postmaster當然是「郵局長官」，會有人想這是「之後的master（新主人）」，「master以後」嗎？

北美人（幾乎）都使用personal check（個人支票，加拿大鉛字印爲cheque）和account（帳單）。（參見 p.318，韓虎林的個人支票照）

"If you meet anybody who doesn't have a personal checks, he/she will be thought as unusual."（如果看到有人沒有個人支票，別人會覺得這個人很奇怪。）

short story

## postdated check在什麼時候用？

當北美人預先填寫日期來交納分期稅的時候，或一年一次性繳納每月租金和保險的時候，都要用到postdated check。這樣，接收人只要在支付日去取出存入的錢就可以了。另外，需要立即支付，而balance（餘額）不足的時候，也可以得到諒解，給你一張check來「延後支付日」。現在，把信用卡號告訴別人、每月從中扣錢的情況也越來越多。

「寫上比實際日期延遲的」叫做postdated，那樣的支票就叫做postdated check。

*postdate：填上比實際日期遲的日期

假定今天是1號，一般都寫10號。

Can I pay by postdated check?
You can take it to the bank in two weeks, OK?

SURE

「用延後支付的支票結賬可以嗎？
2周以後可以到銀行兌換現金了。」
「當然可以。」

在美術史上，印象派被稱作Impressionism。
那麼「後期印象派」呢？
→Post-Impressionism.
Impress：印象，留下的痕跡 / 給與感受

那麼 "postmodernism" 是什麼呢？
post是「～的以後」的意思。所以可以確定
post-modernism就是modernism以後出現的
思潮了吧？（很喜歡用一些很難的詞……）

　"They like to use to many difficult terms
　in their conversation."
　term：術語

後期印象派
代表，梵谷
He is an excellent
postimpressionist

好，不管什麼字，只要前面有post，就知道這就是「～以後」的意思。

postwar：戰後的

postlude：後奏曲

postpone：延期（v.）

postponement：延期（n.）

We're postponing our vacation until September.

我們的休假延期到了9月。

posterity：子孫

通過許多現代主義以後興起的藝術、文化運動，1960年開始興起了一連串新的運動。以前用於建築方面的概念在80年代以後被用於藝術的所有領域當中……

We have
no idea
what he
what is saying

有這樣的情況吧？
在信的結尾處寫上P.S.，然後再加上幾句話。
P.S.就是由post（後面）和
script（寫）組成的。
這本書當中也可能會需要
P.S.哦。這樣就不會有什麼
遺憾了吧？

# 奧林匹克之前的盛典「前奧林匹克秀」

pre- · ～前面，已經，前

大家都熟悉president這個字，它表示「總統」或者「社長」。他們是代表國家或者公司，站在「前面」的人物。

Pre-Olympic Show是在奧林匹克開幕之前舉行的。

打開一本英語書，在第一頁會出現preface的字樣吧？這不就是出現在正式內容之前的「序言」嗎？

**pre-是「～前面的，已經，前」的意思。**

請看，和pre-一起放在單字前面的接（fix）頭（pre-）詞

不就是叫做prefix嗎？

那麼，放置（pose）在前面（pre-）的詞叫做什麼呢？→preposition
（前置詞—介詞）

　　"I prefer tea, please."（我想要一杯紅茶）

也就是說，在要咖啡，果汁，soda（Coke等碳酸飲料）「之前」，我「要（ferr=bear）紅茶」。

A boy is fishing on the bridge.
The little girl is walking forward to the bridge (=toward the bridge).
She is between the bridge and the house.
They live on Yonge Street.
There's a cute duck under the bridge.
His father is fishing below the bridge.
The radio is beside him.

在某個時代，在表達「以前」的時候也用pre-。

prehuman：人類出現以前的

prehistoric：史前的，很久以前的

pre-Columbian： 哥倫布發現美國大陸以前的

prewar： 戰爭以前的，戰前的

　*pre-World War II ：第二次世界大戰以前

predict： 預言

　*因為是之前（pre-）說的話（dic-）（dic,參見p.116）

prelude：（演出）前奏曲

prepare：準備，之前籌備

prejudice： 老眼光，偏見　　*pre + judice（判斷＝judge）

preview： 預覽　　　*掃描前先（pro-）預覽（view）一下嗎？

preschool： 上小學之前上的學、幼稚園

prevent： 阻止，預防，妨害


醫生對想要孩子的父母說

"Congratulations,ma'am. You are pregnant!"（祝賀您夫人，您懷孕了。）

的時候，懷孕是pregnant。 這裡也在前面加上了pre-。

一定要這樣做，因為所謂的懷孕是指嬰兒在出生「以前」的狀態。

pregnant： 懷孕的

pregnancy： 懷孕

prescription： 處方

# 用pro-來造進取性的話

pro-也是「前面的，前」的意思。

向心愛的人跨出一步，擺個pose進行
propose，或在演出之前分發的印刷品
program，都是說明pro-的好例子。

這在pos（位置，參見p.219）和gram
（寫，參見p.139）中也有介紹。

pro-這個字首可以造一些很有進取性的
詞彙。

首先讓我們先從prospect（展望）這個
詞看起。

pro-（前）＋ spec（望，看）→ 展望

He has good prospects.

他是個前途無量的年輕人。

由pro-開頭的詞非常多。於是有人會有「這樣的
話什麼時候能學好英語啊……」等消極的想法。
我們應積極地去看待，正是要通過這些是需要點
培養本領，使很多詞彙變成自己的東西。

那麼，我們接著proceed，把由pro－開頭的詞彙
變成自己的吧

proceed：（向前）進行，再繼續做～（＝precede）

Tell us your name and then proceed with your story.

先告訴我們你的名字，再繼續講你的故事。

pro之間的對決
有什麼不同？
職業摔跤、職業拳擊
……。
我們經常說到的 "pro"
就是professional的簡
寫。
觀眾就是audience
audio雖然是「聽」的
意思，但audience表
示「觀眾」。

procedure：順序，步驟

process：現象，進行，過程／顯像，處理，起訴，處理資料

proclaim：宣言，公佈，發表

proclaim war：宣傳公佈

The ringing bells proclaimed the news of the end of the war.

鐘聲的響起宣告了戰爭的結束。

　如果再仔細研究proclaim的構造，會發現其實很簡單。pro-（之前）

＋ claim（要求正當權利等），自然就成了「宣言，公佈，發表」之意。

T word tips

關於claim……

這單字在工作中經常使用。特別是在trading company（貿易公司）工作的人，一聽到這詞就覺得頭疼。「上個月的船寄貨物個個都要求索賠，真讓人頭疼……」(參見p.331)

獎盃製作公司領取定貨的claim check

claim：1.要求正當的權利

　　Did you claim on your insurance after your car accident?

　　交通事故以後，你和保險公司聯繫了嗎？

2.取寄存東西／引渡寄託物品

　　baggage claim：（機場等地方）取寄存物品的地方 (行李提領處)

3・主張權利等

　　I claim that I am the rightful heir.（heir：繼承人）

　　我申明我才是繼承人。

4・要求損害賠償

　　a claim for damages.（要求賠償損失）

如上claim有很多種意思……，

但是大家都比較容易想到「賠償損失」這個方面。

226

右邊的新聞題目，那些人又是怎麼理解的呢？

"Concorde fireball claims 113 lives." (July 26, 2000)

「噴射式客機的火球對113名人員要求賠償損失。」

很奇怪吧？

如果翻譯成「噴射式客機的火球奪走了113條生命」呢？這樣就對了吧！

所以，claim還有「疾病、災難等奪走人性命」的意思。

produce：生產，製造

producer：生產者，（電影，話劇的）製片人

product：產品

　　duc是「拉，引」的意思。

　　產品製造出來後，是被拉（duc-）到前面（pro-）來的，所以是產品！

production：製作，作品，（話劇，電影的）演出，上映

professional／pro

　　從pro-（在前面）＋ fess（宣言，公佈聲明＝declare）而來的詞。

　　原來是用於遵從宗教的召命，後來慢慢用於職業使命。

　　「那個人打高爾夫可是專業水準啊！」這樣的話很多吧？

　　pro表示專業的、職業的人，它現在已成了我們所使用的一個詞彙。

profession：職業

professor：教授

～fess是「宣布，說」的意思。

說起來只有professor才是在學生面前講話的職業吧。

如果把～fess和意為「一起」的con-結合起來呢？

confess：坦白，懺悔

因為懺悔就是在對方面前兩人「一起(con-)」說話的行為

confession：坦白，懺悔

參考一下，fa和fess屬於一個體系

fate：命運（命運是神的話）

fatal：致命的

　fatal wound：致命的傷

fame：名聲　　　　*fama（說）→fa→fame

famous：（世界）有名的　　　　*比well-known更高級

infant：幼兒　　*in-(not)＋fa（說）→infant＝還不會說話的小孩子。

preface：序文　　　　*「在前面說」的意思

progress：前進，進步　　　*-gress是「往前走」的意思

向前（pro-）走(-gress)，當然是進步，前進啦。

project：案子，計劃，設計，預定／立案，計劃 (v.)，將影像投影在螢幕上

projection：射出，投射，設計，計劃

projector：設計者，計劃者，把影像投射到螢幕上的機器，放映機

prolog：序言，開幕詞（prologue・英）

*log是「語，言」的意思。(參見 p.152)

相對而言，結束時說的是epilog（epologue・英）

*epi-是「此外，還」的意思。

「能力得到承認，就應該promotion啊！」

讓我們來分析一下大家在工作中接觸到的promotion（晉級）這個詞。

pro-（向前）＋ motion（移動）→晉級，促進，發起，提倡

職業競賽中，無論競賽多精彩，只有選手是做不成生意的。

需要某個人促進promotion比賽事業的發展，這樣才能掙錢，不是嗎？

那麼這某個人是誰呢？就是這個人吧？

promoter：促進者，發起者　　*在前面帶頭的人

　　Who is the promoter of this boxing match?

　　誰是這次拳擊比賽的主辦人？

propaganda：（主義或信念的）宣傳

　　"The propaganda of a political party is planned to gain votes, and
　　isn't always the exact truth."（所謂政黨宣傳活動，為了得到選票，並
　　不是什麼時候都是真實的。）

propeller（螺旋槳）轉起來的話就會往前走吧？

propel：推進，移動

propellant：推進者或推進物，（火箭）的發射燃料

　　One has to depend on the wind to propel a sailing boat.

　　帆船要靠風來往前走。

　　He was propelled by desire for glory.

　　他被虛榮心驅使著。

我很喜歡這幅畫，就把它登了出來。

怎麼樣？有感覺到希望嗎？

"No cross, no crown."

　　沒有十字架，就沒有冠軍。

也就是，"沒有苦難就沒有成功！"

18世紀，Goderich Museum（Canada）

229

real estate agency（房產仲介人）陪同的人？

→a prospective buyer for the house（想要買房子的人）

prospective：有望的，未來的

protect：保護　　　　*走向前來（pro-）有「補償」的意思吧。

protection：保護，防護，保護者，保護貿易（free trade）

protective vest：防彈衣

protest：異議，抗議，主張，反抗

　　The prisoners protested against harsh
　　threatment in the prison.
　　犯人們抗議監獄的嚴酷對待。

protestant：基督教，基督新教

　　為什麼稱protestant即「反抗者」為基
　　督徒呢？

　　當時德國的馬丁‧路德宗教改革者們
　　抗議羅馬天主教教會的腐敗及其他問
　　題，由此產生了新教。

Martin Luther
(1483～1546)
"Here I stand!"
我站在這裡。
（就算被稱作protestant而遭
到迫害，我的信念也是不會
動搖的。）

provide：供給，提供，準備，防備

　　vid是to see「看」的意思。於是「準
　　備」就是「之前（pro-）」「看（vid）」
　　以後的事情。

"The law provides that valuable ancient buildings must be pre-
served by the government."（政府為了保護那些古代建築而制定了法
規。）

provision：準備，儲備，（供給）糧食

　　人們能預見以後的事情嗎？我們又不是神……

　　所以providence是「天意，先見之明，對未來的照顧」的意思。

　　另外，在美國東部有一個最小的州，名字也是Providence。

# 星星的名字蘊含什麼意思嗎？

希臘‧羅馬神話和星星的名字

★-Pluto（冥王星）
★-Neptune（海王星）
★-Uranus（天王星）
★-Saturn（土星）

★-Jupiter（木星）
★-Mars（火星）
★-the Earth（地球）
★-Venus（金星）
★-Mercury（水星）

曾在中東沙漠地區過著游牧生活的阿拉伯人被稱作Bedouin(貝多因人)。
他們和Gypsy讓政府傷透了腦筋，因爲即使給他們房子住，他們也會搭
帳篷在外面睡……。

星星對於貝多因人是非常重要的。因爲無論是躲避炎熱的天氣，還是要
橫穿沙漠，都要靠星星來辨別方向。

他們用肉眼觀察星星，然後給它們一個一個地起名字。
所有很多星星的名字都是用Arabic（阿拉伯語）起的。

Star gazing without telescope? That's old.

但在伽利略發明瞭telescope（望遠鏡）之後，世界就變得不一樣了。

tele-（遠）＋ scope（看）

於是乎可以看到的星星的數量「嘩」地增加了。

It helps us to see faraway planets and stars.

望遠鏡使我們看到了遠處的行星和恆星。

而9大行星的名字大部分都是從羅馬神話裡來的。

羅馬人把夜空中在星與星之間移動的星星稱erratic star, 也就是「行星」。（因為它不能像其他星星一樣總停在一個地方，而是不停轉來轉去……）

erratic：怪的，易變的

哇，還有erratic的星星啊……

離太陽最近的水星，Mercury是the Roman god of commerce, 也就是「商業之神」。事實上，它不但具有商業的意義，還有科學，智慧，甚至還有助小偷一臂之力的意義呢。

merc-是「商業」之意。

所以商人就是merchant。merc-也用於元素水銀。

mercurate：水銀，水銀處理，和水銀化合。

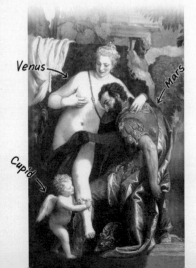

Venus
Mars
Cupid

下面是眾所周知的金星Venus。

The goddess of love and beauty, 雖然名為「愛與美的女神」，但其品行卻很糟糕。她的丈夫Vulcan（不過是個匠神）是個跛腿，奇醜無比。不過維納斯本來就喜歡紅杏出牆，所以常常戴著能讓男性迷上自己的秘密腰帶。Venus還是創造 "erotic" 這個詞的小愛神Cupid的母親。

雖說是愛情，但其實是不倫。維納斯總是密切關注極具男性魅力的戰神Mars……不管兒子怎麼看，"I don't care."

希臘語中Venus是Aphrodite，Cupid是Eros。

接下來是地球，the Earth。

它是唯一的有60億人生存的大型太空船。

希望大家一定記住，只有地球這個單字前面沒有加上god，而是加了the。

接下來是代表「戰神」的Mars火星。2004年，美國太空船Spirit抵達了其表面，拍攝並發送回了vivid（栩栩如生）的照片。

Mars之所以是the Roman god of war，也許是因為它發出的紅色光芒會讓人聯想到戰爭中血與火吧。

March時還要 march，沒有力氣……

下面是Jupiter。

木星Jupiter是the ruler of gods and men，也就是「天神」。

以羅馬時代為背景的電影常常會出現這樣的場景："By Jupiter！"（向天發誓！）

By Jupiter! I'll defeat Ben Hur \!! ← crest

在電影《Ben Hur》中可以看到，在戰車比賽之前，萊切娃也把右手扣在胸前心臟處發誓。Jupier相當於希臘神話中的Zeus。

農民之星

土星是Saturn。

The god of agriculture and harvest, 就是「農事秋收之神」。

因為農事是在土地上工作的，所以星期六從Saturn而來，就是Saturday！

天王星是 Uranus。

我們從希臘神話可知，它是god of heaven，所以是天王星。

元素uranium也是從這裡來的。

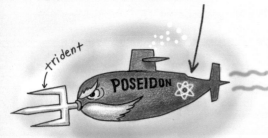

No submarine can beat me. I'm the god of sea.

誰也不能打倒我。我是海神Poseidon。

下面是海王星。

海王星是Neptune。

海神，好像漫畫中的名字吧。

就是The god of the sea。

Original是希臘神話中的海神。

大家都知道Neptune的超級武器trident（三齒魚叉，參見p.300）吧？它是極可怕的武器，甚至能達到世界上最可怕的核潛水艇的class（等級）。

最後是冥王星，Pluto。

它是The god of the region of the dead。是「死神，地下世界之神」。

因為它太遙遠，所以看起來似乎總是很暗，於是人們給它起了這個名字。

一句話，它就是「閻王爺」。佛教管閻王爺叫做冥王。

而且，寺院中都有侍奉死人的地方，叫做「閻王殿」。 冥王星的漢字名就是從這裡來的。

第94號放射性元素plutonium的名字也是由Pluto而來的。

稍加注意就不難發現，美國和前蘇聯發射的各種火箭和太空船的名字，大都來自希臘和羅馬神話

本人從很早以前就一直強烈要求讀者們把Greek and Roman Myth（希臘和羅馬神話）放身邊，以便隨時閱讀。對於對英語辭彙研究和西方文化有興趣的人來說，它是一本必讀之書。

## ★從希臘‧羅馬神話中得名的火箭和太空船。

Atlas：巨人神
－大型火箭，用於宇宙開發（美國）

Apollo：太陽之神
－11號，最早登陸月球（美國）

Echo：回音－美國的通信衛星（美國）

Helios：太陽神
－距太陽4500公里近距離觀測（原西德）

Jupiter：木星－美國陸軍中程導彈

Kosmos(Cosmos)：宇宙，
前蘇聯的第一顆人造衛星

Luna：月女神
－最早登陸月球的太空船（前蘇聯）

Mars：火星－最早的勘探船(前蘇聯)

Mercury：水星
－人工衛星發射計劃（美國）

Saturn：土星
－阿波羅太空船的火箭（美國）

Titan：土星的衛星
－洲際（彈道）導彈(美國)

Venus：金星
－太空船，金星的軌道體（美國）

為了把飛行員送上月球，造了這個高達111米的三段式推動火箭，它裝滿燃料重達2.91千噸。總載重量為3.5千噸，可以把140噸重的裝備運往太空。

土星V火箭曾經將人類最早的載人登月太空船Apollo 11號到運達月球軌道。此火箭是人類在1969年7月21號首次成功登月。

Saturn V （農事之神，土星）

Built to send astronauts to the Moon, the three-stage launch vehicle stood 111 meters high and,with fuel, weighed 2,910 tons. It was capable of developing a thrust of nearly 3,500 tons and of putting 140 tons of equipment into space.

*vehicle：車輛(包括飛機、火箭在內所有能載人的工具)
*thrust：推進，破開而出
*equipment：裝備，需要的物品

# "recital" 就是把背會的東西再（re-）說出來

re- · 再次，再

| re-opening | re-zoning | rehabilitation | re-elect |
|---|---|---|---|
| 再營業 | 再分區規劃 | 復原 | 再選 |

以re-開頭的單字非常多，如果把這些單字都一一寫下來的話，恐怕這本書就要變成單字書了。

首先，我們應該掌握字首的最主要意思。

因為re-有很多種意思，很容易混淆。說到 re-，我們最容易想到的應該是「再次，再」。

先看個例子怎麼樣？

最近，韓國在住宅/公寓方面 "remodeling" 這個詞很流行.

remodeling是什麼意思呢？

「喜歡最先使用繁冗英文」的大眾媒體，在講到貨幣改革問題時也使用了「貨幣改革」這個詞。

總之，redenomination這個詞本身就是一個語源的結合體。

nomination：任命，提名

電影廣告中出現的「得到了7項奧斯卡獎提名……」

這樣含糊的話有很多吧？不太清楚的人會以為是得了7項奧斯卡獎。

況且旁邊還畫這個獎盃……

如果在這前面加上意為「低下」的de-呢？

denomination：貨幣貶值或者名稱變更。

原來是指貨幣、債券或者股市的票面金額和名稱。

在這裡，如果再加上意為「再一次」的re-的話……

「雖然英語國家的人等大概知道這些詞的意思，但是字典裡沒有，這兒竟然出現在給韓國人看的報紙中？」

簡單來說，是這個意思： redenomination→貨幣改革

接下來，讓我們來看看簡單的。

repeat：重復　　　　　*re＋peat（瞄準，aim at）

react：在進行　　　　 *re＋act（行動）

reaction：反應，反動，反作用

reconstruction：再建，復興

rebirth：再生，更新，復活（＝resurrection）

rebuild：再建，再造

rebound：（球等物體）再彈起來，使反向

recall：回想，再想起，把產品調回（工廠）

*學習外語和濫用完全是兩回事。*

The makers have recalled a lot of cars that were unsafe.

製造廠家回收了很多不安全的車。

receipt：收據

爲什麼？因爲這是結完帳拿回的證明這次結帳的東西。

recharge：再充電，再控告，再襲擊 ←→ discharge：放電，卸貨，發射，解放，盡職

recharege還有再襲擊的意思啊？請看看戰爭電影。

指揮官「攻擊！」的命令用英語來說就是→ "Charge!"

recital：背誦，獨唱會

歌手們都會開 "recital" 吧？

cite有 「背誦，朗誦，詳細的故事，積極」的意思。

所以，把經過練習背誦下來的東西在觀眾面前「再」「背誦，展示給別人」就是recital。

recite：背誦

recover：恢復

rebate：退款

指在實際交易中，在購買了某種物品之後得到的一定的退還金額。

redo：重做

re＋do（做）

charge　　recharge　　recital

recover　　rebate　　recall

## reduction中的re-表示「減少，打折」

美國和加拿大的商店或是shopping mall有時會有
"Reduction Sale"。這是把那些被客人摸來摸去
弄髒了的、買了之後又退還的（稍微用了一下？這
種厚臉皮的人很多）、陳列了太久的等物品集中在一
塊兒便宜賣掉。

事實上，像罐頭或者裝在瓶子裡的食物等只是
label（商標）有點被劃破了而已，裡面的東西並
沒有什麼異樣吧？於是很現實的北美人就會二話不說地買走。

---

reelect / re-elect：重選

    He is seeking reelection for the third time. Dose he want to be a dic-
tator?（他已經是第三次再選了，難道他想要獨裁？）

reflect：（熱，光，聲音等）反射，倒影

refashion：改裝，改造，改變樣子或排列

    因為在fashion（做，形成）前加上了re-。

reform：改革

    因為是re-（再）form嘛

Reform Party：改革黨

refund：退還金，返還

| 美國Reform Party（改革黨）的黨徽

recreation：為了（變化）再創造而休息

    create是「創造」的意思，re＋creat是「再創造」，所以recreation表
示普通的休養、娛樂。這就是我們平時常說的「休養生息」的意思。
學習、研究、任何事情都順利地進行，即一邊recharge一邊
recreate。

    這就是creation（創造）的宇宙現象。

    the Creator（創造主）工作了六天後，第七天不是也要休息嗎？

rediscover：再發現　　*re-（再）＋dis-(除去)＋cover（蓋上）

　　cover是「被掩蓋、被藏起來的東西」，dis-是將它揭開的意思。

Renaissance：文藝復興，振興　　　　*re+nasci（出生）

　　所以renaissance是文化、藝術「再生、復活」的意思。

　　由nasci而來的單字還有nation（國家），native（本土的），nature
（自然）

remind：使……想起

remove：距離，間隔／移走，遷移

renew：更新，更生，契約等的更新

renewal：（契約等的）更新

reopen：再開業，再商討（＝resume）

repay：還（欠的錢）

represent：出現，象徵，代表

re-press：再按，再複製　　*中間有「-」。

　　參考，repress是「抑制」（參見p.249）

replace：放回原來的位置，復職，代替，替換，交換

replant：轉移種植，再種植，移植

reproduce：再生產（n.）／再生產（v.），增值，再現

re-sign：再簽署，再署名

　　參考，resign是「辭職，放棄所擁有的權利等」。

　　就任時在契約書上寫的是 'sign'，辭職的時候在辭職信上寫的是再
（re-）'sign'。所
以resign是辭職
的意思。名詞是
resignation。

repect：仰視，尊敬

*re-+spect（看）

"You must pay respect to your teacher."（你們應該尊敬你們的老師）

revenge：報復，復仇（＝avenge）

Gangsters are seeking revenge for the murder of one of their gang.

歹徒們正在籌劃如何報
復殺死了他們一個同
夥的人。

Hi, Mr. Gangster. Why do you gangsters revenge right away? Is it because your friends were killed?

Are you really sad about that?

不，我們這樣做，
是為了使那些傢伙
不敢再對我們的生
意有什麼
企圖。

No, it's because we don't want anyone to interfere with our business.

retest：重考／連續考察

returns：收入，利益

*注意後面有S！

revival：再生，復活

revive：使復甦，復甦

revolve：回轉，公轉，旋回

　revolving door：大型建築走廊的轉門

revolver：（旋轉式的）連發手槍

六連發手槍的彈槽是回轉式的，所以起了這個名字。

rewind：轉回

rewrite：再寫

resume：取回，縮寫　　　résumé：履歷書，摘要，概要

retouch：（圖畫或文章）修改／加工，修正

韓國人把全部塗抹完之後再進行的局部塗抹叫做retouch。

retouch 是進行大範圍修補時用的詞，

所以這個地方用touch up更合適。

## 現在要寫的不是簡歷，而是résumé……

在國內，坐下來一邊查看英文詞典一邊寫簡歷，所寫的單字並不一定就和英語國家的對不上號。現在需要寫英文簡歷的情況變得多了，我看過很多表達簡歷的英文說法，但請您記住résumé。這表示（對待人）「簡單扼要」的意思。這個單字雖然來源於法語，但是，When you are looking for a new job in the States or Canada。（如果要在美國或者加拿大求職的話），就應該提交résumé。

這裡，a short written account of one's education and past employment（關於學歷和工作經歷的簡單事項）等要倒著寫，這是和韓國不一樣的。也就是說，按照年份，先寫現在的職位，然後是碩士或本科、高中畢業等等。

下一頁是現任chartered accountants of Ontario（加拿大安大略湖州的特許會計師）Mr Paul Park（韓國人 1.5世）寫的最新版résumé，為配合本書，已經過刪減。這是調整版practical specimen（樣本），以方便讀者需要時參照。寫簡歷的時候，要考慮到如果寫得過長，會使看的人不耐煩。用兩頁左右的紙最好，這是個常識問題。

但是，「嗯，奇怪……」這個résumé不僅僅是沒有貼照片，連出生日期、所屬國籍，甚至性別都沒寫呢？是的。在美國和加拿大，法律上規定不能要求填寫以下事項：年齡（老了嗎？）、所屬國籍（討厭某些國家嗎？）、人種（有色人種？黑人？）、照片（長相不喜歡？）等等，這些都是為了防止歧視所制定的措施。在résumé上面，大都再加上一張cover letter（自我介紹）。

多倫多第一景

多倫多是北美的十大城市之一。但它至今仍然很平和、安定、乾淨。（請和美國的大城市做做比較）

以 世 界 第 一 高 － 5 5 3 米 的 C N（Canada National）Tower為中心，右側（東側）是多倫多金融街和公司skyscraper（摩天大廈）的密集地。左側（西側）的圓形dome是世界最早、最大的室內棒球場－S k y Dome，不僅可以容納5萬名觀眾，而且還有開閉式屋頂。多倫多，是個值得一去的城市吧？（照片是安大略湖中間的島，拍攝於Toronto Island）

# PAUL PARK MBA CA CPA (Illinois)

68 Quetico Drive
Richmond Hill. Ont. L4B 4J2
(905) 763-6324
ppark@rogers.com

## EDUCATION

| 1998 | CPA (Illinois) |
| 1996 | CA (Ontario) |
| 1990 | MBA, *Corporate Finance*, Schulich School of Business, York University |

## CAREER OVERVIEW

**2000–Present**   **Deloitte & Touche LLP**
**Senior Tax Manager**, Transfer Pricing

- Performed risk analysis of companies by reviewing their operations and identifying problem areas. Developed transfer prices for goods and intangible property and assisted in implementation of recommendations to minimize global taxes while complying with inter-company transfer pricing rules.

- Conducted research, using a wide range of on-line search tools, on cross-border taxation topics including repatriation of fund by non-residents.

**1996 – 2000**   **PricewaterhouseCoopers LLP**
**Tax Manager**, International Tax Services

- Reviewed complex Canadian and US corporate tax returns and calculated tax instalments for over 50 Canadian and US clients. Also reviewed Canadian and US tax provisions and supporting schedules prepared by clients to ensure tax information reported on financial statements were free of material mistakes.

**1991-1996**   **Ernst & Young LLP**
**Senior Staff Accountant**, Corporate Audit

- Led an engagement team that examined clients' operations to make corrective recommendations for deficiencies identified and assisted in implementation of the recommendations.

## TECHNOLOGICAL PROFICIENCY

- Tax processing software - TaxPrep, GreenPoint, FastTax, and CCH ProSystem.
- Tax research programs - CCH Internet Research Network, BNA and Tax Analyst.
- Application software - Microsoft Office Tools, Access, Excel, Word, Power Point, and Lotus Notes.

## REFERENCE

Available upon request.

# 法國大反抗，到底是抵抗了什麼呢？

re- · 反對，反抗，反

所以我說英語很難、容易confusion（混淆）吧，反正有點兒那樣吧。

前面都是re-，但有的時候是「再」，有的時候是「反對」，有的時候卻是「強調」。

任何一種語言，都經過了長時間的發展，況且用法都是後來逐步整理和確定出來的，肯定會有很多例外。

因此，只能想著這是約定俗成，儘量多讀多看這些（英語單字），以便把它作為自己的工具來使用。

re-表示against，即表示「反對，反抗」，最好的例子就是曾經為二次世界大戰添色的法國市民義兵「大反抗（Resistance）！」

resist：反對，反抗，忍住，抑制

　　re-（反）＋sisi（站）→站在反對立場上，就是「反抗」了？

resistance：抵抗，反抗，（對於病等的）抵抗力

resistant：抵抗的（-人／事物）

　　the Resistance in France during the Nazi occupation

　　納粹佔領之下法國的抵抗運動

如果看一下二次大戰題材的電影，就能看到resist（反對）Nazi的法國the Resistance們的活躍。

據說他們在敵人意想不到的地方突然出沒，漂亮地幹掉德軍。

child-resistant packaging：不讓孩子們隨便打開的包裝（諸如需要一邊用力按，一邊擰才能打開的藥瓶蓋之類）

bear-resistant container：北美公園內，靠熊的智力打不開的垃圾桶。

打開很麻煩，應該很少人丟吧……

 word tips

----

**不讓孩子打開的藥瓶蓋兒**

The federal regulations on child-resistant packaging for drugs came into effect on August 1, 1987. Child-resistant packaging is an important way of reducing zccidental poisoning.

限制醫藥用品的包裝設計，不讓孩子打開瓶蓋的聯合規定，在1987年8月1日開始生效。防止孩子們打開包裝，這是減少偶發藥物中毒事件的重要舉措。

bear-resistant trash bin
加拿大是野生動物的天堂。僅安大略湖州來說，周圍就居住著10萬多頭熊。所以，也經常會出現由它們帶來的傷害。
照片上是camp ground 地區設置的一個垃圾桶。它設計了一個熊打不開的特別裝置。

recession：（經濟一時）不景氣，後退，退場

regress：歸複，逆行，退步，退化←→progress

reject：拒絕，去除，出現拒絕反應／除外的東西，次品，廢棄物

　"She rejected my suggestion"（她拒絕了我的建議。）

　suggestion：建議

renovation：改造　　*re-+nova（新的）

　innovation：革新，刷新，一新，技術革新（當前新產品的開發，新技術，新生產組織，新原料，新市場的開拓等等，運用新方法實現新發展）

revenue：（國家・州・城市）稅金，國稅廳，（包括各種所得的）總收入，收入印記（-stamp）

reverse：逆，反對的，倒轉，掉轉車

He reversed the car through the gate.

他掉轉車頭過了那個入口。

revert：（把方向「反過來」）反轉

revolt：反叛，反抗，反抗心/起義

The town was in revolt against higher school taxes.

全體村民們為反對高額學費而舉行了反抗集會。

Notice of Assessment
稅後情況結果（評價）通告
加拿大國稅廳給繳納income tax（年所得稅匯報）的人寄的文件。

上面出現了revenue，這裡就提一下tax吧。^^

tax有多麼嚴重，讓我們看看下面的例子吧？

We pay taxes to the city, state, and federal government.

我們要向鎮、州，還有聯邦政府交稅。（都直不起腰來了！）

revolution：革命，旋轉　　*re- + volve（= to roll）

The IBM system has brought about a revolution in the manufacturing industry.

IBM制度是製造業的一個大革命。

# 強調search的research

re- · 強調

search作動詞的意思是「尋找，調查」，名詞意思是「探究，搜索，調查」，加上 表示「強調」的re- 的話，就是research了。

research也是「探究，調查」的意思，但是感覺上是要研究什麼。

所以，「調查研究」是最恰當的。比如cancer research（癌症研究）。

reinforce的意思是「加強，增援軍隊」。　　　*re- + in- + force

　force表示「力量」，「用力量推行」的意思，in-也像en-一樣表示「使～」的意思，再加上re-表示更加「強調」。這麼想就可以了。

 short story

### 為抓捕拐騙犯而增加警力（reinforce）

"This is a huge crisis!"（緊急狀態）。在加拿大，尤其是孩子'不見了！可能被kidnap誘拐了'的話，就會reinforce（增強）警力，在初步搜查時，首先派出直升機仔細搜查那一帶地區，異常喧鬧。

幾天前，我們鎮在生日派對過程中，一時疏忽，才剛剛8歲的小女孩就被abduction（誘拐）了。那時，真的是立即就有直升飛機上天偵查，搜索了樹林各個角落，一片混亂。終於！2小時之後，就逮住了abductor'（拐騙犯），並救出了小女孩！（當然有時候也會失手……）

rejoice：喜悅，使高興

refresh：使精神振作，爽快，更新

refreshment：精力恢復，修養

refreshments：茶點，輕便的飲料

relieve：免除，減輕負擔等

relief表示「去除，救濟，救助」(苦痛，負擔等)，另外，(美術用語) 表示「浮雕」那樣的東西，即在coin上刻的「雕刻，浮雕」等等。

The Korean churches of San Francisco sent relief food quickly to the earthquake sites.

舊金山的韓國教會很快就把救濟糧送到了地震災區。

Nobel Prizes（諾貝爾獎）獎牌的原版relief
「要獲這個獎的人，正在你們中間成長。」
刻在獎牌的MDCCCXCVI，是古代羅馬紀年法1896年，即諾貝爾逝世的那一年。
這個金黃色雕刻原版拍攝於Sweden National Museum。
直徑約65cm。（用來製作獎牌的原版relief可真不小啊。）

resolve：分解，解決，轉換，下決心／決心

"I am resolved on a conquest."

我下決心一定要贏。

reshuffle：改編，人事調動

shuffle表示「混在一起」。這裡把表示強調意味的re-加進來，就成「大規模混合，改革，人事調動」等意思了。假定總統要發表新內閣（cabinet）時，英文報紙上就會出現reshuffle了。

reshuffle這個單字主要用於長官職務的相互調動。

refinery：精油工廠，精煉廠

煉製精油，就是把原油（crude oil）精煉（refine），然後提純（fine，pure）的工作吧？

-ary時表示「做～的人」或者「場所」的尾碼，所以表示是在「乾淨的場所」裡進行refine吧。知道這一點，就不會忘記了。

repress：使勁壓，緊壓

press就表示壓的意思，還要加上re-……，那只能是「使勁壓」了。

# 有了醫生的prescription（處方）才能買藥

-scrib , -script · 寫，筆

如果去藥店，可以看到醫師身後有藥劑室，用作隔離的玻璃窗上有一排用英文寫著小字：PRESCRIPTION。

在PRESCRIPTION中，
PRE-是「預先」，SCRIPT是「寫」，所以表示「預先寫好的東西」的意思。只有醫生「預先」給你寫好，才能帶著去drugstore / pharmacy（藥店）買處方上開的藥。有些像fever remedy（退燒藥），aspirin，stomach remedy（消化劑）等over-the-counter drug（非處方藥），除了不能regular，還是可以隨便買的。但是，Tylenol也因為含有codeine（催眠劑），所以沒有醫生的prescription也是不可以買的。
在本書224頁pre-也有類似的說明。

兼超市的北美藥店
藥店普遍叫做drug store，顯得稍為有知識的話就是pharmacy。（SHOPPERS DRUG MART 位於擴張1路，是加拿大東部非常有權威的連鎖藥店。）

fever：發燒
remedy：治療，藥物
scribe：寫，抄寫
script：手寫的文字，原稿，劇本
scriptwriter：編劇
describe：對～進行描述，描寫，描繪
de-（強勢）＋script（寫）
description：記述，描寫，說明書，圖形描繪
Scripture：聖經（Holy Scripture）

## 古騰堡和世界文化革命

在1450年古騰堡發明活版印刷術之前，抄寫員通過「抄寫」（scribe）來製作聖經。當然，並不只是聖經這樣，其他的書也是如此……。

那麼，如此巨大容量的聖經要賣多少錢呢？肯定是貴得無話可說了。據說，即使只買總共66卷中的幾卷，以韓國當前時價，也相當於可以租下一個不錯的房子了。

雖然金屬活字的發明比韓國晚了200年，但是，古騰堡對人類歷史做出的貢獻是非常巨大的。活版印刷術運用金屬活字，實現了各種書籍，特別是聖經的大量生產，既交流了世界文化，也使書的價格得到突破性的下降，形成一大革命。

由日本最大的出版社--講談社運用replica製作的、1445年版42行本古騰堡聖經。（在發明印刷術的時代，這是怎麼用多色印刷術製作如此出色的版本呢？）

*replica：複製品

那麼「手抄本」呢？

manuscript，即表示「用手（manu-）抄寫（script）」的意思。

（manu-，參見p.168）

transcript也表示類似的意思。

意思是「轉移（trans）抄寫（script）」，指抄本，副本。

# separate的se-表示「分開」

se-,sect-,seg- · 分開，分

The headless Medusa Blood gushes from the severed neck of Medusa, one of the snake-haired Gorgons, who could turn men to stone.

那位只要誰一見到她就會立即變成石頭的蛇髮女妖戈耳工砍掉了美杜莎的脖子，鮮血正在噴出。

gush：（水，感情之類）釋放／噴出

Gorgon：Steno、Euryale、Medusa蛇妖三姐妹

在上面句子中，單字sever（切斷，切）中有se-吧？

**se-加在前面，表示「分開，分離」。**

但是，不是所有se-開頭的單字中，se-都是字首。像在seal、season、self這些單字中，se-只是開頭字母，並不叫做字首。

有翅膀的飛行鞋

手舉美杜沙腦袋的 Perseus

這是保存於義大利佛羅倫斯的bronze作品。被割斷的脖子，踩在腳底的屍體，這個作品充分表現了西方人的殘忍。再怎麼說，這個怪物是被描述成一個女性的……，請仔細看看伯修斯腳後跟。穿著可以在天上飛的，帶有翅膀的鞋吧？美國的輪胎公司Goodyear標誌的設計，即源於此。

sever：切斷

several：幾個（a few ＜ several ＜ many）
　　各個（separate）

select：挑選　　　　　*se ＋elect（選出）

selection：選拔，選擇，拔萃

提到elect（選出），讓我們看一個……

"Re-elect！"（再選一次！）（參見p.236）

separate：分離／獨立的，分離的

The professor separated the students into two groups.

教授把學生們分成兩組。

separation：分離，脫離，離別

新聞報導中常聽到「分離主義者」這個單字，「回教分離主義者」、加拿大的「魁北克（Qu□bec）分離主義者」等等……

separatist：分離主義者／分離主義的

separatist movement：分離運動

separatism：分離主義

seclude：分離

include：包含　exclude：除外

secret：秘密

不讓別人看到，另外分離開來的就是「秘密」。

secretary：秘書

segment：片斷，部分，劃定

Every segment of American life（美國生活的各個方面）

seduce：慫恿，誘使，蹂躪貞操

se＋duce（拉出來）

secure：安全的／使安全

cure表示「照顧」的意思。特別的分離照顧，就是「安全的／使安全」了。

security：安全，保安　*security guard：警衛

segregate：區分，隔離，差別

semester：學期

「加拿大是興是亡？」載入記錄的日子

由於說著一口法語的魁北克separatist過分執拗於分離運動，1995年10月30日，加拿大無奈進行了魁北克獨立投票。但是……，請仔細看看這張照片。50.24與49.76，奇蹟般的差異，加拿大肯定是能阻止這場separation了。這真是讓人膽戰心驚的一天。而這一切，都是由於加拿大是個bilingual country（雙語國家）。因為歷史的原因，語言的不同往往會帶來問題。

# insect 就是 trisect
（混充由三段組成）

頭部　胸部　　腹部

昆蟲叫做insect的理由是？因為它的身子是按節分開（sect）的。

*section：切斷，斷片，劃分，部分，（書中的）節／劃分

*bisect：分成兩個（*bi-表示2）

*trisect：分成三個（*tri-表示3）

secede：脫離／脫黨

　　-cede表示go的意思，所以一起「走」變成了「分離」，只能是「脫黨」了。

趁這個機會，來看看含有意為go的-cede／-ceed的單字吧？

proceed：進行

　　* pro-（向前）

exceed：超過　　　　* ex-（向外）

　　traffic light是紅色也要過去嗎？那麼——

　　"It would be a ticket if caught by police"（被警察抓住的話「正好」。）

♥ 什麼，sex？

sex也是從「分離」的意思而來。源於拉丁語。

我們有這樣一種別有用心（？）的傾向…

一說到sex，就會想到intercourse（性交）。其實，sex表示人類分為「男性」和「女性」的意思。所以，英語國家文件中經常看到的性別標記，是在SEX之後，畫兩個□□，或者是讓從M（male・男性）和F（female・女性）中，用「ˇ」或「×」標記出來。

## 遮陽「傘」和solar，還有helio

solar・太陽的

solar源於拉丁語，表示「太陽的」，從sol而來。

羅馬的太陽神是Sol，所以sol表示「太陽」。夏季遍佈海岸的遮陽傘，我們在這兒就已經使用sol這個單字了。遮陽傘就是用來「擋住陽光」吧？那麼，分析一下單字看看。

para（阻擋，拒絕）+ sol（太陽）
= parasol

是的，這樣看來，parasol 確實是用來「阻擋太陽的」。所以也叫陽傘。但是，古代叫做日傘。它代表著身分，不是隨便什麼人都能用的，只有像王室這樣有身分的人在巡查時才用。

那麼，我們抓幾個和solar有關的、肯定會用到的單字來看看吧？

solar calendar：陽歷　　*陰曆是 lunar calendar（Luna是月亮女神）

solar eclipse：日蝕　　*月蝕是 lunar eclipse

solar power：太陽熱，太陽能

solar-powered vehicle：太陽能汽車

2004年9月，由加拿大沃特盧工科大學研究小組製作的solar-powered vehicle--Midnight Sun 7號，歷經41天，以時速90～130km走完15,000km，創造了繞行美國-加拿大的世界新紀錄。最引以為豪的是，本研究小組的隊長，就是12歲時移居的韓國學生嚴東韓。
（←左側的橢圓照片內）

word tips

Chinese New Year
加拿大2004年發行的猴年
（Year of the Monkey）紀念郵
票。這幅圖畫，設計成了西遊記
中的孫悟空手拿仙桃（天上的桃
子）的模樣。
加拿大在制定國家方針的時候，
經常考慮少數民族的文化。

solar furnace：太陽能爐
solar battery：太陽能電池
solar year：太陽年（地球繞太陽公轉一周的時
　　間。基本上定為一年。）

## solar（太陽）和 helio（太陽）

如果在從中歐旅行到東歐，讀讀那些廣告牌，就會發現來自拉丁語的
solar逐漸消失，取而代之的是來自希臘語的helio。
另外，如果去俄國和前蘇聯的附屬國、聯邦國看看，以Helio命名的石油
公司加油站真的很多。你看那些牌子，畫的準是太陽。為什麼呀？
因為 helio-表示「太陽」的意思，Helios就是希臘的「太陽神」啦。

Helio加油站
這是已打入中亞哈薩克的第一城市—
Almaty的Helio加油站。藍色是中亞國
家的傳統色，可以看到這裡用黃色畫成
的太陽（helio）吧？

當然，這些是我們不經常用的單字。

但是，如果知道的話，以後我們不管讀什麼書，遇到什麼公司、商標的時候，只要看helio就可以馬上抓住感覺了。

我們已經學過的元素helium（氦），也是來自太陽神Helios。

-ium是給化學元素起現代拉丁名字的時候用到的，有helium、uranium、platinum、sodium（natrium←德語）、radium等等。

所以，我們在《National Geographia》這樣的雜誌上，看到下面這些難單字時，也大概能知道什麼意思了吧。

　　helioscope = helio（太陽）＋ scope（看的器械）→觀測太陽的器械

　　heliolithic= helio（太陽）＋ lith（石，參見p.137）→崇拜太陽和巨石的

實際上，南美Inca文明即heliolithic（太陽巨石）文明。爬上那個神奇的印加山頂，可以看到給太陽神敬獻祭品的石頭（把人的腦袋砍下來放在上面），還像以前那樣留在那裡。建築是造得不可思議地好，但是，無知的他們居然把活人當作祭品敬獻。

　　Inca(n) had sacrificed live people and even children to the god of sun.

印加人把活人敬獻給太陽神，甚至是小孩子。

'What use would it be for a dummy god?'
對於一個話都不會說的神，這又有什麼用呢？

sacrifice：祭品，犧牲／使犧牲
dummy：假貨，啞巴／仿造的

256

# 「我喜歡場面壯觀的電影」

spect・看，見

"Wow! This is really spectacular!"
「哇，真是壯觀呀!」
加拿大多倫多金融街的 skyscraper（摩天大廈）。
這是我乘坐輕飛行機 Cessna，到達172層後，親自拍攝下的照片。怎麼樣？看上去很壯觀吧？
（朋友駕駛的。）

特別是在動作電影的廣告中，像這樣的話很多吧？「戰慄和懸疑——引人入勝！」

thrill表示「使人發抖/戰慄」，suspense表示「擔心，不安，緊張」的意思，所以這是在宣傳一部讓人異常緊張的電影。

那麼，spectacle呢？spect表示「看」的意思。

spectacle：光景，壯觀的風景，值得一看的景觀、場面。

那麼，「觀眾」呢？→spectator（儘管audience、crowd更經常使用。）

species：（生物分類上的）種，種類

    many species of squirrel（屬於松鼠科的很多種類）

    squirrel：（北美公園內經常看得到）黑松鼠

specimen：樣本（的）

specific：明確的，特有的

specify：仔細，（具體）說明

spy都做些什麼呢？就是「偷偷地觀察」吧？這也是由spect-而來呢！

spy：偵探，間諜/仔細偵查，秘密偵查

espy：（把隱藏的東西）找出來，發現

在科學課上學的單詞字……！

太陽光透過prism，就變成紅、橙、黃、綠、青、藍、紫了吧？

spectrum：光譜，分光，殘留影像

接著是我們的specialty（專長）！加上字首，整體性地看些單字吧。

ad-還有「方向，目標的」意思。但是請讀一下ad-＋aspect，是不是不好發音？所以，要把d脫落掉→aspect：樣子，外表，展望，局面

在-ex（向外）後加上spect，

"I wonder where he is hiding？"

ex-（向外）＋spect（看），即表示「向外看」。那麼，exspect ←這個也不好發音吧？所以一樣，把S脫落掉……

expect：期待

unexpected：意外的

expectancy：期待，期望（=expectation）

inspect：（細緻地）調查，檢查

inspector：檢查者，視察者

inspection：檢查，調查，視察

introspection：內省，自我觀察

在sub-（下面的）加上spect的話，

sub- ＋ spect也一樣，由於發音難把b脫落掉。

suspect：懷疑（不是～嗎）

為什麼suspect是這意思呢？
這是因為，對人有懷疑時，
會拉下眼睛，向下（sub-）
看（spect）唄。

I suspect that he is a spy.
我懷疑他是個間諜。

prospect ＝ pro- ＋spect→前面＋看→展望（pro-, 參見p.225）

Seeing no prospect of success, we quit the attempt to climb the mountain.

看來沒希望爬到山頂了，於是我們放棄了登山。

只有看到前面（pro-），才能「預想」，才能「期待」吧？

所以prospector也表示（尋找黃金或白銀的）「探礦者，勘察者，挖掘者／探礦，勘察，挖掘」的意思。

prospective：預期的，將來的，有希望的

perspective：透視圖，透視畫法

re-（再）後面加上spect的話，

respect：尊敬。因爲值得尊敬的人是你再次仰望的人……

←→despise：向下看，看不起

　　de-＋spise（spise也是「看」的意思）

加拿大西部，Vancouver市
Stanley Park的Prospect Ponit（瞭望台）
範庫弗峰真的是一個景色美麗的城市。這兒的斯坦利公園由兩塊寶地構成，並以印度totem（圖騰）聞名於世。
大家也應該站在自己人生的turning point上，展望一下自己將來的路吧？

PROSPECT POINT

# Statue of Liberty正stand著吧

紐約的象徵、美國的象徵——the Statue of Liberty（自由女神像），眞是非常雄偉地在Liberty Island上站著。和英國是宿敵的法國，由於害怕英國在美洲的殖民地勢力加強，因此幫助美國實現the（American）Revolution。爲紀念美國獨立100周年，法國還贈送了禮物。國家之間也互贈禮品呀……。這個statue（雕像）正stand著呢？

sta源於拉丁語，表示「站著」。

首先，以stand爲基本型——

stand：站，抵抗，經受／站著，抵抗，看臺，台

standby：預備人員／預備，預備的／「準備……！」

　　在放炮之前先這樣吧。"Standby……, Fire"（準備……發射！）

standard：標準，水準，基準

　　經常說應該建立標準吧？

stance：姿勢

station：崗位，位置，部署／在部署任職，使駐紮

　　所以fire station是「消防站」，power station表示「發電站」，radio station表示「廣播站」。

stationary：固定的／固定的事物

The train was stationary when the accident happenged.（事故發生時，火車是停止的。）

stationary orbit：固定軌道（和地球的自轉速度以及周期都相同的旋轉軌道。）

stationary satellite：像美國的Syncom這樣，在固定軌道上的衛星。

正因爲有了那樣的科學技術，全世界的TV新聞都（com-）可以同時（syn-）收看。

但是，要注意statio**nery**！

爲什麼？因爲這字表示文具店的意思。「噢？有什麼不一樣嗎？一樣的地方又是什麼呢？」請仔細看，這裡不是-nary，而是-nery。

（哦，原來這樣！）只是，發音一樣。

Station of the Cross
（十字架之路，14處）
去教堂，就能看到這樣的圖畫或是雕刻作品，它分14部分，表現了耶穌從比拉多法庭受到死刑宣判書，到背著十字架前往刑場這一路的受難過程。
上面照片，是多倫多Saint Paul Church裡面的3rd station（第3處），描寫了耶穌身背十字架，走著走著，第一次摔倒的場面。

## 「美國」用英語怎麼說呢？

the United States of America！太長了，其實只要說the States就行了。

（應該沒有人不知道吧⋯⋯）這裡的state和stand是同一族的。

state：（首先是以安定的狀態停留著）狀態，身分，美國的州

static：停止狀態的　　　　　　＊ static electricity：停電期

stay：停留，等待，經受住／滯留（期間）

stable：安定的

status：狀態，地位

"What's your status in Canada as an immigrant？"（移民，在加拿大是個什麼法律身分？）

也就是問你，是visitor（短期滯留者）？有永久居住權的人？還是市民？

下面在sta前加上字首，「wahng chahng（狠狠地）」擴充單字量！在意為「站著」的sta前，加上我們熟悉的字首，單字量將會成倍增加。

西方的公司和店鋪，都以歷史久遠而感到自豪，所以很喜歡在印刷品或者建築物外面標上年代。

Established 1768←就像這樣子（或

Since 1768）

establish：設立，確立地位，被證實

The company which I work for was established in 1945.

我工作的那家公司成立於1945年。

estate：土地，所有地 　　　*real estate：不動產

real estate agency：房地產仲介公司（參見p.28）

ecstasy：忘我境界，恍惚入迷的境地，無我境界←常在周刊上看到吧？

instance：例子，實例，情況

"For instance（for example）bees are insects."

（舉個例子，蜜蜂就是昆蟲。）

instant：即刻，瞬間即時的

constant：持續不斷的

因為站在con-（一起）。

circumstance：環境

circum-表示圓的東西（circle），

所以是環境。環就是「圓」的意思。

substance：物質，物體，（事物的）本質，主旨

outstanding：突出的，未解決的 / 未付款

You have ＄3,000 outstanding(s)

from our company.

您還欠我們公司3千美元。

outstanding artist：傑出作家

如果在表示stand的前面，加上反對意味的ob-呢？

obstacle：障礙物　　　*表示在行走的路上豎立著

obstacle course：障礙物進程

> The heavy snowstorm was an obstacle to traffic.
> 暴風雪阻礙了交通。

事實上，sist、st(e)、stitu等也和sta是同類。

所以，都表示「有什麼存在著、對抗著」的意思。

assist：幫助

assistant：幫助的人，助手

consist：由～組成，構成

exist：存在，生存

　　ex-（向外）＋ sist 中，把S脫落掉了吧。

resist：抵抗，反對

　　re-（反對）＋sist→反對地站立

insist：強烈主張，固執

persist：固執・主張，繼續存在

constitute：選定，制定，使成立

　　con（強調）＋ stitu（立）

constitution：構造，設立，制定，憲法，慣例

REST
AREA

# 因為只在「水下」活動，所以是submarine

sub- · ～的下面，下

在以sub-開頭的單字中，最先在腦子裡想到的是？應該是這個單字吧——"subway!"

**sub-表示under，即「～的下面，下」。**

在subway中，sub-（地下）有way（路），所以只能是地鐵。（當然，除了地鐵之外，所有在地下通行的路都叫做subway。）

在所有以sub-開頭的單字中，subway是三歲小孩都知道的，太簡單了！如果能很快想到submarine的話，那最好不過了。

> sub-（下）+ marine（海）→ 海底下 →潛水艇
>
> 因為是在海上作戰，所以海軍叫做Marine Crops（部隊），是吧？

nuclear-powered submarine：核潛艇（= atomic submarine）

nuclear的縮略型是nuke。

TTC Subway

TTC就是Totonto Transit Commission（多倫多市運輸局）。

這個運輸局從1954年開通至今，歷史非常久遠了。它也是一條線路很簡單的地鐵。但是，transfer（轉乘權、轉車）制度很完善，擁有一個聯繫公共汽車、無軌公車、電車等城市蜘蛛網般的大眾交通網絡。一張票可以乘坐650km……

## 能吃的潛水艇？

佔據加拿大全國特許最佳食品店是'Mr. Submarine'，現簡稱為'Mr.Sub'。（就像肯德基炸雞稱'KFC'一樣。）為什麼要把吃的東西叫做submarine、sub呢？因為這個店裡賣的麵包又厚又長，北美人形容這長麵包「長得像潛水艇」，所以叫做submarine。

suburb：郊外　　　　*sub-＋urb（街市，城市）→城市下面→郊外

"He lives in a Seoul suburb."（他住在漢城近郊。）

submit：使服從、降服，使從屬於

sub-＋ mit（送）→往下送→使降服

subhuman：相對於人類不足的，低於人類的

They were living in subhuman conditions.

他們生活在低於人類的環境中。

subject：受支配的，從屬的，有條件的／國民，臣下，主題

從前，在ruler（支配者，王）們眼中，臣下和百姓們充其量是「下面的」（sub）東西」。他們給功臣賞賜封地的時候，連同那裡居住的百姓也一起賜予。

## ject表示「扔」的意思。

請想一下jet（噴氣機），不是往後噴著什麼的嗎！

關於ject的，有很多單字吧？

project：事業，計劃

object：目的，目標

reject：拒絕，否決

inject：注射，注入

injection：注射

噴射機是以亞於音速（接近於聲音速度）飛行的。那亞音速用英語怎麼說呢？

sonic就是sound，即表示「聲音」，源於拉丁語。

sonic speed即「音速」，比音速要低的（sub-）亞音速就是subsonic。如何？很好理解吧？

sonata（奏鳴曲）這個單字也是來自於「聲音」。

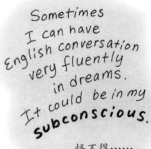

Sometimes I can have English conversation very fluently in dreams. It could be in my **subconscious**.

怪不得……

我們有很多潛在意思，其中也包括要學好英語。

conscious：有意識的，意識著的

下面的（sub-）conscious，就是「下面「的「意識」，即潛意識。

subconscious：潛意識的，模糊意識的

subconsciousness：潛意識

我有時夢見英語說得很流利。
這就是潛意識呀。

subcontract ←看起來有點兒陌生吧？

其實，這是在公司生意上常用到的單字。是指在簽約之後，因為眾多原因要和另外的人再簽合同的情況，也就是「轉包合同（承擔～，承包）」的意思。

contract表示（簽）合同，這裡加上sub-的話，

sub（向下）＋contract（簽合同），即「轉包合同」。

地下鐵-subway
承包-subcontract

Let's make a subcontract with your company.
讓我們和貴公司簽立轉包合契約吧。

subcontractor：轉包商

small and medium enterprise（中小企業）中大部分都是subcontractor
吧。

由很多小公司分工合作完成一個大專案，這是常有的事。

只是如果轉承包的大企業要蠻橫不講理的話，常常會很悲慘……

"Who said your company couldn't be a success like ours?"（誰說你
們公司不能像我們這樣成功呢？ 這話說得好。）

如果到北美走走，來來回回能碰上很多lease
（租賃）。走在路上，打出這種sign廣告的大
廈也有很多。汽車是lease來用，房子也是
lease，辦公室用的photo-copy machine也是
可以lease的。不僅是這些。就連公司走廊上
掛著的匾額，或者公司前面的環境裝飾物，
也都是lease來的。這時候，要好好讀一下
lease（契約書），再簽訂contract。因為人
類生活的地方都大同小異，有很多想像不到
的陷阱正等著你去跳呢。

lease：出租，租用契約，租用契約證書

sublease：轉租，再租出（-給）

To let（出租）
在英國，出租'
叫做let。

sublease
有這種情況吧。實際做起生意
來，有時覺得自己租的空間還
有空餘。有空間就可以rent（出
租），就是錢啊！於是，就把多
餘的空間再租給需要的人唄。
這就叫做sublease。那樣做，
既可以節約utility（電暖費等），
而且多少有一點rent收入，真是
一舉兩得呀。

## 西方公司名稱都特別長的原因是……

上美國‧加拿大的highway跑跑的話，可以發現在warning sign（警戒告示牌）中有叫做merge的，表示「兩條路'合併'成一條路，請注意」的意思，就像兩條支流匯成一條一樣……

merge：合併

> "Many old companies in western countries have long names because they have merged with each other."（西方一些老企業中，名字特別長是因為他們相互合併而把名字聯起來了。）

實際上，歐美的公司，特別是金融方面的公司都擁有很長的名字。

舉個例子吧。世界性會計法人中有個叫PticewaterhouseCoopers的公司。名字特別長吧？這是由具有150年歷史的Price和merge的Waterhouse，以及後來的Coopers三個公司一起，把名字組合在一起形成的。（這也能作為英語文化圈的常識吧。）

> Royal Bank and Bank of Montreal have announced they intention to merge.
>
> 皇室銀行和蒙特利爾銀行聲明它們有意要合併。（參見p.284 標識照片）

那麼，試試在merge前加上sub-。

submerge：浸在水中，潛水

> merged speed是指潛水艇的潛水速度。（比水面速度更快。）

subpolar：靠近極地的

subsistence：生存，糊口之策

subsistence level：最低生活標準

subsistende wages：最低工資

> wage主要指按小時、天、週付的工資。

Merge（路合併）
'Lane Ends Merge Left'
這段路走完後請靠右！

LANE ENDS MERGE LEFT

subtotal：小計　　　＊總計→grand total

subtitle：書，廣告等的副標題

例如：英譯《紅豆女之戀》的時候，下面的 subtitle是

The Korean version of "Cinderella"（韓國版的灰姑娘故事）

這樣，英語國家的人誰看了都能馬上懂了吧？

"This is a Korean version of Cinderella"

瞭解sub-之後，對了，

substitute teacher是什麼老師呢？

→答案：代課老師（代替不能來學校上課的老師）

substitute：代替，替換／代替品，代替者

---

**T** word tips

### 分享一下倫敦坐地鐵的經歷

美國、加拿大等英語國家的地鐵大都叫做subway。中國叫做地鐵，英文註釋還是subway。

"Gee,who doesn't know that?"（喂，有人會不知道嗎？）但是在英國倫敦，寫的雖然還是英語，但完全是另外的單字。是的，現在也有很多人已經知道這個了。由於生活水平的提高，現在韓國很多的backpacker（背包族）們都來過英國倫敦，坐過地鐵underground了。這些人應該也知道那也叫做Tube吧。

under表示「下面」，ground是「地」，所以表示地下面，即地鐵。又因為像管道（tube）一樣把地下鑽空後在裡面穿行，所以又叫tube。

英國倫敦的地鐵underground
「哦，真的叫tube啊！」

Tube map

但運轉票務檢查是不是顯得有點鬆散？或許有些backpacker懷著好奇心「悄悄」坐過「免費」列車吧。被抓住可是闖大禍了。（我也這麼玩過一回，當然是沒有被抓啦。）

## 一定要記住這個……

subfer和把劃線的b換成f後的suffer，比較它們的發音，哪一個發音更順暢流利呢？不用說，肯定是suffer。所以，就有了這個表示「承受痛苦」的suffer。

suffer = suf（下面的）+ fer（承受）→承受（痛苦）

2004年首映、引起全世界轟動的電影——

《The Passion of the Christ》所反映的內容，就是這個吧？

"Jesun suffered from Jews."（耶穌從猶太人那裡受難。）

sub-中的b，會因詞根（root）首字母的不同，而有所改變，以使發音順暢。一定要記住哦！

sub + ceed = succeed：成功　　　　* ceed表示「走」

sub + gest = suggest：暗示

sub + plant = supplant：代替進來

sub + press = suppress：壓制　　　*因為→press放在下面（sub-）

sub + spect = suspect：懷疑　　　*因為→看（spect）下面（sub-）

"My suffering is for you."
我的受難是要拯救你們。

270

# 寫實主義之上的surrealism

sur- ·～之上，上

surrealist painter
（超現實主義畫家）
薩爾瓦多·達利的
《記憶守恆》
（The persistence of
Memory，局部）

果然是在sur
（上）掛著呢
……

不能再和他
在一起了。

super-、supra-、supreme等都表示「～之上」的意思。

但還得知道一個和這些有關的sur。

因爲很多單字在 r 前面引起同化現象，變成了sur-。

sur-的意思和super-一樣，表示over、more、above等。

也就是說，sur-爲「～之上，上」

表示並非最高，而是比基本「稍微向上增加一點的程度」的意思。


舉個例子，來看看表示「表面」的surface。

因爲在face的上面（sur-），所以只能是「表面」了。

surface-to-surface：地對地（從地上到地上）

surface missile：地對地導彈

surname：姓（last name、family name）

surcharge：超量的負擔，過重，附加款，額外費

　　一句話，就是敲竹槓吧？charge金額時，又加上sur-，就不是正常數

　　額了吧。敲竹槓又叫做rip-off。

　　"I was ripped-off."（我被敲竹槓了。）

surmount：克服（困難等）

想像要跨過險峻的mount的話？

surpass：（能力，性格，程度等）更好

He surpassed his father in business.

他比他父親更具有商業頭腦。

surplus：富餘，盈餘，過剩／盈餘的，剩下的

a surplus population：人口過剩

surtax：附加稅・附加特別稅

survey：整體俯瞰，調查

（為瞭解狀態、價值）考查／觀察，概觀，實地調查　　*vey表示「看」。

survive：倖存，

誰死了後，自己仍活了很　　*viv-表示「生」。

所以有survival game這個說法吧？

一句話就是「倖存者遊戲」。

我代表軍人的精神最終活下來了。

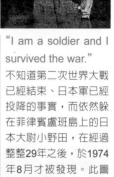

"I am a soldier and I survived the war."
不知道第二次世界大戰已經結束、日本軍已經投降的事實，而依然躲在菲律賓盧班島上的日本大尉小野田，在經過整整29年之後，於1974年8月才被發現。此圖是正在敬禮的小野田。

**T** word tips

### 超現實主義是什麼呢？

美術用語中有叫做「超現實主義」的。非本專業的人或許會不瞭解，但即使是這些人，如果要裝（？）得有知識一點，還是有必要知道一下的。Realism表示「現實主義」。所以surrealism就是「超現實主義」吧？這是第一次世界大戰之後，主要以巴黎的畫家為中心掀起的一場運動。如果聯想一下著名畫家達利（Salvador Dali）的作品《記憶永恆》的話，必定會「啊哈，原來這就是超現實主義啊？」。這是美術教科書中經常出現的圖片，應該有印象吧。好，看到前面的畫了嗎？達利和畢卡索一樣，都是生於西班牙的世界級畫家。如果您看到這幅作品，感到surprise的話，又活用了一次sur-呢。

# 「是啊，我就是對嘴唱的。」

syn-,sym-・一起，同時

配合絢爛的火光、繚亂的音樂，一邊做著強烈的動作，一邊還要演唱。這能出現高品質的效果嗎？所以，很多歌手都預先錄好自己的聲音，表演時只需對口型（synchronized）。因為無論怎樣，也要進行出色的演唱會啊。

這大家都知道吧，但是你知道嗎？「對口型」叫做→lipsync。

「同時」是synchronization的一部分，表示「時間上的一致」。

syn-表示「一起，同時」，chron表示「時間」。

所以，lipsync表示「（和音樂）同時，對著嘴型唱歌」的意思。

如果是「同時～」呢？
首先，可把同步水上芭蕾（synchronized swimming）作為很好的例子。水上芭蕾成員演出時，很一致地「同時」做著相同的動作，不是嗎？

syndrome：綜合症（徵候群）
現在這時代，讓我們連這麼難的精神醫學術語也能在嘴邊擺活著用（其實是媒體帶頭助長了這種風氣）。對健康毫不在乎的減肥綜合症；恐懼將來、害怕長大的彼得・潘綜合症；公主病（綜合症）……反正，只要拿過來加上，就都是「～綜合症」。

syn（一起）drome（跑）

據說觀眾馬上要超過100萬名了。

真的？我們也快去吧！

syndrome就是syn-（一起）＋drome（跑），即「一起跑」的意思。

看別人在跑，就盲目地跟著跑，所以另外的一些人都跟著跑起來，
這樣看來，全國公民都在跑……。這些都是不正常的。因此，沒有什麼
正確的病因，只能叫做綜合症。怎麼說這都是個
含有syn-的最具代表性的詞。

真是令人
頭昏眼花……

以地球相同的速度繞行的同步衛星是Syncom。
理解了syn-，這樣的時事用語也能容易地說出。
把satellite（衛星，人造衛星）送上軌道，使其和地
球的rotation（自轉）速度相同，就成「同步衛星」
了吧？這就叫做synchronous communication
satellites。很長是吧？所以簡稱為Syncom。
多虧了這科技，我們可以通過TV瞭解地球那邊的
各種事情，也能和地球彼端的人通電話。

synchronous：同時發生的，以同一速度（比率）進行的


syndicate：理事會，企業聯合，新聞雜誌聯盟／通過財團來出售新聞
　　報導、漫畫和劇本之類。

西方人中，成年人也很愛看comics（漫畫）。所以，北美的報紙有1、2版
全都刊載comics。看一下漫畫的某個角落，可以發現用很小的字印著
‘Universal Feature Syndicate’等漫畫供給公司的名字。

©Universal Feature Syndicate, Inc.

*loser表示
「笨蛋，傻瓜」
的意思。

## 合作效果（synergy-）

這個「合作」也是常提到的單字。

很難吧？

想想syn-（一起）＋energy（力量）
的話，是不是很快明白了？

energy源於希臘語，表示「做事」
的意思。

synergy：相乘作用，協合作用

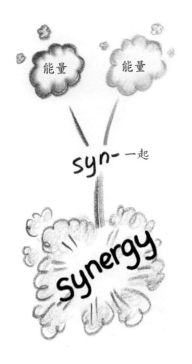

We have produced well-known
toothpaste so we can expect a
synergy effect by developing
toothbrush..

我們（公司）已經製造出了著名的
牙膏品牌，如果開發牙刷的話，就
能形成協和優勢。

## 和syn-意思相同的sym-

有時會因為和後面的字母發音衝突而使用sym-。

例如，請比較一下synposium和symposium的發音。漸漸地，你就會發
出「啊哈，原來是這樣」的驚嘆！事實上，英語就是這樣慢慢地被領會
的。

symposium：座談會，會談

有時，也反映在發音變異法則中。

代表性的如：sym-＋phone＝symphony。

獨木不成林，這是因爲世界上都是symbiosis。

symbiosis：共生　　　*sym-（共）＋bio（生）

Universities and corporations are living in happy symbiosis in this city.

這個城市的學校與公司行號合作關係非常好。

symptom：（某種事情的）徵候，徵象，病徵

Fever is a of illness。

發燒是生病的一種症狀。

生物幾乎都維持著一種symmetry

symmetry：左右對稱，美麗的均衡

　　因爲metry表示「meter，測定」的意思。

斑馬和小鳥
去過非洲大草原，發現zebra（斑馬）後背上竟然落著幾隻小鳥。「爲什麼會這樣？」問了當地導遊，說小鳥可以幫zebra吃掉後背上像louse這樣的insect（小蟲子），zebra不再癢了，也就很喜歡這樣囉，「真是了不起的symbiosis」！

　 word tips

**大學裡經常開學術「研討會」吧？**

symposium（討論會，座談會）時很多人聚到一起吧？跨進大學校門，可以看到各種研討會的布告綿綿不絕。那麼，爲什麼只見sym-，而不見posis呢？（這又是什麼詭辯？）「研討會」據說表示「聚在一起（sym-）喝東西（posis）的地方（-ium）」。這是古希臘柏拉圖年代才產生的，看來那時是人們聚在一起邊喝東西邊進行討論（包括年會的）。（這個嘛，挺好的啊……）

所以，在柏拉圖的書中有本叫做《Symposium（饗宴）》的。但是，現在大學的演講會「邊喝（酒）邊討論」的話肯定不行。雖然有時候是討論完了才到到學校外面喝……。

通觀古今內外，歷代莊重、典雅、嚴肅的建築大都遵循symmetry原則。如：金字塔、帕德嫩神廟、艾菲爾鐵塔，以及韓國國寶1號南大門……對啊，有必要一一舉例來說明這些既定事實嗎？

↖ ↗
symmetry

'With Sympathy'，這是用於什麼的卡片呢？

首先，Sympathy中有表示「一起」的字首sym-，暫且不管這個。

拉丁語中的pathos，是「心」的意思。表示遠遠（tele-）隔離的心（pathy）相互引起「心靈感應」的心理學術語——telepathy中，也能看到吧？可能因為這單字太難，連英語國家的人都基本上不用，可是在韓國的兒童漫畫中確有呢。（水準可真高啊……）

在這個pathy前加上了表示「一起」的sym-，所以——

sympathy：同情，同感

因此，這是有人去世之後，寄給哀痛者的卡片。

也就是說，在悼念卡片上可以看到寫著'With Sympathy'。

sympathy strike：同情罷工

如果把syn-放在'l'前面，就是syl-

syllable：音節，一節音，一句，一言半語

知道教授們寫的syllabus嗎？

syllabus：課程提綱，講義內容的主要目錄

Get out "N"

當然是要我朋友過來了

對著迎面滾來的石頭時……

## 「心靈感應」，西方人也不用的難詞……

tele- · 遠的，遠

tele-源於希臘語，表示「遠」的意思。

以tele-開頭的英語單字，最先想到的當然是television吧？

接下來想到的會是telephone。另外，還有現在出現的新職業，通過telephone來做marketing的telemarketer（電話售貨員）吧。

| tele- + vision | tele- + phone |
|---|---|
| ＝遠處 + 影像 | ＝遠處 + 聲音 |
| ＝看遠處的東西 | ＝向遠處接受和傳遞聲音 |

那麼，我們來研究一下以tele-開頭的單字。

telescope：望遠鏡（與雙筒望遠鏡不同，只有一個筒的。）

作為參考，這些也都明確一下吧。

雙筒望遠鏡叫做binocular。

這裡，bi-表示「兩」，即「雙」的意思。

ocular表示「眼睛」的意思。（bi，參見p.56）

scope這個單字，熟悉吧？因為它也常作為電影術語。

CinemaScope以前是一個商標名，但現在已經是普及的電影術語了。

這即指橫：豎為2.5：1的寬銀幕。

scope表示「事情、活動的範圍，視野」的意思。

另外，也表示「看的機械」的意思。

所以，telescope ＝ tele-（遠處）＋ scope（看的機械）→望遠鏡

### word tips

**心靈感應？**

韓國有很多外來語，英語國家的人都覺得難，但在國內卻用得很輕鬆。其中，有一個心靈感應（telepathy）的單字，居然出現在兒童comic book（漫畫書）上。據說很久以前，taoist（道士，tao表示「道」的意思）們坐在深山中，能通過telepathy使精神穿透到萬里之外。而現在平凡的我們頂多是這個地步吧：「怪不得總覺得今天你要來，果然來了呢。」

telepathy：心靈感應

telepathist：具有心靈感應能力的人，心靈感應專家

　　在‘sym-’中已經介紹過（參見p.278）

　　pathy就是pathos，即表示「心（mind）」的意思。

telecast：播送TV

telecommunication：長途通訊

teleconference：遠距視訊會議

televangelist：把TV觀眾作爲物件的preacher（傳道者）

請注意劃線部分，這裡含有angel（天使）。

angel在拉丁語中是messenger，即表示「傳遞消息的人，上帝的僕人」（to bring news）的意思。聖經新約上記載，Gabriel archangel（天使長）飛到當時還是處女之身的瑪麗亞跟前，向她「傳遞了一個消息」，即不久會懷上一個叫耶穌的男孩。

在angel加上意爲'well'的ev-(eu-)，就是evangel表示「喜訊，好消息」，也就是「福音（the Gospels）」。

到TV時代，加上tele，就出現了televangelist這樣的單字了。

　　tele-（遠處）＋ev-（好的）＋angel（傳遞消息的人）

　　　→通過TV傳達福音的人

evangel：福音（gospels）

evangelist：福音傳道者

eulogy：頌詞，稱讚　　　　　　　　*eu-（好的）＋log（話）

既然說到天使angel，
讓我們來看看angel和cherub。
說起'天使'，人們一般都會想到angel，
只知道是女性，美麗、善良。
也有人說是「小天使」的，但其實都不是。
天使首先是沒有性別的，
而且實際上是履行上帝命令的、很可怕的人物。
下面這幅畫通常稱作「小天使」，
不叫'angel'，而是叫cherub。
是個胖嘟嘟、有翅膀的小孩子吧。
所以有時候它也指像這樣可愛的小孩子。

# 搭tent的時候，應該要「繃緊」的……

ten，tent，tens，tend・伸展

去露營，搭tent一定要「繃緊」地「伸展開」吧？

仔細觀察一下這裡，可以引出很多單字。

「緊繃」就是tension（緊張）。

例如下面報導中的單字：

He hai finished 26 month of mandatory military service but would have to return to the army if tension escalated into war

他結束了26個月的義務兵役，但是如果局勢緊張的話，說不定又要回到軍隊裡去。

mandatory：命令的，必須的

escalate：逐漸變壞


There are high tension between Israel and Palestine rapidly after Arab terroists' suiside bombing.

阿拉伯恐怖分子的自殺性爆炸之後，以色列和巴基斯坦的局勢變得異常緊張。

high tension：高度緊張

rapidly：迅速，飛速，瞬間

suicide：自殺

suicide bombing：自殺性爆炸（就像日本的神風）

281

在ten之前，加上我們知道的一些字首，

不費吹灰之力就可以造出相當多的單字。好，讓我們一個個地來看吧？

在tent之前加上at-（ab-），就是「請注意點兒！」

"Attention，please！"

attention：注意，留意，（口令）立正！　　　*ab-＋ten

「參加」即到那個地方「展開」，所以也叫做attend。（at-，參見p.34）

當然，attend除了「參加」以外，還有「侍奉，伺候」等的意思。

attendance：出席，列席者，伺候

　attendance book：出勤簿

attendant：伺候別人的人，參加者/出席的，執行的

flight attendant：空服員

（我說過有些詞是有性別之分，以後就不提steward、stewardess了！參見p.34）

在tent前面加上de-……

detention：阻止，拘留，滯留，扣押，放學後被留堂／逆流的

I remember being in trouble a lot and spending lots of time in detention and in the principal's office.

我清楚地記得由於自己調皮搗蛋，多次被放學後留在校長辦公室受罰。

detention一般大概就是指'你，到辦公室走廊蹲著去！'，類似這樣吧。

在tend前面加上意味「向外」的ex-……

extend：伸展，增加

有效期限快到而要「延長」的時候，使用extend。假如在國外visa期限將至，在expiration之前，應該先extend吧。

I want my visa to be extended. Could you extend my visa?

我想把簽證延期幾天，您能幫我一下嗎？

在家裡使用電器，如果cord短了，應該向外（ex-）+ 伸展（tend）吧？

這時，大家使用extension cord 吧？

拜科技之賜，現在電話都有語音答錄功能，如果聽力不好，就會使人很尷尬。

應該知道下面這些話吧？

況且這裡既有ex-，又有ten-

平時應該學習一下嘛

"If you have a touch-tone phone and know the extension, you can dial it now."
（如果您的電話有按鈕，並且知道內線號碼的話，現在就請撥打吧。）

出現ex-，當然也有跟它反對的in-了。

這次，在tend之前加上in-看看？

向我的心裡面（in-）+ 伸展（tend）→intend：意圖，打算～

I intended to catch the early plane for Ottawa.（參見p.30 照片）

我打算搭乘早班飛機去渥太華。

intension：力度，強度，（心裡的）緊張，集中

intent／intention：意向，目的，意志

She entered the immigration department of Canada with intent to extend her visa.

她進了加拿大移民局，想要延長簽證。

Royal Bank and Bank of Montreal have
announced they intention to merge.

皇室銀行和蒙特利爾銀行聲明它們有意要
合併。（在268頁說明merge時提過。）

（在268頁說明merge時提過。）

Royal Bank（左側）
Bank of Montreal
這兩個是加拿大的
代表性銀行。

superintendent：管理員

北美apartment或condominium裡負責清潔
和維修的「管理員」叫做superintendent。當然，也
指負責一群人的管理員。他們大多住在樓（building）
的第一層。如果水管漏了需要幫助，下樓來這麼說就可以了。

"My basin is leaking, could you fix it?"

這兒為什麼用的是basin呢？

basin

pedestal
底座、柱腳

toilet

如果不知道這些生活用語，就會因
為表達不好而鬱悶了。

basin：水池、洗臉盆

leak：漏水

在tend前加上表示「向前」的pre-，

pretend：假裝～，裝扮

……but he had to pretend that all
was well.

……但是他必須假裝一切都很好的樣
子。（實際上很糟糕。）

在tent前面加上 con-，
con-表示「好幾個，一起」的意思吧？
書的目錄叫做content(s)。這是現代常用語。

　　content＝con-＋ten→好幾個＋hold，伸展

content：目錄，內容，容量，含量／滿足／使滿足（satisfy）

contend：鬥爭，競爭

They contended for a gold medal at Athens Olympics.

選手們在雅典奧運會上爭奪金牌。

contend也表示「主張」（to claim）的意思。

I contend that honesty is always worthwhile.

我認為正直具有永恆的價值。

2004年雅典奧運會射箭男子團體賽中奪冠的朴敬模、任東炫、常永浩。選手們都戴著laurel wreath。
"CLAP，CLAP"（嘩嘩嘩）
*laurel wreath：桂冠
laurel ：桂樹
wreath：花環，圈狀物

contention：打假，鬥爭，吵嘴（好幾個一起，很緊張）

We are in trouble; that is no time for contention.

我們現在有麻煩，現在不是吵架的時候。

但是， contentious（喜歡吵架）的人還是 argue（爭吵）個不停吧。尤其在打鬥影片中經常能看到吧。

 word tips

## 為什麼叫桂冠？

還是出於Greek myth（希臘神話）。

阿波羅中了Eros的金箭，愛上了中了鉛箭而討厭他的少女達芙妮（Daphone）。他拼命追趕，快要追上的瞬間，達妮變作了一棵laurel（桂樹）。

再也不能娶達夫妮為妻的阿波羅傷心地說：「今後，所有比賽優勝者和從戰場凱旋的將士，都將戴上用你的枝葉做成的冠（laurel），以此紀念我深愛的達芙妮。」據說，從那以後就有桂冠了。羅馬皇帝也戴冠，但為了看起來更氣派，就用黃金製成wreath。（去歐洲和北美可以看到實物。）

照片上的雕刻作品保存在俄國聖彼得堡艾爾米塔什博物館。表現的是達芙妮變成桂樹的情景。（在羅馬也有同樣的作品。）

Daphone在希臘語中表示「桂樹」的意思。

# 「終點」和「終結者」

termin‧警戒，界限，結尾

terminal（終點）和高速公路一起，表示「終點站，總站」，是和我們非常關係密切的單字。另外，也用作 computer term（電腦術語），表示「電腦終端裝置」的意思。

末端中的「末」不就是表示「結尾」（termin）嗎？

Terminal 3，足球場

英國Heathrow International Airport（倫敦國際機場），英國的標誌─Black Cab（黑色計程車）正迎面駛來吧。

cab是cabriolet的縮略語，緣自以前的載人馬車。它擁有英國傳統特色的黑色，但頂棚很高，顯得有點不成比例吧。據說，這是為那些戴帽子的雅士考慮設計的。近來，由於宣傳的影響越來越流行起來。很貴？不管怎樣，還是應該坐坐吧。

termin表示boundary，即「警戒，界限」的意思，源於拉丁語。

羅馬神話中掌管界限之神就叫做 Terminus（特米納士）。

（哇，什麼神都有。人都想著去侵犯別人的疆界……。所以別人是scandal，自己是romance）

term：期間，學期，期限，專業術語，學術用語／命名，稱

　term deposit：定期存款

medical term／terminology：醫學術語

　I couldn't understand the special doctor's medical term.

　我完全聽不懂特殊領域的醫學術語。

term paper：學期論文

term day：支付日，結算日

terminal：末尾的，終點的／期限的末尾，終點站，總站，短期資金的期限

　terminal patient：末期病人

terminate：結束，使終結

termination：終了，晚期，末端，結果，結論

電影題目《終結者》是什麼呢？

terminator：終結者（做出決斷的人！）

發揮我們的spesialty（特長）——語源知識，

加上字首de-，看看有些什麼呢？

determination：決定，判決

    這裡de-表示強調

    My determination was not weakened by the difficulties I met.

    雖然遇到了困難，但是我的決心沒有變小。

determine：決定（論爭，問題等），確定

determined：決定了的，堅決的

determiner：決定的人（事物），（語法的）限定者

    （例如，在his new car中的his等）

Pearson International Airport
（多倫多國際航空）的terminal標誌牌

# 與泥土（terra）相關的 "Terramycin"

terra · 泥土、地、土

Terra，羅馬神話中的「大地女神」。

因此拉丁語中的**terra是「大地」的意思。**

經典科幻影片《**E.T.**》的片名，全稱是extraterrestrial，即「外（**extra**）界（**terra**）生物」的意思。

其實我們指稱外星人時不必使用如此複雜的用語，

使用alien這個詞就可以。alien的本義是「外國人」，但實際上我們說外國人時更常用的是foreigner。

性感女神，Terra
手拿地球儀衡量大地之重的女神，因為大地孕育萬物生靈，所以大 地之神是女性。同樣秋收 之神Cereal（早餐吃的穀類）也是女性。

為什麼泥土（Soil）也可以 說成terre？
在北美地區銷售的一種庭院 專用的泥土。還可以說Top Soil，terre是terra的變體。

terra cotta
La Negress（黑人女奴，Capreaux 1872,Metropolitan Museum,New York）使用黃土揉捏燒灼而成的禾滿絕望與憤怒的黑人女奴雕像。處的表情很痛苦是嗎？
"If you were in her shoes,how would you overcome it?"（如果你是她，你又怎能忍受？）

territory：領土、國土

terra cotta：赤土陶器的，陶瓦

中學美術課本中的用語，terra cotta。

指使用黃土燒灼而成的陶器，或者使用這種方法燒製的雕刻作品。

Terra（土）＋cotta（cook的意思）

terrace：露臺，陽臺

Boy，It's hot. Let's go out to the terrace for soda.

哦，天氣真熱，咱們到陽台上喝點飲料吧？

"terrace" 是房屋的一個部分，屋頂一般是用藤蔓等植物編製成的涼棚，地面上鋪的是石磚，它相當於從屋內過渡到屋外的一個緩衝空間，在這裡可以談話或開Party。terrace的本義是梯田，為了最大限度利用土地而形成的階梯狀的區域，所以現在我們把坡地或梯田狀建造的連排住宅也稱為 "terrace"。

terrarium：動物飼養場，植物培養皿

在生物試驗室經常會看到 "terrarium"，裡面鋪有泥土，這是培育植物或飼養昆蟲使用的一種玻璃器皿。有很多人把這種試驗研究作為愛好。

terrarium＝terra（土）＋(a)rium（場所）

地中海怎麼說？
The Mediterranean Sea

為什麼是 "terramycin"？

從 "terramycin" 這個單字的組成上看，就知道它和泥土有關。

terramycin是一種重要的antibiotic（抗生素），這種抗生素是從泥土（terra）的microorganism（微生物）中提取的成分，因此在 "terramycin" 的拼寫中含有 "terra"。

　　mico（微小）＋organixm（生命體）

-mycin是「菌類」的意思。（＝fungus）

## short story

### 從加拿大的領土劃分，學習terra

加拿大橫跨大西洋和太平洋，從它的西海岸到東海岸（From coast to coast）
有10個州（province），北邊還有3個準州（territory）。

所謂準州（terra）就是人口較少不夠成為一個正式自治州的地區，加拿大政府
把北邊靠近北極的廣大地區劃分為三個準州，西邊是Territory of Yukon，它的
東邊是Northwest，從中間到東邊是Nunavut。

其中Nunavut是1999年才成立的最小的準州。

說得再詳細一些→The territory of Nunavut(which means "our land")
stretches some 1.9 million square kilometers and is nearly one-fifth the size
of Canada.

雖說它的面積相當於加拿大的1/5（韓國的8.6倍），但經濟實力不強也沒什麼
影響力，主要依靠聯邦政府的扶持。

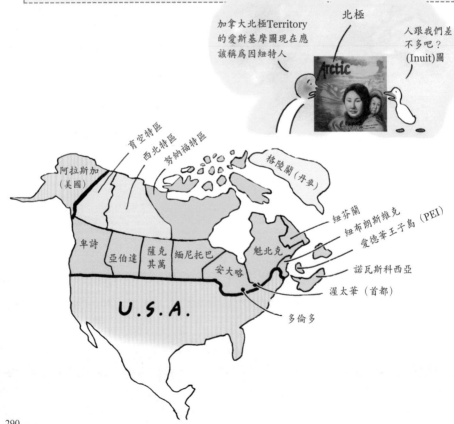

加拿大北極Territory
的愛斯基摩圖現在應
該稱為因紐特人

北極

人跟我們差
不多吧？
(Inuit)圖

育空特區
西北特區
努納福特區
阿拉斯加
（美國）
格陵蘭（丹麥）

卑詩
亞伯達
薩克
其萬
緬尼托巴
安大略
魁北克

紐芬蘭
紐布朗斯維克
愛德華王子島（PEI）
諾瓦斯科西亞
渥太華（首都）

U.S.A.

多倫多

# Attraction Area的意思

tract · 拉、拽

當看到一個不認識的單字時，不看詞頭和詞尾，只要注意它的root（字根）就能猜出大概的意思，例如tract。

tract是什麼意思，由它組成的單字又包含什麼樣的意思呢？

首先 **"tract" 是「拉、拽、吸引」的意思**，下面看一個例句。

The ruin of Abu Simbel attracted us so we stayed there one more night.

Abu Simbel的歷史遺蹟令我們著迷，所以我們多住了一個晚上。

由tract派生出attract。

Attract就是在tract前面添加了一個表示方向的字首at-，下面看一下attract的具體解釋：

attract：吸引

attractive：吸引人的、有魅力的

attraction：吸引、吸引力、吸引人的事物

attraction area：不能錯過的名勝景觀

從水下拯救的歷史遺蹟。

Abu Simbel 古埃及第19代王朝Ramses二世（BC1301-1235在位）修建的神殿遺址，修建Aswan High大壩時被水淹沒，1968年聯合國教科 文組織（UNESCO）把神殿從原址向西移動120m並升高63m。（修建這座神殿的古埃及人和遷移神殿的UN工作人員都很偉大！）

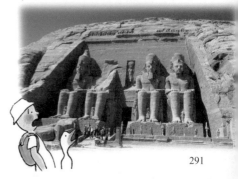

到底在想
(abstract)什
麼高深的事
情啊？

Malbalta
Salbalta

abstract artist

abstract：摘要、抽象／抽象的、深奧的、理論的 ／摘要、提煉、抽象
　　化　　*ab-（from）＋tract
abstract art：抽象藝術
abstract artist（painter）：抽象畫家
abstraction：抽象、提取、抽象概念、抽象藝術作品
抽象畫很難讓人看懂，因此爲fraud painter（冒牌畫家）提供了濫竽充數
的機會，他們隱藏自己的眞實水平，故弄玄虛，顯得很深奧，據說其中
有些人甚至成爲了世界知名畫家，他們的作品還被收入了教科書（事實
上這樣的人很多。）
abstract既有「難懂」的意思，也有「深奧」的意思。

extract：提取物／提取　　　*ex-（向外）＋tract
contract：契約　　　　　　*con-（一起）＋tract（提取）
subtract：減去、減　　　　*sub-（向下）＋tract

還有 一個應該記住的是tract的兄弟treat，大家都知道treat吧？和英語背景的朋友出去吃午飯時如果說

"Let's go for lunch, I'll treat you."

意思是「中午我請客。」

treat：宴請、款待、請客

treaty：（國家間的和平‧通商‧結盟）等的條約、協定

**Peace Treaty**：和平條約

安大略湖邊的城市多倫多，許多人會在湖邊散步。

下面各詞都是派生於tract：

trace：痕跡、足跡/跟蹤　　　　tracer：跟蹤者

tracing：追蹤、描摹

tracing paper：爲了拓寫的半透明的描圖紙

track：體育場的跑道、足跡、痕跡/跟蹤（跟著……的足跡）

trail：蹤跡，痕跡，/跟蹤，追蹤，拉，拖，拖拉，（指植物）蔓生，蔓延，指人無精打采地走

trailer：卡車、拖車

拖著一個集裝箱的運送貨物的卡車trailer Muir's mover co的trailer下圖高速行駛的大型拖車看上去動感十足。

拖掛（trail）這樣的集裝箱—"Trailer"

# 搬家公司廣告中常見的 "trans"

trans- · 橫穿、貫通、變化、對面

trans-American Train Ride（橫穿美國火車旅行）

俄羅斯和中國的國土面積很大，但是韓國人比較關心英語圈國家的文化，所以我們應該瞭解國土面積遼闊的美國和加拿大！

越瞭解越感覺到美國和加拿大真是面積遼闊的大國。它們的國土東起大西洋西至太平洋，直線距離約5,000km，南北距離也很可觀。

加拿大北邊的三個準州（Territory）幾乎與北極接壤，

坐飛機東西橫穿這樣的continent（大陸）也要5個小時，從時區上看紐約和洛杉磯的時差就有3個小時。（估計很多人都有這樣的經歷）

下面具體說明trans-。

## trans-是「橫穿、貫通、變化、對面」的意思。

大家知道美國的TWA航空公司吧？

TWA是Trans World Airlines的縮寫。

"Trans World" 是全球運營的意思。

Trans-Siberian Railroad是長約6,500km

的西伯利亞橫穿鐵路。

 word tips

### 最大限度地發揮一張票的作用

韓國漢城最近也引進了地鐵與公交車的換乘系統，在美國和加拿大等許多國家的城市都是買一張票就可以通過換乘使用多種交通手段。例如去東南方向，可以先坐地鐵向南走，再買一張換乘票（transfer ticket）來到地面乘坐開往東邊的公交車，然後再換乘開往南邊的streetcar（電車）或trolley bus到達目的地，需要注意的是不能同時乘坐反方向的車次。這種換乘系統設計很合理。

"Trying is believing!"（不妨嘗試一次）

In Toronto, we can transfer from a train to a bus.

在多倫多可以在地鐵與公交車之間換乘。

transfer：轉移、換車、過戶、轉賬、轉讓

fer是「轉移」的意思，想像成同時搭載乘客
和車輛的ferry（渡口）比較容易理解。

The player wants a transfer to another team.

這個隊員想轉會到別的隊。

transmission：送 、遞、讓渡、移轉、傳送

在韓國，目前仍然有部分汽修廠的老工人說
成 "mission"，在一些私人汽修廠還能看到
"mission" 的招牌。實際上 "mission" 是日
本 人 自 作 主 張 刪 掉 "t r a n s"，只 說
"m i s s i o n"，正 確 的 拼 寫 和 發 音 應 該 是
"transmission"。

*mis是「發送」的意思（seep.179）

transmission engine gear shift / transmission：變速器
把發動機產生的動力傳送到車輪上「傳送，變速」，即
trans-裝置。

transplant：移植、移居、移民

把plant（植物）tran-？即「移植」的意思。

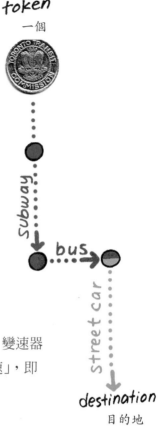

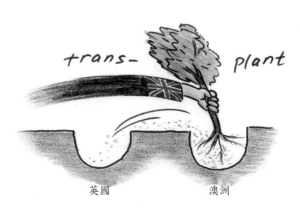

英國　　　　澳洲

T word tips

澳洲是怎麼開始的？

在殖民主義時代，歐洲列強為了自己的利益爭先恐後爭奪殖民地，他們霸佔弱國的土地並派駐軍隊和移民（transplant），不斷擴大殖民地（colony）的範圍。與法國比鄰的英國一邊擴充自己的殖民地，一邊往發現的新大陸流放囚犯。後來因為南美洲爆發了獨立戰爭，這些遣送（trans-）囚犯不得不移民（plant）到澳洲。

*transplant（移植）和漢字的殖民是一樣的意思。

「澳洲從英國的殖民統治開始被開發。」

transport：輸送、運輸線／運輸、放逐、流放。

　　Port是「港口」的意思，在拉丁語中意思是「搬運」，但翻譯時還是譯為「港口」比較合適。

　　過去主要的運輸是靠船舶，這些船都要通過（trans-）港口（port）。即使有大型的貨物起重機仍顯速度較慢，因此現在大量的transport方式仍然依靠通港的船舶。

transportation：運輸、交通

　　那麼交通部？→the Ministry of Transportation

掌握了詞根的意思，我們再簡單看一下其他單字的意思。

transcribe：轉錄、轉抄

　　scrib是「寫」的意思。（參見p.249）

transcript：抄本

　　現在的photocopy（複印）在過去是無法想像的……

transcription：抄本、編曲、TV錄影帶

　　在trans＋scribe（筆記、寫）中，trans-的s脫落。

transform：變形、變壓、直流電與交流電的轉換

Heat is transformed into energy.

熱可以轉換成能源。

transit：通過、運送、移動

transition：變異、變遷

We hope there will be a peaceful transition to the new system.

我們希望能順利實現到新制度的過渡。

<韓語版英語詞彙輕鬆學>
自1993年1月出版發行以來已達100萬冊。

<日語版英語詞彙輕鬆學>
1998年在日本東京的語言學習出版社三修社的幫助下出版了Japanese edition。

<中文版英語詞彙輕鬆學>
2002年通過中國香港最好的出版社三聯社出版發行了Chinese edition。可以說在亞洲的英語教材中該書獨佔鰲頭。

translate：翻譯

translation：翻譯

This book《英語詞彙輕鬆學》was translated from Korean into Japanese in 1998, and into Chinese in 2002.

transmit：（貨物等）傳輸、轉送、傳導、發送、發射、傳播

-mit、 -mis有「發送」的意思，在本書179頁說明 "missile" 是「發射」的意思。

transpolar：橫越南極或北極的，經過北極的

*polar：極地的、南極的、北極的

the polar circles：北極圈　　*polar bear就是342頁照片中的北極熊

Polaris：北極星（＝polestar＝the North Polar Star）

transposition：（位置、順序等）調換、變換

transverse：橫向的, 橫斷的

## trans-的相近詞tres-

在英語圈國家中經常能看到這樣的警示：

"NO TRESPASSING"（禁止私闖民宅）

trespass：非法侵入別人的土地／非法侵害

The farmer put up "No trespassing" signs to keep hunters off his farm.

那個農夫樹起「禁止闖入」的牌子防止獵手進入他的農場。

對於歐美國家的人來說這一點非常重要，他們保護私有財產的意識很強。

就像本書第40頁介紹的那樣，如果未經許可非法進入別人的領地，甚至可能遭到槍擊。

# 三角形的樂器「三角鐵（triangle）」

tir- · 3

triangle可以說是musical instrument（樂器）中形態最簡單的。在北美洲的拓荒時代，這是人們日常生活中常用的東西。在農場或工地，當告訴大家"Dinner is served!"（開飯啦！）時，經常敲擊使用鐵條製作的triangle（三角鐵）召集眾人。

tir-是「3」的意思，最具代表性的就是triganle。

triangle＝tri-（3）＋angle（角）→三角形、三角尺、三角郵票、三角鐵（樂器）

下面看一下包含tri-的單字：

由三個人組成的演唱組合→ trio

照相機的三腳架→ tripod　　　　*tri-＋pod（足）

三輪車→ tricycle　　　　*tri-＋cycle（圓）

"bicycle with three wheels, two at the back and one at the front."

後面兩個輪子、前面一個輪子的三輪車。

trisect：三等分　*bisect：2等分（sect，參見p.251）

tricolor：3色的、法國國旗那樣的三色旗

trijet：裝配三個發動引擎的飛機

tricorn：有3個角的動物，恐龍中的triceratops（三角恐龍）就是這樣。

> 不知道triennial沒關係，只要知道biennial，就能推出triennial的意思。
> 上圖是每三年一次的設計大賽的金牌。

triennial：每三年的、每三年一度的、每三年舉行一次的活動

關於bi-我們已經介紹過biennial（二年的、二年生的）了。（參見p.57）

triceratops（三角恐龍）

tri - 3
dent :
dentist是
是牙醫

trident
三叉戟（三齒魚叉）

the Triple Alliance：三國同盟

**alliance是「同盟」的意思。**

triple：3倍的、3個一組的／增至3倍
triply：三重地

trident：三叉戟　　　*dent是牙齒的意思。

現在能夠理解這樣的商標名稱了吧？

dent（牙齒）+cure（治療）=denta Q

　→治療（保護）牙齒的藥

Denti-Q 口香糖也是一樣！

 short story

美國的核潛艇中有一個等級是 "trident" ？

是的，該等級是 "Trident Class"。trident是希臘神話中海神Poseidon手拿的三叉戟。如果在歐洲等地的博物館看到面目嚴厲、手拿三叉戟的白鬍子老人雕像，"Oh, you, Poseidon, the god of sea!" 沒錯，這就是海神。他手中的trident能夠呼風喚雨，是威嚴的象徵。

One Trident sub is capable of inflicting 52 million casualties, with 49 million of those being death.—Report recently produced by the NRDC(Natural Resourced Defence Councel)

一艘核潛艇的威力可以造成5,200萬人傷亡，其中包括4,900萬人喪命。

（一艘核潛艇裝載了24個Trident 1 C-4 ballistic missile（彈道導彈））。

capable：有能力的、能幹的

inflict：造成、打擊

casualty：傷亡

美國nuclear-powered submarine（核潛艇）的Trident Class級別中，有一艘名叫Poseidon，正是「三叉戟＋海神」。「連希臘神話中海神威嚴的名字都用在潛艇上……」

## 「今天做了超音波檢查」

ultra- · 出色的、極端的、超

在別人的談話中可能會聽到「今天在醫院做了超音波檢查（ultrasonography）。」這樣的話，可能大家都做過這樣的檢查。

ultra-是「出色的、極端的、超」的意思。

超音波的「波」是wave（波濤）。

ultrasonic wave：超聲波　　*ultra-（超）＋sonic（聲音）＋wave（波）

ultrasound：超音波、利用超聲波的診療

ultrasonography是現代醫學對孕婦檢查胎兒發育是否正常的有效手段。

ultrasonography：超音波檢查

ultra-（超）＋son(o)（聲）＋graphy（記錄）→超音波檢查

ultrasonograph是超音波檢查儀器。

冬季在乾燥的房間中使用的ultrasonic humidifier（超聲加濕器）就是利用超音波的原理。

humidify：弄濕、使潮濕

dehumidifier：除濕機

除濕（humid）的（de-）機器

在很多寫字樓中到了夏季都回啓動central dehumidifier除濕，冬天再使用central humidifier加濕，對室內濕度進行調整。當然空調（air condition）也具有dehumidifier的功能……。

總之，在我們的日常生活中有很多地方都會用到超音波，它爲我們服務的歷史已經是有好長一段時間囉！

ULTRA LONG（超長軸距）

ultra（超）＋long（長）

在大型卡車的車廂上會看到"ultra"的字樣，這種卡車前輪和後輪的距離超長，屬於加長型貨車。

蝙蝠就是依賴超音波生活的動物。

蝙蝠發出的超聲波相當於雷達，即使閉上眼睛也能在黑暗的山洞中飛行而不碰到任何東西，因此蝙蝠的視力逐漸退化（degeneration）。（儘管眼睛退化了但是仍然生活得很好。）

「退化」這個詞由表示否定意義的de-，和表示「生命、生產」的gene-組成。

**God created every creature to adopt to their environments.**

上帝按照不同的環境造就了不同的生物。

environment：環境、外界

violet是藕荷色、紫色，如果在它前面加上ultra-——

ultraviolet：紫外線
　即紫色之外的光線

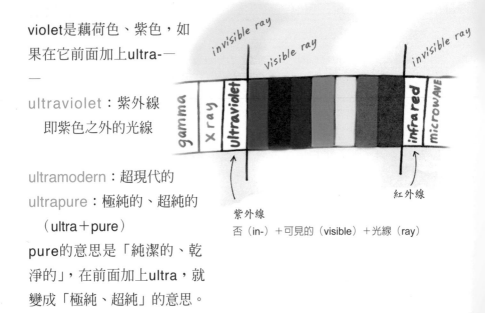

ultramodern：超現代的
ultrapure：極純的、超純的
　（ultra＋pure）
pure的意思是「純潔的、乾淨的」，在前面加上ultra，就變成「極純、超純」的意思。

紅外線

紫外線
否（in-）＋可見的（visible）＋光線（ray）

下面是一些不常用的單字，但作為詞源知識我們也應該有所瞭解。
ultramicroscope（有15個字母的長單字！）
　ultra＋micro＋scope→顯微鏡，查看微小事物的顯微鏡。

ultrasonic speed：超音速

ultrasonic transport：超音速飛機（SST, supersonic transport）

The Advanced Supersonic Paggenger Plane
最先進的超音旅客飛機

Globetrotters may someday be able to fly Los Angeles to Seoul at up to three times the speed of sound, and for only slightly more than the cost of a ticket on a Boneing 747. That would beat the pace and distance of the Concorde, but don't expect it to be grounded anytime soon. The world's air craft community still has to figure out how to make the new supersonic passenger transport- and make it economically and environmentally safe.

That could take 20 years and millions of dollars. This year, NASA alone began a five-year, $284 million program just to assess the biggest obstacies to building the air craft.

飛行速度是音速的三倍，費用比波音747稍高，這是最新型的客機，不知道什麼時候能夠擔負起洛杉磯與漢城的往返飛行任務。這種新型客機不僅飛行速度快，而且能夠長距離飛行，但是目前還不能用於正式航運，世界各航空公司的專家們正在研究如何使它既經濟又實用，把成本和對周圍環境的影響降到最低。可能這項研究要花費20年的時間和數百萬美元，僅NASA一個公司就在5年的研究中就花費了284萬美元，但是為了除去障礙，最終取得新客機的研製成功這些花費都是必需的。

globetrotter：世界觀光旅行家

這個詞有點複雜吧？這樣分析就簡單多了。

globe（地球）＋trot（快步走）＋（t）er（人）

assess：估定、評定

我們已經知道如果在一個詞的前面加上ultra-，這個詞就新增了「極、超」的意思，下面就介紹幾個添加了ultra-字首的單字。

ultimate：最終的、最後的

"Hand work is the ultimate source of success."（勤奮是通往成功的唯一捷徑。）

→ "You can say that again."（至理名言！）

ultimately：最後地、根本、終於

ultimatum：（國際外交）最後通牒

# Happy？快樂　Unhappy？　不快樂

un-‧否定、相反、清除

很難籠統地給un-規定一個意思，

但 un-大致的意思是「不～、否定、相反、清除」。

所以當看到字首是un-的陌生單字時，可以根據字首來推測單字的意

思，如果在熟悉的單字前加上un-，就能衍生出更多的新詞。

"Wow, that's a good idea!"（哦，這是個好主意！）


下面以unaccountable為例來分析一下它的構成。

　　不看un-，後面的部分是accountable，劃線的ac-不太瞭解吧？

　　「這也是一個詞頭，不必管它！」，那麼

countable：可數的、負責任的、可說明的

　　countable中的-able也不去管它！

count：數、認為、依靠

　　un-＋ac-＋count＋able←由這幾個部分組成

　　ac-是ad-的變形，意思是「強調、增加、添加」。

　　因此unaccountable的意思是「不負責任的、無法說明解釋的」。

使用同樣的方法推測：

unaccustomed：不習慣的、不平常的

unaddressed：無姓名地址的

unarmed：（動植物）沒有保護手段的、非武裝的、徒手的

uncertain：不確定的、不可預測的，靠不住的

uncomfortable：不舒服的，不安的（=uneasy），不合意的

uncommon：不凡的，罕有的，難得的

unconditional：無條件的

　　unconditional surrender：無條件投降

unconfirmed：未經證實的、未經認可的

　　CBC News from an unconfirmed source
　　出處不明的CBC新聞

unconscious：無意識的、
　　不省人事的、未發覺的

uncover：揭開、揭露

uncovered：無蓋的、未保險的

undress：脫衣服、暴露、
　　卸去裝飾的

unearth：發掘、掘出

unemployed：失業的

You look so nice!

Gee~ Mang chick!

dressed person　　　undressed person

unenlightened是什麼意思？（哇，這個詞很長！）

別忘了，越長的單字越要分解它！

un＋en＋light(en)＋ed

前面的en是「使～」的意思，所以enlighten是「啓蒙，教導，授予……知識」的意思。

unenlightened的意思就是「無知的、不文明的、落後的」。

不要和unlighted（不開燈的、昏暗的）弄混了。

UFO上的外星人所吃的食物？
用果汁製作的一種小吃，包裝很獨特，故意使包裝盒變形（distortion）。

unfair：不公平的

unfriendly：不友好的、氣候惡劣的

unhappy：不滿意的、不幸的

unhealthy：不健康的、危害健康的

U.F.O：Unidentified Flying Object
（未-確定-飛行-物體）

"a spacecraft thought to come from another world in space"
（推測來自外星球的太空船）

ufologist：研究U.F.O的人，相信存在U.F.O的人

UFO乘坐的賓士車？
筆者看過這個牌照的車，「如果說離北極很近的話……」。

unknown：不知名的、未知的、不知道的

unlike：不像的、不同的、不相似的

She is unlike her mother.（她不是個稱職的母親。）

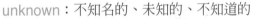

word tips

Beaver-like：像Beaver一樣勤奮

Like作動詞時是「喜歡」的意思，做形容詞時是「和～一樣、像～」的意思。
在英語中的用法如："Something like this one."（和這個相近的。）
"He works like a beaver."（他像河狸一樣勤奮工作。）
河狸是一種酷似兔子的小型哺乳動物，生活在溪水河流中，總是忙碌地尋找樹枝雜草一類的東西在自己生活的溪流中築起水壩（dam），它的這種習性也為水中生物創造了良好的生活環境，並使周圍的土地變得肥沃，所以經常把辛勤工作的人比作beaver-like person。

Beaver是加拿大的象徵，在很多徽章上都使用了河狸的形象，第二次世界大戰結束後，1946年加拿大政府就在5cent硬幣上使用了beaver的圖案。"讓我們像beaver一樣努力地學習和工作吧！"

306

unmask：脫去假面具、撕下～.的假面具、 揭露、暴露

unnatural：違反自然法則的、不自然的、偽裝的

unpopular：不流行的、不受歡迎的

unquestionable：不容置疑的、確實的

unreasonable：不合理的

unseen：未見過的，看不見的，未經預習的

  **unseen natural resource**：未知的天然資源

  （有這樣的東西嗎？可能有吧……，發掘石油是當務之急……）

unveil：使公諸於眾，揭開，揭幕，除去～的面紗

unwilling：不願意的，勉強的

unworthy：不值得的，不足取的，不足道的，卑劣的傢伙


最後再總結一下，

un-可以加在名詞、形容詞、副詞前面，表示「否定、缺乏、相反」的意思，

加在動詞前，表示「相反的動作」，

加在名詞前，表示「清除」，

只要記住上面這些意思就可以了。

un-和non-的用法及意思相近。

# "Unisex是什麼？"

uni- ‧ 1.一體的、共同的

uni-源自拉丁語，是「一體的、共同的」意思。

上體育課時要穿運動服，這樣學生衣著都是統一的，所以制服是 "uniform"。

到軍隊入伍，首先要脫掉自己的衣服，換上統一的military uniform（軍裝），然後大一個口令家一個動作，只服從命令。

uniform：統一的制服／統一標準、始終如一的

"unisex" 是常用語。

unisex：男女共同的、男女皆宜的、不區別男女
　　　的、沒有男女差異的

　*uni-（一體）＋sex（性）

Unisex（男女共用）
的洗手間
在西方國家這幾乎是不
可能的，筆者覺得好奇
就進去看了看，實際上
裡面還是分男（male）
女（female）的。

現在unisex漸漸成為趨勢，女生開始穿褲子（雖然男生還沒有穿裙子……，但過去女生都是穿裙子的，像韓國的新娘結婚時都穿裙子），頭髮剪得像男生一樣短，男生看到學長或前輩就直呼「哥哥」，並一起喝酒抽煙。

同樣男生在很多方面也表現出女性化趨勢，現在經常能看到戴著耳環、濃妝豔抹的男生。看來將要進入「花樣美男」的時代了……。

Union：聯合，合併，結合，聯盟，協會

西方國家的公司和工場的union（工會）力量
是很大的，但他們絕對不會胡作非為，不會
霸佔公司的財物使公司破產工廠倒閉。如果
做違法的事情馬上就會被逮捕。所以關於
strike的法規制定得很細，沒有人會隨便罷
工。但是也有很多公司不承認他們的工會。

這是加拿大一家電信公司的職
員罷工場景，他們甚至把自己
養的狗也牽來，還面帶微笑。
照片極富喜劇(comic)效果。

class reunion：同學會　　　*re-（重復）＋union（結合）

unique：唯一的、獨特的／唯一的人或事

unison：調和，和諧，一致，齊唱，齊奏

　son為聲音（sound）之意，所以unison是「異口同聲」的意思。

unity：單一性，個體，團結，聯合，統一，一致

universe：宇宙　　*uni-＋verse（回轉，turn）→宇宙間萬物歸一。

　這是體會到真理後才會有的感悟。（vers，參見 p.319）

universal：宇宙的、天體的

unite：聯合, 團結

　the United States of America美國是由50個state（州）united（組成）
　的一個完整國家。美國不是又叫「美利堅合眾國」嗎？

university

Alabama
Alaska
Arizona
Arkansas
California
……

university是綜合大學，是由多個專科院系構成
的「統一（uni-）的大學」。英國牛津大學就是
有幾十個院系組成的綜合大學。

很多韓國人把大學稱university，把專科學院叫
college。實際上這是不對的。如果把「我畢業於宏益
大學美術學院。」對美國人說成"I went art college of
Hong-ik University"，他們會認為你唸的是宏益大學裡
的藝術專科，而不是正規授予學士學位的本科生。

309

有很多用語不是很標準、界限不清。

例如北美的學校名稱不統一（unification），乾脆把所有大學統稱為college。如果你是被授予學士學位的正規本科生，為了避免誤會，最好這樣說：

"I got a B.A.(bachelor of arts)degree from Hong-ik University."

15世紀比利時布魯塞爾教堂的unicorn
這幅圖是把頭枕在美麗少女膝蓋上熟睡的獨角獸，醒來後發現自己被關在圍欄中驚慌的樣子。獨角獸的樣子是白馬的身體、頭上長有一根細長的角、獅子的尾巴，它是人類幻想出來、具有神力的imagination animal（幻想的動物）。

unification：統一

　*fic是「做（make）」的意思。

unicorn：一個角的動物，獨角獸

　*corn是「角（horn）」的意思。神話（myth）中的獨角獸外形像馬（horse），據說只有處女才能接近它……"

在英國皇室和加拿大的coat of arms等地，獨角獸和獅子被一起用作guard（護衛）。韓國不是有一個棒球隊叫Hyun Dai Unicorns嗎？

unicameral：（國會制度）單院制

　兩院制是bicameral.（bi-：二）

　Camera在拉丁語中寫作chamber，是room的意思。

　照相機之所以是camera，因為它的結構就像一個能夠切斷光線的房子。

unicycle（獨輪車）
只有一個輪子（cycle / circle）所以前面加上uni-。如果是兩個輪子就是bicycle，三個就是tricycle。

Union Jack：英國國旗

把歷史上英格蘭德St.George、蘇格蘭德St.Andrew和愛爾蘭St.Patrick 三個十字架，設計融合到一起（uni-），象徵三個國家的聯合。jack是掛在船舶桅杆上表示國籍的國旗。

The United Kingdom：（Great Britain和NorthernIreland的統稱）英國。全稱是大不列顛及北愛爾蘭聯合王國。

the United Nations：聯合國（UN）

在card背面相同的位置會看到UNICEF的字樣。

the United Nations International Children's Emergency Fund：聯合國兒童基金

| 1200年歷史的England國旗<br>The Cross of St.George<br>現在也經常用於非正式場合。 | Scotland旗<br>The Cross of<br>St.Andrew | Ireland旗<br>The Cross<br>of St.Patrick |

統一為一體（uni-）

*Union Jack*

1801年上圖的三個國旗統一到一起，成為現在的英國國旗Union Jack。
"Saint George · Andrew · Patrick" 是各國守護者的名字。

## 馬和北美村落的形成有什麼關係？

每當坐在汽車裡都會禁不住發出讚歎。

在這個被汽車淹沒的世界，筆者仍要讚歎汽車真是偉大的發明。"Is there a better creation than this?"（世間還有比這個更偉大的發明嗎?）

### 騎馬約一天路程即可到達的小鎮

在距洛杉磯北邊180km的地方有一個名叫Bakersfield的小城，因為這裡最初的人家是開麵包房的，所以使用了Baker的姓，意為「Baker先生的原野」。再往前走有一個名字更加可笑的村莊，Hungry Valley，意為「饑餓的山谷」。

發揮一下想象力，筆者認為在1849年那個gold rush的時代，那個掘金者向加利佛尼亞蜂擁而至的年代，go on horseback（騎馬）向北前行，當來到這個山谷時太陽已經落山，人也精疲力盡饑腸轆轆，因此把這個山谷命名為Hungry Valley。（也可以認為是印第安名字Hungry，因為有Hungry Wolf的名稱……）

隨著這裡的人口越來越多，漸漸有了accommodations、飯館、酒吧等，進而又產生了為顧客（customer）修理wagon、buggy、carriage、coach等的服務，因此有了Blacksmith shop和其他的商鋪。隨著

Cambridge old town

從多倫多騎馬大約走一天就能到達Cambridge old town。

在這個小鎮上，街道兩旁房屋都是建於1850年，都是歷史悠久（time-honored building）的老房子。

*northward：向北
　-ward是"朝向"之意
　eastward：向東
　looking to the westward：向西看
　forward：向前看
　backward：向後
　toward：向、朝……
　homeward：回家、回國
　downward：向下
*Biwak：露宿（德語）
*accommodations：
　住宿的房屋、旅館
　model、inn、其他
　Inn是進來睡覺的意思，原來只是普通的小旅館，現在已經變得高級許多了。
*customer：顧客
　custom：習慣
　custom-made：定做
　customs：風俗
*wagon：馬車
*buggy：一匹馬拉的大篷車
*carriage：拉行李的馬車
*coach：4輪拉客馬車
　chariot：兩輪戰車

312

當地居民的人口增多，又新建了郵局、學校和銀行等。

## 魚龍混雜的地方

"Oh, does that town have a bank?"（那個村子有銀行了？）

"So, we'll rob that one."（我們去那裡搶劫吧。）

這個村子很亂，經常有強盜搶劫，所以當地居民需要雇用槍手（gun men）或向sheriff（治安官）求援，進而產生了警察局，抓到的壞人要關起來，就又有了監獄（jail・holding cell），還有審判犯人的法庭（court）……。後來這裡的人又把他們的家屬接來這裡生活，所以房子越蓋越多，這樣就需要更多的木料，於是他們截斷溪流砍伐木材，產生了很多water mill……（在英語圈國家中有很多地名都包含-Mills）。那時很多人都是Puritan，所以在村子的crossroad建立了不同教派（sect・denomination）的Quaker、Presbyterian、Methodist church。

就這樣村莊迅速（rapidly）擴充，北美的各村鎮之間的距離大約有40km，騎馬要走一天，各村鎮的十字路口矗立著歷史悠久的老教堂。

現在使用馬車（carriage）的時代已經遠去，如今坐汽車一天就可以遊覽完所有的地方，都不需要住宿，因此這些村莊也成了「沒什麼可看的地方」。

經過這樣的發展，就形成了北美的村落。

本想講述有關汽車的故事，沒想到變成了介紹北美村落形成的過程，不過這也是瞭解北美basic culture（底蘊文化）需要的知識。

---

*blacksmith shop：鐵匠鋪
　silversmith：銀匠
　tinsmith：白鐵匠
　locksmith：配鑰匙的人
*resident：居民
*hire：雇用
*settler：拓荒者
　pioneer：開拓者、先驅
*robber：強盜
　robber band：強盜團夥
　robbery：強盜、搶劫
　street robbery：街盜
　burglary：強盜
*gun men：持槍人
*sheriff：郡治安官, 州長
*jail：監獄
*holding cell：拘留所
*court：法庭
*timber：木材
*pospect：前景
　*pro-（前）+spect（望）
*watermill：水磨
　windmill：風車
　miller：磨坊主、銑工
*Puritan：清教徒
　pure：純粹的
　pure land：淨土、極樂世界
　purify：淨化、使純淨
*crossroad：十字路口、交叉路口
　junction：交叉點、匯合處
　conjunction：聯合、關聯、連接詞
*sect・denomination：教派
　se-是劃分的意思（參見p.251）
*Quaker：Quaker教徒
*Presbyterian：長老教
*Methodist：衛理公會教
*rapidly：迅速地

313

# 「都去休假（vacance）了，家裡沒人了」

va , vac, van, void · 真空、空缺

20世紀70年代初期，不知是哪個韓國電臺播音員自以爲是，首先借用了法語 "vacance" 來表示休假（那時候新聞報紙中對於休假的用語很多）。後來該詞得到了普及，從小學生到老奶奶都使用這個詞，並且被作爲外來語收入韓國國語詞典。

借用其他語言的辭彙已成既定事實，那麼我們不妨利用這樣的外來語多發展一些實用的辭彙。

vacance源自法語，意爲「缺席、空卻、空閒、休假」。

英語中的vacancy、vacant、vacation都是vacance的變體。

拉丁語詞根va-的意思是「眞空、空缺」。

請看下圖，這是加拿大一個旅館門前樹立的招牌。

上面寫著 "NO VACANCY"，意思是「客滿」，已經沒有空房間了。

在公寓（apartment）門前也能看到這樣的招牌（sign）。

如果是自己開車旅行，在高速公路（highway）的兩邊經常能夠看到寫著 "VACANCY"，或 "NO VACANCY" 的招牌，這樣一眼就能知道附近的旅館（inn）是否還有空房，這種提示讓人很方便。

看到預先提示的sign，就省去了停車走進每家旅館詢問 "Can I have a room？" 的麻煩，眞是便捷的生活方式。

客滿 ⟶

vacant：空的，空白的，頭腦空虛的，神情茫然的，空閒的，空缺的

Are there any vacant positions in your company?

貴公司還有空缺的職位嗎？

vacancy：空，空白，空缺，空閒

We've only got vacancies for metal workers at present.

我們公司現在只有金屬工的職位空缺。

vacate：騰出、空出

vacation：休假、放假、缺席

Easter vacation：復活節假日

vacationer：度假者、休假者

vacationland：度假勝地、旅遊勝地

在美語中，vacation動名詞形式的用法如下。

"Vacationing in Europe"（歐洲度假旅行）

In this job you get two week's vacation a year.

這個工作一年有兩個星期的休假。

英國和加拿大不用vacation，而用holiday。

當然你說vacation，英國人和加拿大人也能聽懂。

I am going to my mother's home in Vancouver for this Christmas holiday.

這次耶誕節假期我要回溫哥華的娘家。

He stared vacantly into space.
他神情茫然地注視著天空。
He seems to be broken hearted.
看來他心碎了。

有一個詞很有意思→vacuum

過去的家庭主婦都是彎著腰跪在地上一點一點地擦地，現在大家都用上了真空吸塵器，英語是vacuum cleaner。

vacuum：空虛、真空／真空的

在英韓或韓英詞典中可以看到保溫瓶的英語是vacuum bottle，實際上，保溫瓶的英語是thermos。

現在看一下和vac-有關的其他字根。

van-、vain-、void-也有「真空、空缺」的意思。

vanity：虛無、虛榮

vanish：消失

vanishing point：（風景畫中的）沒影點、盡頭

vain：華而不實的、虛榮的、空虛的、自負的

vainly：徒勞地

void：空虛／空的、無效的

　　void check：沒有實際效力的支票

在北美生活有時候需要這種支票（void check）。當每個月交納一定數量的租金或抵押款（mortgage）時，會要求對方開出void check。

void check（空頭支票）
即使這樣也不能算是假支票。這是每個月從銀行提款的憑證。

In north America, the apartment offices or land lords don't take cash but cheques (checks) only because cheques would be proof and can avoid under-the-table businesses or bribes.

在北美生活，租金（rent）不用現金支付，而是使用支票，這樣雙方都能留下證據，可以避免分歧。

只要在自己的私人支票上寫下金額，然後劃兩道斜線，再寫上 "void" 就可以了，這樣就以該支票為憑證每個月從銀行提取相應的錢數，該支票本身是沒有任何效力（void）的，一旦雙方的合同結束，就退還void check。

那怎麼處理void check呢？Throw ╲a recycle bin！

316

# 來（vent）一起（con-），相聚Convention center

ven, vent · 來

這邊是多倫多的 Metro convention center
metro是「母親、首都」的意思。（參見p.171）

Nashville convention center
你知道鄉村音樂的故鄉納什維爾嗎？它是美國東南部田納西州的首府。

大夥從四面八方
一起（Com-）
來（vent）開會

ven，vent是「來」的意思。

設立在各國國際大都市中的convention center是各種團體代表「匯聚」的地方。

convention：集會、大會、協定　　　*con-（一起）＋vent（來）

來（vent）的目的應該是為某事（event）而來。

event：（重要的）事件、活動　　　*ex-（向外）＋vent

　　韓國人認為event是偶發的意外事件，這樣理解不太合適。event就是一般的事件、活動。

Eventually, the escapee was arrested at the border.

最後越獄的犯人在邊境處被抓獲。

eventually：最後、最終、結局

venture：風險、投機／冒險

adventure：冒險　　　*右圖這本書你讀過嗎？

The Adventures of Tom Sayer（湯姆歷險記）
筆者常幻想在月圓之夜乘坐木筏去探險（venture）。

convention：（具有共同理想或目標的團體等的）大
　會、與會者、（人際或國際間的）約定、關係

inventor：發明家　　invent：發明

prevent：阻止、妨礙　　*pre-（預先）＋vent

Thomas Edison was known as the king of inventors.
(愛迪生是有名的發明大王)

ven也是「來」的意思。

法國第五大道的街名avenue就是同一類的詞。

avenue：大路、大街

　仔細查看美國曼哈頓的地圖就能逐漸瞭解
　avenue的用法。

　在街名中Street是東西向的路，Avenue則是南北向，從the Fifth Ave.
　（5號大街）到the Twelfth Ave.（12號大街）像棋盤一樣交錯縱橫。

　韓國的漢城和中國的上海等地，都是把東西向的路稱爲「路」，把南
　北向的路稱爲「街」。

convenient：方便的、便利的

convenience：方便、便利

　所以convenience store譯爲「便利商店」。

如果在convenience前面加上反義字首in-，

inconvenience：不便的

Sorry for the inconvenience. We will finish this construction as soon as possible.

為您帶來不便，深感抱歉，我們將儘快完工。

souvenir：紀念品

說禮物也不是禮物，只是在旅途中購買的能夠帶來（ven）回憶的物品。

「銷售gifts（禮物）和souvenir（紀念品）。」
美國東部麻塞諸塞洲海岸仍保留有美國建國時的歷史遺跡，
如果到那裡旅遊，值得買些有意義的紀念品（souvenir）。

# 「這麼多單字怎麼沒有vert？」

vert, vers · 旋轉

看見左邊的圖片了嗎？

"NO INVERTED AERIALS"

這是滑雪場的警示牌，其中就有包含vert的詞。

這個詞看上去有點陌生，意思是「禁止空中翻轉」。

vert源自拉丁語，意為to turn，即「旋轉」的意思。

aerial的aer在希臘語中是air。

aerial：空氣的、空中的／空中翻轉

下面我們把學過的字首加在不同的單字上看看是什麼意思。

invert是在vert前面加上in-形成的單字。

invert：顛倒、轉化

inverted：顛倒的

inversion：（語法）語序轉換、倒置

現在加上表示「一起」的con-看看。

在外國購買的電器需要使用converter，就是變壓器，能夠轉換（vert）為多種（con-）電壓的變流器（-er）就是converter！

有些人突然感悟以致改變了自己的宗教信仰。

這樣的人稱作convert。

convert：皈依者／使改變信仰、使轉換、兌換（紙幣、銀行證券）

除去con-，只是vert也表示「改變信仰、改變黨派、使轉換」的意思。

Cash Converters
（兌換現金的地方）
美國流行使用postdated check（參見p.221），當要將支票兌現時，就必須到這地方來兌換。

aside，如果在前面加上表示「旁邊」意義的di-，

divert：改變方向。

diversion：改變方向、轉換、娛樂、解悶

Listening to classical music is her favorite diversion.
聽古典音樂是她最喜歡的娛樂方式。

加上表示「向裡、向內」意義的intro-，

introvert：性格內向的人←「向內偏移（turn）」

那麼性格外向的人怎麼說？

extrovert：性格外向的人

如果加上表示「非常、完全」意義的per-，

那麼，就變成脫離正道的意思了吧？「果然如此！」

pervert：反常、脫離正道、墮落、使墮落/墮落者,判教者、變節者

sexual perversion：性變態

如果加上表示back的re-，

revert：恢復、回到（原來的狀態、習慣、信仰等）

reverse：（位置、方向）顛倒、變換順序 / 相反、逆向

reversion：逆轉、回到原來的狀態


廣告的作用應該是把潛在顧客的注意力，吸引（vert）到（to）自己這邊來。這樣才能有好的銷售業績。

如果加上相當於to的ad-，

advertise：做廣告、宣傳

advertisement：廣告

advertising：廣告、廣告業

　an advertising agent：廣告公司

　廣告，一般簡稱爲ad。


vert有一個變體是vers，在前面我們已經介紹了一部分。

converse：相反的、顛倒的 / 相反、逆行 / 對話、交談

conversation：對話

　I had a great conversation about Korean history with an American tourist.

　我和一個美國遊客就韓國歷史進行了熱烈的交談。

diverse：多樣的、不同的

多作爲電腦（computer）
用語的version。
我們有時候要進行版本
version up（升級）。

PEI州的汽車牌照
加拿大的PEI（Price Edward island）州是小說《紅髮安妮》的故鄉。
《Anne of Green Gables》是加拿大女作家(Montgomery)最暢銷的小說。
PEI州是一個不大的小島，以土豆和《紅髮安妮》著名。因為是Anne的誕生地，所以每年約有30萬遊客來到這個小島觀光旅遊，以致於島上汽車牌照都使用了「紅頭髮的安妮」的形象。

version：翻譯、解釋、（電腦的）版本
「翻譯」就是把A國的語言轉換成B國的語言。
The novel《Anne of Green Gables》was translated into Japanese, Chinese and Korean versions.
《紅髮安妮》（清秀佳人）被翻譯成日語、中文和韓語版。

verse：詩句、詩節（把chapter進一步細分後的單位，一般還有編號）
Turn with me to 'John', chapter thirteen.
We'll read verse thirty four.
我們將朗讀"約翰"第13章第34節。
As I have loved you, so you must love another.
你們要像我愛你們一樣互助互愛。

就像我愛你們一樣

你們也要互助互愛-John 13:34

# 出國需要visa

出國先要辦簽證（visa）。

vis、vid在拉丁語中是to see（去看）的意思。

我們說「看朋友」，英語中同樣有這樣的話，所以在「訪問」這個詞中包含vis，即visit。

進入其他國家時，首先要出示簽證（visa）。

我們喜歡的影視設備DVD中，也包含字母V；V是video的縮寫，還是「看」的意思。

vide：（照片等）請看（=see）、參閱（縮寫是v.）

visible：看得見的、可見的、明顯的

　　We need someone with real vision to lead the party.

　　我們需要真正具有大局觀的領導人。

vista：狹長的景色，街景，展望，回想

　　北美的火車中間有一個個的vista dome，爬上dome就能欣賞美麗景色。

visual：視覺的、形象的

　　"It's the visual era!"（現在是視覺時代！）

visual design：形象設計

| vista point（觀望台） | vista dome（觀望室） |
| --- | --- |
| 美國舊金山Golden Gate北邊的山坡。看到 "vista" 這個詞了吧？ | 加拿大火車Skyline。有四輛客車，每個客車都有vista dome。 |

vista dome

## Visual pollution（視覺污染）

一些為了商業目的而造成的視覺污染，真是城市建設中令人頭疼的問題（尤其是眼花撩亂的廣告牌），儘管如此這畢竟是為了生存，但那些惡意破壞城市環境在公共場所肆意亂塗亂畫（spray graffiti，見p.140）的人真是太可惡了！紐約和費城的市民齊心協力清除城市塗鴉，這項運動1980年達到頂峰，所有清除的地方都換上了名畫家的mural painting（壁畫），現在的環境既清潔又美觀！

evidence：證據

　*為什麼？ex-（向外）＋vid（看），即「向外看」。

provide：準備、供給、提供

　預先（pro-）看（vid），不就是準備嗎？

providence：上帝、神的眷顧

　所謂天理就是先知先覺。

provision：供給、預備、防備　　　*provisions是「儲備糧」的意思

supervise：監督

supervisor：監督者、公寓的管理者（請參閱下圖）

## view,vey也是同系列的詞

view：前景、光景、觀察、意
　　見／展望、調查

The view from my bedroom
is beautiful.

窗外的風景很美。

viewer：電視觀眾、監督人

viewership：電視觀眾、收視率（=viewing rate）

viewpoint：視角、觀點

preview：預覽

　　事先查看即爲preview。

review：復習、回顧

interview：面試

　　互相（inter-）看（view）的意思。

survey：調查、做調查　　　　*此時-vey是「看」的意思。

百聞 不如一見

vis
vid
view
vey

見

Seeing is believing.
A photograph is better
than a thousand words.

# 關於職業（vocation）

voc・叫、召喚、聲音

voc是「召喚、聲音、聲樂」的意思，源自拉丁語。（和voice很像……）

vocalist的意思是

a singer of popular songs, especially one who sings with a band.

歌手，尤指和樂隊一起配合演唱的歌手。

演奏家的英語是instrumentalist，

但為什麼vocation又有「職業」的意思呢？

過去人們認為職業是「神的召喚」（a special call from God），既然是召喚當然要用聲音（voc）說出來，所以「職業」這個詞是：

vocation：（作為召命的）職業、行業、使命

occupation→「佔有」義，為謀生計而作的事，職業

profession→專業

employment→被雇用

job→工作、零活

odd job→零工、零活

chore→家務雜事

這就是為什麼我需要一筆退職金了。

"Then why do I have to get the golden handshake?"
*golden handsake: (大筆的)退職金、解僱費

---

cowboy- 最美式的職業
下圖中的這個人是在Wyoming州遇到的，他正在和朋友們吃午飯，一會兒準備參加rodeo比賽。

美國麻塞諸塞州的 police officer
警察一般成說 "policeman"
從制服(uniform)的顏色判斷
「這不是blue collar(藍領)嗎？」

actress
(在學習英語方面)
女生最具天賦
(talent)

plasterer (泥瓦匠)
plaster: 水泥、石灰
筆者在北美洲泥瓦多是意大利人。

我們是創建古羅馬的祖先(Roman)的後裔！

 word tips

"Occupied" 全滿啦!

生平第一次橫越太平洋（當時還沒有從漢城直達多倫多的航線），在從東京飛往加拿大溫哥華的飛機上，我想去lavatory（洗手間），但是打不開門，站在旁邊的老先生（西方人、排在我前面）看見我說 "(This washroom is ) Occupied."，並聳聳肩（西方人的典型動作）笑了笑，意思是「已經有人先進去了。」

*occupy：佔有

根據情況不同用法也不同。

"This is my daily routine."（這是我的日常工作。）

" Teaching children is more than just a way of making money, it's a vocation."

（教孩子不是為了掙錢，而是一種使命。）

vocabulary：詞彙

70% of Korean vocabulary can be written with Chinese characters.

韓國語中有70%是漢字詞。

vowel：母音

輔音是consonant

*con-（一起）＋son（聲音）＋ant（做）

輔音要依賴母音才能發音。

我們通過掌握詞根的意思來大幅提高詞彙（vocabulary）量。

下面利用添加字首，修正不規範的書寫"wangchang→wahng chahng"。

wahng chahng還是wangchang？

韓國人常把"wahng chahng"寫成"wangchang"，這樣西方人就會產生誤會，把音發錯。例如筆者姓「韓（Han）」，加拿大人說成「Mr. [hæn]」，如果「江」寫成「Mr. Kang」，就會把音錯發為 [kæn]，「方」寫成「Mr. Bang」，就會錯發為 [bæn]。為了避免誤會，引導正確的發音，應該在ng前面加上h。

Mr.

Han
韓

Kang
姜

Bang　←射擊聲？
方

現在看一下表示強調的字首a-。

avocational：職業的

　　avocational training：職業培訓

表示"to"的ad-：

advocate：提倡者、鼓吹者／提倡、鼓吹

　　向某人（ad-）鼓吹勸誘（vocate）。

表示「一起」的con-：

convocation：會議、集會、召集

　　很多人聚在一起（con-）談話（voc）。

表示「向外」的ex-：

evoke：喚起、引起、博得

　　向外（ex-）召喚（voke）。（發音時X脫落）

328

按照同樣的方法，再看下面的單字。

invoke：祈禱、祈願、調用

　內心（in）呼喚。

invocation：開始禮拜時對神的祈禱、符咒

provoke：激怒、挑撥、驅使

　打架爭吵時雙方「上前（pro-）大聲咒罵」的樣子。

The dog is very dangerous when provoked.

狗被激怒時會變得很凶。

The warrior provoked the tribe into a fight.

軍隊激怒了當地部落挑起戰爭。

provocation：激怒、挑撥、煽動

revocation：取消、撤回（cancelling）

revoke：取消、廢除、宣告無效

把臀部朝向敵人作為侮
辱的方式是西方文化的
一種，
現在有很多年輕人喜歡
用這種方式開玩笑。

voice←源自同一個拉丁語詞根。

voice：聲音、嗓音、意見

The voice of love calls to you.

愛在向你呼喚。

Anne lowered her voice as she told
me the secret.

安妮壓低聲音告訴我一個秘密。

The crowd was large, but they were
all of one voice.

雖然人很多，但大家是同一個聲音。

（民心即為天心……）

329

voice：語法中動詞的「態」

使動態是active voice，被動態是passive voice。

voice vote：口頭投票

voice-controlled machine：聲控機

就是那種發出 "Go!" 的指令就「運行」，發出 "Stop!" 的指令就「停止」的像汽車一樣的機器。

voice activated：聲控的（voice-controlled）

voice-controlled computer / voice activated computer←估計這樣的電腦很快就會誕生，那時就沒有電腦盲了。

 word tips

### 旅遊大巴用英語說是coach……

韓國人學英語可能知道很多比較難的詞，卻不瞭解一般的日常用語。Bus就是一例，只要是和bus樣子差不多的車都統稱為bus，比如「班車（通勤bus）、公司bus、租賃bus、觀光bus」。（當然英語圈國家也把校車稱為school bus……）實際上在市內或郊區通行、一般人買票乘坐的公交車是bus，而我們概念上的旅遊大巴和長途汽車不是bus，應該譯為coach。coach源於「四輪馬車」，今天的「鐵路客車」也稱作coach。

加拿大多倫多的bus
韓國沒有這種trolley bus。
（無污染的電車……）

歐洲的旅遊大巴
"Please return to your seats by 11:25.
The coach leaves strictly at 11:30.Thank you."
（請各位在11:25回座位。班車在11點30分準時出發。謝謝。）

## 其他詞尾尾碼

能夠從詞源挖掘出來的詞根是有限的，但是我們應該瞭解的詞根和由它們派生出來的單字還是很多的，不，是特別多。當然沒有人能夠全都記住，所以不必緊張，只挑選對自己有用的來記就可以了。

希望大家能夠利用在本書中學到的方法，即使看到不認識的生詞，也能根據詞根推斷出它的意思，並迅速提高自己的單字量。

"Successful Era!"（成功時代）

### cede, ceed, cess・走、去

exceed：超過　　*ex-（向外）
proceed：進行、繼續下去、發生
recede：後退　　*re-（相反、向後）
access：接近、入門
success：成功、發跡、興旺

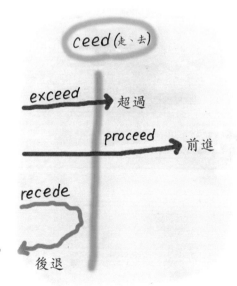

### 抓住事件發布的時機

### claim・聲稱、主張（參見p.226）

claim：（根據權力）要求, 認領, 聲稱,
　　主張, 需要
exclaim：呼喊, 驚叫, 大聲叫
exclamation：驚呼, 感歎, 驚歎
　　exclamation mark：感歎號
proclaim：（公開的）宣布、聲明

"Include tax."（包括稅金）

## clud, close‧關閉

conclude：下結論、締結條約等
exclude：除外
include：包括、包含
enclose：放入封套, 裝入, 圍繞

"The play doesn't have much dialog."（這個片子臺詞不多。）

## dia-‧通，之間

dialect：方言（參見 p.20）
dialog(ue)：對話
　相互間（dia-）交談（log）。
diagram：圖表
diameter：直徑　　*dia-＋meter（測量）

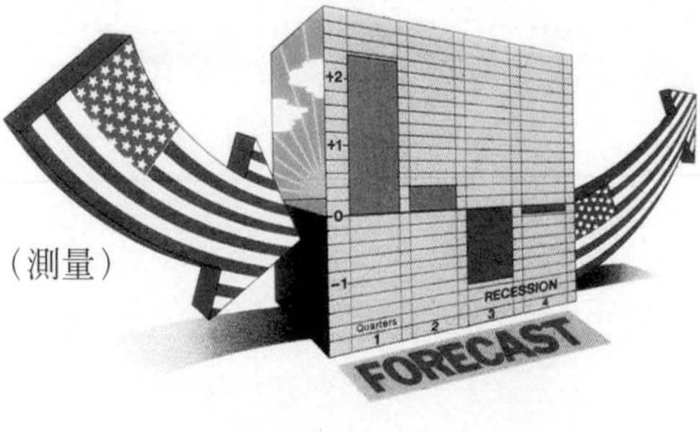

"fashion也有製作的意思"

## fac, fec,fic‧製作

factory：工廠
facility：容易、簡易、靈巧、熟練、便
　利、設備、工具
benefactor：恩人、捐助者、贈送者、贊助人
manufacture：製造工業、產品 /（大規模的）製造、生產
　manu-（手）＋fac（製作）
　fashion和fax（facsimile）也是由上述詞根衍生出來的。
effect：結果、效果
defect：缺點

diagram─美國經濟預測
整體來看，美國經濟只有1/4的時間較好，
3/4的時間不景氣，但是會逐漸克服危機。

perfect：完美的　　　　　*per是「強調」的意思

ficition：小說

artificial：人工的、人造的

profit：利益、收益

magnify：放大、擴大　　　　　magnifying glass：放大鏡

qualify：賦予資格、許可權等、取得資格

## "乘坐渡輪跨過海峽"

### fer・搬運

想像成同時擺渡車輛和乘客的渡輪（ferry）比較容易。

prefer：更喜歡　　　　　*首先（pre-）擁有（fer）。

transfer：轉移、調轉、調任、傳遞、轉讓、改變　　　　*通過～（trans-）

## "It's the final round!"

### fin・結尾、邊界、結束、限定

final：最終的／決勝

finance：財政、供給經費
　　本義是「最後期限的」

fine：罰金、罰款　　　*清算債務……

finite：有限的　　*infinite：無限的

「亂扔（littering）廢紙
罰款300美元！」
這是美國高速路旁邊的警示牌
（sign）。
fine這個詞和finance有關，本
義是繳納罰款的最後期限，後
來逐漸發展為和錢有關的意
義。（如果到了最後期限還不繳
納罰款，將加重罰鍰……）

## "什麼？女主人是酒吧女郎？"

### host・主人、客人

host：（招待客人的）男女主人

hostess：（招待客人的）女主人

hostile：敵對的、不友好的

hostage：人質

hospital：醫院　　　　*看護

hospitalize：住院

"It reminds me."（這提醒了我。）

## ment, mon, min・心靈、記憶、想法

首先記住mind（心靈、精神）的意思。

remind：提醒, 使想起

reminder：提醒的人、暗示

mental：精神的

mention：提及、說起

comment：評論、意見（說……）

韓國人經常在劇本的編寫中使用ment這個詞，如「這裡插入一些評論（ment），那裡補充一點ment……」，實際上這種用法是不對的，應該是comment而不是ment，可能他們認為丟掉前最com-，ment本身就是「說、評論」的意思。

monument：紀念品、紀念館　*「喚起人的記憶」

monitor：鏡子、監控

紀念哥倫布發現南美大陸500周年的紀念碑（monument）。哥倫布真是偉大！如果沒有他，恐怕有很多地方我們還不知道。可以說如果不熟悉哥倫布就很難理解歐洲和北美文化。

這是哥倫布吧？

不是已經在夢裡看到了嗎？

334

**"把重要的事情記錄在筆記本上！"**

**not · 表示、知道**

note：留言、短信／記錄

　*「練習本」是notebook

notice：通知

The landlord gave me a notice that the
lease is out.

雇主通知我合同終止。

notify：告訴、通報

notion：意見、觀念、觀點

That's a foolish notion.

那是個愚蠢的想法。

**"從港口用船搬運貨物。"**

**port · 搬運**

port：港口

airport：飛機場

import：進口　　　　　*im-（進入）

export：出口　　　　　*ex-（外出）

transport：輸送、運輸

portable：便攜的

opportunity：機會

The States is a country of opportunity.

美國是機會的國家。

support：支援、支援、贍養

港口（port）和搬運（port）
表示港口的port和表示搬運的
port都來自拉丁語，其實它們的
詞源不同，可能因為聯想的出
發點一致，所以港口和搬運都
使用了port，像這樣在瞭解詞源
的基礎上學習現代辭彙才不會
產生誤解。過去因為陸路比較
危險且交通不便，所以大部分
貨物都是利用港口從海上運輸
的。世界各國通過海上貿易累
積財富，以威尼斯為代表的很
多城市不是都有自己的港口
嗎？那羅馬為什麼沒有？早期
的羅馬很弱小，又很軟弱，所
以沒有能力在地勢優越的港口
處建立城市，只能侷限在陸路
……。

# "director（導演）應該善於導戲（direct）"

## rect, reg · 統治

correct：正確的、恰當的／改正
incorrect：不正確的、錯誤的
direct：指示、指揮／直接的
director：導演、指揮官
directory：通訊錄、電話號碼簿
　（=phone book）
erect：（直接）樹立、建立
region：地域、領域
regular：規則的、正常的
reign：統治時期／支配

Rome reigned over a vast amount of land.（羅馬帝國的領土非常大。）

古羅馬，展示奧古斯塔斯皇帝時代國土範圍的大理石地圖
這是誰製作的？
據說是fascio mussolini製作完成的。這幅地圖就掛在Constantinus和Maxentius的會堂（basilica）的牆壁上，前面不是說早期的羅馬人很軟弱嗎？羅馬帝國為什麼變得如此強大，連他們自己也不清楚。

# "The company went bankrupt!"
## （這個公司破產了！）

## rupt · 倒塌、打破

bankrupt：破產的／破產者／使破產
bankruptcy：破產
erupt：（火山等）噴出、爆發
interrupt：使中斷、阻止
　問路時說 "May I interrupt you, ma'am?"

# "建築物要有堅實的結構（structure）。"

## struct · 建立、積累

structure：結構（物）、組織、體系
construct：建設　　　*con-是「一起」的意思

construction：建設、建築

    the Ministry of Construction and Transportation（建設交通部）

destruction：破壞、毀滅

instruct：指導

instruction：教育、指導

destroy：破壞、毀壞

destroyer：破壞者


## "讓我們對自己的英語水準展開一次革命（revolution）！"

### volve, volu, volt・卷、旋轉

volume：書、體積、面積、聲音等的量、大量

evolve：進化

evolution：進化、發展

involve：包括、籠罩、潛心於、使陷於

revolt：反抗、起義、反叛、反感、厭惡

revolve：旋轉

revolver：連發左輪手槍

    彈倉「嘩嘩」旋轉⋯⋯

revolution：革命、旋轉、空轉


## 比disk小的diskette

### 表示「小」的-et、-ette、-let、-ling

每天使用的軟碟←從這裡我們能學到很多有關辭彙的知識。

diskette是現在的3.5英寸軟碟，過去使用的大軟碟是「disk、disc」，雖然樣子差不多，但是disk大，diskette小，這是最主要的區別。

為什麼disk現在寫作diskette呢？

是不是加上ette，就具有「縮小」的意思了呢？

沒錯，正是這樣。That's right, you said it.


（眞是一個好現象）現在韓國的城市裡新建了很多「小公園」。

在美國、加拿大的downtown（市中心）和uptown（住宅區）都有很多大大小小的公園，人們可以在那裡看書、散步、嬉戲。

你在國外旅行時注意過這些充分利用零散土地建立的小公園的sign嗎？

是不是寫作「Parkette」？


只要記住-ette和-let是「縮小、小」的意思就OK了。

「parkette？」啊，就是「微縮公園」的意思嘛，根據park＋ette就能推測出來。（請注意看下圖的sign）

像這樣如果在單詞後面加上-et、-let的後綴，就表示「小」的意思，這叫做「小語」，韓語也有這樣的後綴（-아지），加在其它詞後面就表示「小的、孩子」的意思。例如：

馬아지→小馬駒；牛아지→小牛犢；狗아지 →小狗

過去韓國女性名字中的「朴」氏也是這樣由來的。


仔細觀察就會發現我們身邊的英語單字中有很多這樣的情況，只是以前我們不明白那些詞綴的含義。現在看一個最常見的例子。

逐漸成爲大眾公敵的……

## cigarette

第二次世界大戰的英雄、英國首相邱吉爾（右下圖）嘴裡經常叼著的雪茄（cigar）又大又粗，而cigarette則又小又細。

## cassette

還有比case（箱子）更小的東西嗎？是什麼呢？
在case後面加上-ette→cassette！
記錄聲音的方法，繼ＬＰ後發明的磁帶"cassette"。
現在已經被CD代替，基本退出了歷史舞臺。
cassette的本義是「小盒子、首飾盒」。有多少寶石能放到case（櫃子、箱子）中呢？貴重物品畢竟是少量，一般保存在cassette（小盒子）裡。

Smoking is public enemy No. 1.
吸菸有害健康，是頭號全民公敵。

## dinette：小飯館

西方人的住宅必須有dining room（餐廳）。
但是只有在開Party或晚宴時才使用這個房間，早飯和午飯一般是不在這裡吃的。這個餐廳多數時間都是空著的，相當於一個裝修豪華的擺設，只有在重要場合才會使用餐廳。
那平時他們都在那裡吃飯呢？
廚房裡不是有餐桌嗎？一般就在廚房裡用餐。
這個地方叫做dine＋ette，dinette（小餐廳）。

　　dine：吃晚飯、用餐

嘴裡叼著雪茄（cigar）的
Sir Winston Churchill

"I cannot forecast to you the action of Russia. It is a riddle wrapped in a mystery inside an enigma."
我不能預測俄羅斯將要採取的行動，那是一個謎。
（邱吉爾首相演講中的一句話）

## LG Superette

筆者喜歡到處旅遊並拍照。

右邊的照片是筆者有一天在漢城的江南區看到的sign。

「啊！真有意思！LG Superette！」

supermarket-market=super-

super-＋-ette（小）＝小型supermarket

雖然店鋪的規模很小，但採用的是超市的
經營方式。美國和加拿大的超市都是大規
模的，所以看不到照片中的這種寫法。
如果你具有詞源知識，懂得詞根的意思，
也能理解其中的意思。

看來學習英語詞源知識不一
定非要到英語圈國家去！
真有意思，在這裡居然也能
看到"小語"的範例。

"Oh, I suppose, that's a kind of small
sized supermarket."

（嗯，儘管店鋪不大，但是商品一應俱全。）

現在看一下-et，它比-ette的書寫更簡單。

## bullet

大家還記得過去船艦上使用的那種炮彈
吧？就是像大鐵球一樣的炮彈，這叫做
cannon ball。去掉cannon，在ball（=bull）
後面加上-et-→bullet，這樣就成了子彈。
子彈和鐵球般的炮彈相比小了許多。

cannon ball
ball = bull

bullet

cabin是"小屋、窩棚"的意思，那麼cabinet呢？

就是比cabin更小的「閣子、櫥櫃」。

cabinet還有「內閣」的意思。在民主政治的故鄉英國，議員們投票和議事都是在一個小房間內進行的，這是cabinet「內閣」義的由來。

cabinet government：內閣責任制、內閣政府

現在介紹一下-let表示「小、孩子」義的情況。

    pig→piglet　eagle→eaglet　snake→snakelet
    dove→dovelet　book→booklet（小冊子）
    leaf→leaflet（小葉子，意爲「廣告傳單」）
    island→islet（小島）

現在看一下關於動物幼崽的辭彙。

除了添加尾碼-let表示「小」的情況以外，還有些詞乾脆使用完全不同的拼寫。

    colt：小馬駒

    cub：動物的幼崽（狐狸、熊、老虎、獅子……）

    calf：小牛犢、大象、鯨的幼崽

    chicken：幼鳥、小雞（=chick）

    puppy：小狗（=pup）

    kitten：小貓（=ketty）

Puppies 4 Sale（出售小狗）
因為數位4和"for"的發音相近，所以用4代替"for"，有意思吧？
上面的小字是：
"Beware of dog"（當心狗）。

lamb：小羊羔

  the Lamb：上帝的兒子，耶穌基督（Christo）

kid：山羊的幼崽

fry：（成群的）小魚

本書的學習到這裡就全部結束了。

補充一句，

-ling也可以表示「小」的意思。

  ducking：小鴨子

  gosling：小鵝

  princeling：小王子

  lordling：小貴族、小少爺

  underling：部下、小兵

  fingerling：極小之物

    由finger＋-ling構成。

    請看照片。／

《Little Fingerling》
日本動畫《拇指姑娘》的英
文 版封面。果然是加上尾碼
"-ling" 表示「小」的意思。

It is best to begin at the bottom
and end at the top.

# 作者韓虎林想對讀者說的話

「補藥中的補藥——請試試英語詞源讀本！」

　　仔細研究一下英語單字就會發現看上去很複雜的單字其實並不難，它們都有一定的結構，由幾個義項的詞根組成，所以學習英語不是靠死記硬背而是要一邊理解一邊記憶。筆者的體會是只有理解詞源，才能利用根義法迅速擴充自己的辭彙量，並對所學辭彙有更深的認識。

## 筆者實際的英語水平

　　我在初一以前的學習成績還是不錯的，其實也沒怎麼努力學習，不知為什麼就是還可以。但是從初二以後學習成績開始下滑，不想學習只想畫畫，為了快速成名還寫過小說，甚至埋頭於哲學，那時非常崇拜美國的火箭專家Christina von Braun博士，自己經常設計製作火箭模型並配製燃料……。像這樣胡思亂想不務正業，又怎麼能趕得上每天努力學習的同學們呢？自己的成績理所當然急劇下降！

　　等到初三第一學期終於落到了差生行列，高中入學類比考試的成績在480名學生中僅排第430名……，當時自己很苦悶，總是怨天尤人。「我只想成為有名的畫家，難道還要按照固定的程式學習這些沒用的東西嗎？大畫家達芬奇除了繪畫，不是還研究過人體解剖學和直升飛機的原理嗎……。如果只用學習自己喜歡的東西就好了……」（現在看來真是不懂事的孩子話）

　　儘管這樣還是上了高中，高中的學習更難，數學和英語都那麼難……，畢竟上初中時沒打好基礎，欠債太多，高中的學習實在難以應付。不過我的運氣特別好，高考時一下就考上了自己喜歡的大學和專業，這真是做夢也沒想到的事。從那以後就埋頭於自己的專業平面設計，雖說上了大學，可從沒好好學過英語。（當時還沒有托福、雅思考試呢）

## 無知者無畏

我懂事得很晚，到了30多歲才知道反省一下自己，想想這麼多年也沒有認真學習過什麼正規課程，現在雖然是大學老師兼設計師，最起碼應該好好學習英語。現在想想也不知道當時爲什麼會產生那樣的想法，最後決定當務之急是迅速擴充自己的英語單字量，可是一邊翻詞典一邊背這要學到什麼時候才能達到要求啊……？「利用每天上下班的時間讀英文報紙，這樣會有所幫助吧？」、「好，就這麼辦！」從那時起我就開始購讀英文報紙，這就是我學習英語的全部手段。

我學英語有一個原則，就是決不輕易查詞典。即使大部分單字都不認識，一般也不輕易查詞典。小時候我們學習母語時，有誰是通過查詞典才把話說得這麼流利？這是一個自然的學習過程，是在生活中逐漸領悟的。學英語就要有這樣的勇氣，那時上下班跟我坐同一班車的人可能都認爲這個每天讀英文報紙的人一定是個英語大家，因爲我連詞典都不帶，煞有介事地頭也不抬地讀著……

## 忽然領悟到了詞源根義法，「啊，迅速擴充詞彙量的好方法！」

我拿著看不懂的英文報紙堅持看下去，看多了就發現了英文單字構成的規律，懂得了詞源的用法和意思。過去從未注意過的詞根現在一個個躍然紙上！無論是多長的生字，只要把它們分解開來根據詞根的意思就能推斷出單字的意思，正是這個發現改變了我的一生。

從此我專心於詞源的研究，結果可想而知，「嚕嚕！嚕嚕嚕！」（英語詞彙增長的聲音）「爲什麼以前老師不教給我們如此有效的根義法？」「爲什麼初學英語時，老師不告訴我們如此神奇的補藥——英語詞源？」（儘管如此我還是很感激初高中時代的英語老師，他們教得都很努力，只是我們沒有努力學習。上次我回韓國參加了校友聚會，見到了久違的尊敬的老師們，並向他們行了大禮以表示我的感激之情。）

## 英語詞源的奇蹟

當時出國旅行的機會不多，這對於向往海外生活的我來說是無法忍受的，不過 Where there is a will, there is a way（有志者事竟成）。

40多天的美國之行（包括日本、加拿大、夏威夷）結束後，什麼時候能再出國旅行還是個未知數，所以我很珍惜這次旅行的機會，盡可能多看多做記錄，我和妻子一起去了夏威夷，乘坐直升機沿著懷基基（Waikiki）海岸飛行時拍了很多照片。

第二年我又去了歐洲。同年秋天參加了UNESCO在日本舉辦的亞太作家會議，我是韓方代表，在一個月的時間裡和來自16個國家的代表們一起生活、旅遊、演講、開研討會，所有時間都是用英語交流，當然我也有聽不懂猶豫的時候，多虧平時的積累，自己潛心研究的詞源根義法發揮了作用。我用英語發言並提交了報告（錯的地方被修改過來，並列印裝訂成冊返還給我。其實聯合國代表的英語水平也不是想像的那麼高……），和各國代表成為了朋友，贏得了不少人氣。

嘗到了海外旅行的甜頭，第二年我獨自去了東南亞（回來後把旅行遊記寄給了一家報社），接著又到歐洲進行了一次背包旅行。後來每當我再回到這些國家時都會想「就憑我當時的英語水平，是什麼力量促使我不停地往返於這些國家之間？」現在看來應該是渴望瞭解英語詞源的強大動力。

## 詞彙量是根本基礎

後來我移民到加拿大，每天都要用到英語，我的生活體會總結成一句話就是如果把英語比喻成飯菜，那麼詞彙就相當於米飯。就像我在前言中寫到的那樣，無論學會了多少做飯的方法與技巧，如果沒有米，仍將一事無成，所謂「巧婦難為無米之炊」。當然如果不知道做飯的方法與技巧，只有米，也是熬不成粥做不成飯的，即使面前做出來，這樣的飯菜也是平淡無味的。

「累積豐富的詞彙量並努力瞭解英語圈國家的文化，這才是最好的方法！」

這是我一貫的主張！為了和讀者一起分享我在韓國和加拿大兩個國家生活

和學習的體會，才著手編寫了該系列英語教材。12年來一直得到眾多讀者的關心、支援與厚愛，正是以此爲動力我才能在今天又推出了這部最佳暢銷書（super best seller）……

　　眞心感謝所有支援我的讀者。

　　小時候父母不是常給我們吃一些補藥嗎？哪怕吃一點也會見效。

　　所以請大家試一試：

　　「韓虎林命名的英語補藥——英語詞源湯吧！」

Guide 317

# 英語單字 串串串

| | |
|---|---|
| 著者 | 韓虎林 한호림 |
| 譯者 | 李玄、唐文穎 |
| 文字編輯 | 林美蘭 |
| 美術編輯 | 徐世昇 |
| 校對 | 溫文慧、林美蘭 |
| 發行人 | 陳銘民 |
| 發行所 | 晨星出版有限公司<br>台中市407工業區30路1號<br>TEL:(04)23595820　FAX:(04)23597123<br>E-mail:morning@morningstar.com.tw<br>http://www.morningstar.com.tw<br>行政院新聞局局版台業字第2500號 |
| 法律顧問 | 甘龍強 律師 |
| 製作 | 知文企業（股）公司　TEL:(04)23581803 |
| 初版 | 西元2006年2月28日 |
| 總經銷 | 知己圖書股份有限公司<br>郵政劃撥：15060393<br>〈台北公司〉台北市106羅斯福路二段95號4F之3<br>　　　　　TEL:(02)23672044　FAX:(02)23635741<br>〈台中公司〉台中市407工業區30路1號<br>　　　　　TEL:(04)23595819　FAX:(04)23597123 |

**定價 380 元**
（缺頁或破損的書，請寄回更換）
ISBN 957-455-975-0
『꼬꼬영（KKo KKo Eong）』© 2003 by Han Ho-rim
Translation rights arranged by Design House Inc., through
Shinwon Agency Co. in Korea
Traditional Chinese edition copyright © 2006 by Morning star
Publishing Inc..
版權所有‧翻印必究

國家圖書館出版品預行編目資料

英語單字 串串串 / 韓虎林著；李玄，唐文穎譯
. -- 初版. -- 臺中市 : 晨星, 2006〔民95〕
面； 公分. --（Guide ; 317）

ISBN 957-455-975-0（平裝）

1. 英國語言 – 詞彙

805.12                              94023973

407
台中市工業區30路1號

# 晨星出版有限公司

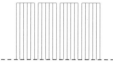

請沿虛線摺下裝訂，謝謝！

## 更方便的購書方式：

(1) **信用卡訂閱**　填妥「信用卡訂購單」，傳眞至本公司。
　　　　或　填妥「信用卡訂購單」，郵寄至本公司。

(2) **郵政劃撥**　帳戶：晨星出版有限公司　帳號：22326758
　　　　在通信欄中塡明叢書編號、書名、定價及總金
　　　　額即可。

(3) **通　　信**　填妥訂購人資料，連同支票寄回。

◉如需更詳細的書目，可來電或來函索取。

◉購買單本以上9折優待，5本以上85折優待，10本以上8折優待。

◉訂購3本以下如需掛號請另付掛號費30元。

◉服務專線：(04)23595819-231　FAX：(04)23597123

　E-mail:itmt@ms55.hinet.net

# ◆讀者回函卡◆

**讀者資料：**

姓名：＿＿＿＿＿＿＿＿＿＿　　性別：□ 男　□ 女

生日：　／　　／　　　　　身分證字號：＿＿＿＿＿＿＿＿＿＿

地址：□□□＿＿＿＿＿＿＿＿＿＿＿＿＿＿＿＿＿＿＿＿＿＿＿

聯絡電話：　　　　　（公司）　　　　　　　（家中）

E-mail ＿＿＿＿＿＿＿＿＿＿＿＿＿＿＿＿＿＿＿＿＿＿＿＿＿＿

職業：□ 學生　　　□ 教師　　　□ 內勤職員　□ 家庭主婦
　　　□ SOHO族　□ 企業主管　□ 服務業　　□ 製造業
　　　□ 醫藥護理　□ 軍警　　　□ 資訊業　　□ 銷售業務
　　　□ 其他＿＿＿＿＿＿＿＿＿＿

購買書名：＿＿＿＿＿＿＿＿＿＿＿＿＿＿＿＿＿＿＿＿＿＿＿＿

**您從哪裡得知本書：** □ 書店　□ 報紙廣告　□ 雜誌廣告　□ 親友介紹

□ 海報　　□ 廣播　　□ 其他：＿＿＿＿＿＿＿＿＿＿＿＿＿

**您對本書評價：** （請填代號 1. 非常滿意　2. 滿意　3. 尚可　4. 再改進）

封面設計＿＿＿＿＿版面編排＿＿＿＿＿內容＿＿＿＿＿文／譯筆＿＿＿＿

**您的閱讀嗜好：**

□ 哲學　　□ 心理學　□ 宗教　　□ 自然生態 □ 流行趨勢 □ 醫療保健
□ 財經企管 □ 史地　　□ 傳記　　□ 文學　　□ 散文　　□ 原住民
□ 小說　　□ 親子叢書 □ 休閒旅遊 □ 其他＿＿＿＿＿＿＿＿＿＿＿

**信用卡訂購單（要購書的讀者請填以下資料）**

| 書　　　　　名 | 數　量 | 金　額 | 書　　　　　名 | 數　量 | 金　額 |
|---|---|---|---|---|---|
| | | | | | |
| | | | | | |
| | | | | | |
| | | | | | |

□VISA　　□JCB　　□萬事達卡　　□運通卡　　□聯合信用卡

• 卡號：＿＿＿＿＿＿＿＿＿＿　• 信用卡有效期限：＿＿＿＿＿年＿＿＿＿＿月

• 訂購總金額：＿＿＿＿＿＿＿元　• 身分證字號：＿＿＿＿＿＿＿＿＿＿

• 持卡人簽名：＿＿＿＿＿＿＿＿＿＿（與信用卡簽名同）

• 訂購日期：＿＿＿＿年＿＿＿＿月＿＿＿＿日

**填妥本單請直接郵寄回本社或傳真(04)23597123**